소설 平! ①

명(明)을 치련다.
길을 내어라

假道征明篇

방기혁 역사소설

비봉출판사

방기혁

1955년 경남 김해 출신
부산고등학교 졸업
서울대학교 상과대학 경제학과 졸업
1979년 행정고시 합격
현재: 해양수산부 부이사관
　　　(세종연구소에서 연수중)

소설 平/ 1

초판 인쇄 · 2001년 7월 10일
초판 발행 · 2001년 7월 15일
저　　자 · 방기혁
펴낸이 · 박기봉
펴낸곳 · **비봉출판사**
주소 · 서울 마포구 서교동 480-10 미리내빌딩 3층
대표전화 · 3142-6551~5 팩시밀리 / 3142-6556
E-mail · bbongbooks@hanmail.net
　　　　　beebooks@hitel.net
Homepage · http:// www.beebong.co.kr

등록번호 · 2-301(1980. 5. 23)
ISBN · 89-376-0275-X　　89-376-0274-1(전3권)

각권 **값** 7,500원

풍신수길

가등청정의 초상화

소서행장

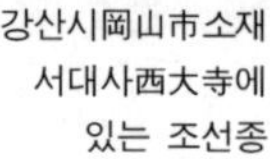

강산시岡山市소재
서대사西大寺에
있는 조선종

ㄱ

가등가명(加藤嘉明: 카토오 요시아키)
가등광태(加藤光泰: 카토오 미츠야스)
가등우마윤(加藤右馬允: 카토오 우바잉)
가등청정(加藤淸正: 카토오 키요마사)
가수옥진웅(加須屋眞雄: 카스야 마사카츠)
강본권지윤(岡本權之允: 오카모토 콘노잉)
과도직무(鍋島直茂: 나베시마 나오시게)
구귀가륭(九鬼嘉隆: 쿠키 요시타카)
귀정자구(龜井玆矩: 카메이 코레노리)
굴강광(橘康廣: 타치바나 야스히로)
근송문좌위문(近松門左衛門: 치카마츠 몬자에몽)
금천의원(今川義元: 이마가와 요시모토)
길전중승(吉田重勝: 요시다 시게카츠)
길천광가(吉川廣家: 킷카와 히로이에)

ㄴ

남전(南殿: 미나미도노)
내등여안(內藤如安: 나이토오 죠앙)

ㄷ

단우장수(丹羽長秀: 니와 나가히데)
대곡길계(大谷吉繼: 오오타니 요시츠구)
대야치장(大野治長: 오오노 하루나가)
대우길통(大友吉統: 오오토모 요시무네)
대정소(大政所: 오오만도코로)
대촌희전(大村喜前: 오오무라 요시사키)
덕천가강(德川家康: 토쿠가와 이에야스)
덕천수충(德川秀忠: 토쿠가와 히데타다)
도진의홍(島津義弘: 시마츠 요시히로)
등당고호(藤堂高虎: 토오도오 타카토라)
등원소실(藤原昭實: 후지와라 아키자네)

등원전구(藤原前久: 후지와라 마에히사)

ㄹ

류천조신(柳川調信: 야나가와 시게노부)

ㅁ

명지광수(明智光秀: 아케치 미츠히데)
모곡촌육조(毛谷村六助: 케다니 무라로쿠스케)
모리길성(毛利吉成: 모오리 요시나리)
모리수원(毛利秀元: 모오리 히데모토)
모리원강(毛利元康: 모오리 모토야스)
모리휘원(毛利輝元: 모오리 테루모토)
목촌중자(木村重玆: 키무라 시게코레)
목하가정(木下家定: 키노시타 이에사다)

ㅂ

복도정칙(福島正則: 후쿠시마 마사노리)
봉수하가정(蜂須賀家政: 하치스카 이에마사)
부전길성(副田吉成: 후쿠다 요시나리)
북정소(北政所: 키타노만도코로)
북조씨직(北條氏直: 호오죠오 우지나오)

ㅅ

상량장매(相良長每: 사가라 나가츠네)
상삼경승(上杉景勝: 우에스기 카게카츠)
생구친정(生駒親正: 이코마 치카마사)
석전삼성(石田三成: 이시다 미츠나리)
세천충흥(細川忠興: 호소카와 타다오키)
소서행장(小西行長: 코니시 유키나가)
소조천수추(小早川秀秋: 코바야카와 히데아키)
소조천수포(小早川秀包: 코바야카와 히데카네)
소조천융경(小早川隆景: 코바야카와 타카카게)
송포진신(松浦鎭信: 마츠라 시게노부)
시전승가(柴田勝家: 시바타 카츠이에)

십시전우(十時傳右: 토도키 뎅유)
십아미(十阿弥: 토아미)

ㅇ

안국사혜경(安國寺惠瓊: 앙코쿠지 에케이)
오도순현(五島純玄: 고토오 스미하루)
우시수승(羽柴秀勝: 하시바 히데카츠)
우희다수가(宇喜多秀家: 우키타 히데이에)
욱희(旭姫: 아사히히메)
웅곡반차(熊谷半次: 쿠마가이 나카츠구)
웅곡직성(熊谷直盛: 쿠마가이 나오모리)
유마청신(有馬晴信: 아리마 하루노부)
이달정종(伊達政宗: 다테 마사무네)
일야부자(日野富子: 히노 토미코)
입화종무(立花宗茂: 타치바나 무네시게)

ㅈ

장곡천수일(長谷川秀一: 하세카와 히데카즈)
장증아부원친(長曾我部元親: 쵸오소카베 모토치카)
전전이가(前田利家: 마에다 토시이에)
전전이장(前田利長: 마에다 토시나가)
전중각영(田中角榮: 타나카 카쿠에이)
정군(淀君: 요도기미)
정상경정(井上景貞: 이노우에 카게사다)
제칠대부(梯七大夫: 하시고 시치다이유)
족리의경(足利義經: 아시카가 요시노리)
족리의소(足利義昭: 아시카가 요시아키)
족리의시(足利義視: 아시카가 요시미)
족리의정(足利義政: 아시카가 요시마사)
족리의휘(足利義輝: 아시카가 요시테루)
종의조(宗義調: 소오 요시시게)
종의지(宗義智: 소오 요시토시)
좌죽의선(佐竹義宣: 사타케 요시노부)
주길옥종무(住吉屋宗無: 스미요시야 소오무)

죽내길병위(竹內吉兵衛: 타케우치 키치베에)
죽전신보(竹田信輔: 타케다 노부스케)
중천수정(中川秀政: 나카가와 히데마사)
중천청수(中川淸秀: 나카가와 키요히데)
증전장성(增田長盛: 마시타 나가모리)
지전항흥(池田恒興: 이케다 츠네오키)
직전신웅(織田信雄: 오다 노부카츠)
직전신장(織田信長: 오다 노부나가)
직전신충(織田信忠: 오다 노부타다)
직전신포(織田信包: 오다 노부카네)
직전신행(織田信行: 오다 노부유키)
직전신효(織田信孝: 오다 노부타카)

ㅊ

천리휴(千利休: 센노 리큐)
천야장길(淺野長吉: 아사노 나가요시)
천야행장(淺野幸長: 아사노 요시나가)
천정장정(淺井長政: 아사이 나가마사)
천형(天荊: 텐케이)
천희(千姫: 셍히메)

ㅌ · ㅍ

태전일길(太田一吉: 오오타 카즈요시)
평청성(平淸盛: 타이라 키요모리)
풍신수길(豊臣秀吉: 토요토미 히데요시)
풍신수뢰(豊臣秀賴: 토요토미 히데요리)
풍신수차(豊臣秀次: 토요토미 히데츠구)

ㅎ

현소(玄蘇: 겐소)
협판안치(脇坂安治: 와키사카 야스하루)
호희(豪姫: 고오히메)
후등기차(後藤基次: 고토오 모토츠구)
흑전장정(黑田長政: 쿠로다 나가마사)
흑전효고(黑田孝高: 쿠로다 요시타카)

1
진상규명 특별법정의 개정開廷

2001년 1월 5일 금요일 오전 10시.
저승나라 불가마 시(市) 염남구에 있는 대법원 제444호실 특별법정 공판실

아침 일찍부터 몰려든 백여 명의 신문사, 방송국 기자들이 공판실과 복도를 가득 메우고 있었다. 카메라 플래쉬 세례를 받으며 염라대왕께서 이글거리는 불길 사이를 걸어 열 여덟 계단 위에 있는 재판장석으로 발걸음을 옮겼다.

염라대왕은 저승나라 국왕이면서 대법원장을 겸하고 있었다.

좌우 좌석에 이미 자리잡고 있던 세 신(神)들이 자리에서 일어나 반갑게 손을 내밀며 간단한 인사를 교환하였다.

염라대왕은 등받이에 일곱 개 여의주가 박혀 있고 손잡이가 황

금빛으로 빛나는 큰 의자에 천천히 몸을 내렸다. 그리고 천천히 좌우와 앞뒤로 눈길을 주고는 만족스럽다는 듯이 고개를 끄덕였다.

앞쪽 오른편에 '서기장'이라는 팻말 앞에 앉아 있는 한 신(神)이 자리에서 일어나 입을 열었다.
「본 신은 본 특별법정의 서기장을 맡고 있는 업화신(業火神)입니다. 개정 선언에 앞서 본 특별법정의 설치 경위에 대하여 먼저 보고드리도록 하겠습니다.」
수십 명의 기자들이 일제히 서기장 쪽으로 자리를 옮기고 있는 가운데, 그의 보고는 계속되었다.

「여러분들이 잘 알고 계시는 바와 같이, 우리 저승법 제7조에는 '주요 인간전쟁'에 대한 원인을 규명하도록 되어 있습니다.
'주요 인간전쟁'이란 이승세계에서 발생한 인간들의 전쟁으로 사망자가 10만 명 이상 발생한 것을 말합니다.
저승법에는 그러한 전쟁이 끝난 날로부터 400년이 경과한 시점에서 특별법정을 열어 그 전쟁의 원인을 규명하고 그 책임자를 처벌하도록 되어 있는 것입니다.
또한 저승법 제8조에는 동 특별법정을 여는 데 지장이 없도록, 그 전쟁의 주요 관련자에 대하여는 그 사람이 죽어 우리 저승에 입계(入界)하여도, 바로 죄업을 논하지 아니하고 그 자를 400년 동안 냉동(冷凍) 처리하여 깊이 잠재우도록 규정되어 있습니다.

여러분께서도 이미 잘 알고 계시는 바와 같이, 지금부터 약 400년 전인 1592년에 '임진왜란'이라고 불리는 큰 전쟁이 조선을 무대로 펼쳐졌습니다.

약 7년에 걸친 이 전쟁은, 당시 이승세계에서는 원(元) 나라 쿠빌라이의 정복전쟁에 이은 두번째로 큰 전쟁이었습니다.

이 전쟁으로 사망자 약 44만 명이 일시에 이 저승 나라를 찾아옴으로써 당시 저승 나라 고등법원에서는 44개의 임시법정을 개설하고 영혼 각각에 대한 죄업을 판정하느라 대단히 분주한 나날을 보낸 바 있습니다.

본 특별법정 개설 준비단은 그 전쟁이 종료된 지 400년이 되는 날, 즉 1998년 11월 19일을 기하여 발족되었으며, 아수신(阿修神)이 검사장으로, 그리고 본 업화신이 서기장으로 각각 배임을 받았습니다.

본 특별법정 개설 준비단에서는 그간 관련 영혼 130명에 대한 해동(解凍)처리를 완료하고, 지난 1년 반에 걸쳐 특별검사 30명과 조사관 200명을 투입하여 '임진왜란' 이라 불리는 그 전쟁에 대한 전말을 상세히 조사하였습니다.

그 조사결과를 바탕으로 지난 해 연말 지엄하신 염라대왕께서는 오늘인 2001년 1월 5일부터 본 '임진왜란 진상규명 특별법정' 을 열도록 하라고 분부하셨기에, 오늘 그 일정대로 본 특별법정이 열리게 된 것입니다.

재판부는 네 분의 신(神)들로 구성됩니다.

재판장으로는 이 전쟁의 중요성을 감안하여 지엄하신 염라대왕 폐하께서 친히 주재하시기로 하였으며, 세 분의 배석판사로는 유화여신(柳花女神)과 사천신(四天神) 그리고 솔라신(率羅神)께서 맡으시게 되었습니다.

유화여신께서는 일찍이 이승에서 해모수(解慕漱) 왕자와 결혼, 주몽(朱蒙)을 낳아 고구려를 세우게 하신 분입니다.

현재는 ‘여신 114’라는 여신(女神) 권익보호단체를 운영하고 계시어 본 특별법정으로부터 위촉을 받으시게 되었던 것입니다.

사천신(四天神)께서는, 석가모니 대대왕(大大王)께서 일찍이 이승에 내려가시어 수많은 중생을 구제하셨을 때, 대대왕님을 수행하시어 이승세계의 인성 감화에 큰 업적을 남기신 분입니다.

현재 이 저승나라에서는 수미산(須彌山) 제4층을 지키고 계시는 바, 이번 사건에 관련된 영혼들 대부분이 석가모니 대대왕을 존경하고 따르는 자들이어서, 대대왕님을 대신하여 본 특별법정에 임석하시게 된 것입니다.

또 한 분의 배석판사이신 솔라신(率羅神)께서는, 이승에서는 ‘솔로몬 왕’으로 불리시던 분으로, 이승세계뿐만 아니라 저승나라 대법원 법관으로서 후세에 남을 수많은 명판결을 내리신 바 있는 고명하신 법조신(法曹神)입니다.

이상 간단하나마 경위보고를 마치고, 이어서 재판장이신 지엄하신 염라대왕 폐하의 개정선언이 있겠습니다.」

서기장 업화신은 보고를 마치자 조심스럽게 자기 자리에 앉았다. 기자들의 자리 이동으로 법정은 잠시 어수선해졌다.

그간 눈을 감고 가만히 경청하던 염라대왕이 눈을 떴다. 그리고 주위의 소란스러움에 잠시 말문을 열지 않은 채, 먼저 앞쪽 왼편에 있는 ‘검사석’이라는 표찰이 붙어 있는 곳을 쳐다보았다.

주황색의 법의를 입은 검사장 아수신이 가운데 앉아 있고, 그 옆과 뒤에 약 20여 명의 보좌진이 나란히 앉아 있는 모습에 염라대왕은 긴장감을 느꼈다.

　염라대왕은 다시 조금 가운데로 눈길을 돌렸다.
　먼저 '피고인석'이라는 팻말이 눈에 들어오고 이어서 형형색색의 차림으로 줄줄이 앉아 있는 130여 명의 영혼들이 자기를 응시하고 있음을 알게 되었다.
　염라대왕은 업화신 쪽을 쳐다보면서 말문을 열었다.
　「서기장, 피고인들은 자유복장으로 출석하는 건가요?」
　「특별법정의 운영규칙에 따라 저승나라에 들어올 때 당시, 즉 이승에서 죽었을 당시의 복장 그대로 출두시키고 있습니다.」
　업화신이 자리에서 일어서서 대답을 하고 다시 자리에 앉자, 염라대왕은 두세 번 고개를 끄덕였다.

　염라대왕은 피고인석의 앞 자리를 메운 피고인 하나 하나에게 눈길을 주었다.
　'그래……. 저 친구가 풍신수길(豊臣秀吉)이라는 자 같구먼. 원숭이 같이 생겼다더니 과연 그렇구먼.
　그리고 저 조선 갑옷을 입은 친구는 이순신(李舜臣)이군. 죽을 때 위장병이 심했다더니, 무척 야위었군 그래…….'
　한 줄씩 한 줄씩 피고인들을 찬찬히 살펴보던 염라대왕은 맨 뒷자리의 방청석 쪽으로 눈을 주더니, 눈을 둥그렇게 뜨는 것이었다. 왠 방청객이 이리도 많으냐는 듯이 마른 침을 한 번 삼켰다.

　염라대왕은 좌우에 앉아 있는 유화여신과 사천신, 솔라신에게 눈길을 주고 서로 귀속말을 잠시 교환한 다음, 대왕봉(大王棒)을 집어들고는 천천히 입을 열었다.

「저엉—숙, 정숙하여 주시기 바라오.

지금부터 이승세계에서 임진왜란이라 불리는 전쟁의 진상을 규명하고 그 주요 책임자를 처단하기 위한 진상규명 특별법정의 개정을 선언하는 바이요.」

염라대왕은 천천히 대왕봉을 들어 바로 옆에 놓인 큰 징을 세 번 쳤다. 구르릉, 구르릉, 구르릉 하는 깊고 무거운 소리가 재판정 안에 울려 퍼졌다.

염라대왕은 말을 계속하였다.

「피고인들은 들으라!

피고인들은 이승세계 법과 저승나라 법은 서로 같지 아니함을 이미 들었을 것이다. 그리고 이 법정은 처벌보다는 진상규명에 더 큰 비중을 두고 있음도 들었을 것이다.

저승법정에서는 피고인은 원칙적으로 발언할 수 없도록 되어 있다. 피고인의 눈과 귀는 열려 있으되, 입은 열 수가 없다.

피고인은 말을 하고자 하여도 말이 나오지 않을 것이다.

재판부가 허가하여 특별한 개구(開口) 처리를 하여야 비로소 말이 나오기 때문이다.

그렇다고 피고인들이 실망할 필요는 없다. 서기장 업화신이 피고인들의 입 역할을 하기 때문이다.

피고인들은 재판부의 모든 심리 이외에도 기자나 참관인의 진실 추궁을 경청하여야 한다. 물론 피고인들의 눈과 귀는 열려 있어서 감으려 해도 감을 수 없고, 듣지 않으려 해도 듣지 않을 수 없다.

　피고인들은 재판의 모든 것을 잘 듣고 똑똑히 보아 각자가 생전
에 지은 모든 죄업을 씻도록 하라!」

　염라대왕의 훈시의 말 마지막 부분에는 힘이 실려 있었다.
　그리고 갑자기 대왕의 눈가에서는 붉은 광채가 터져 나왔다.
　그 광채는 서서히 피고인 석으로 다가가 어느덧 법정 구석구석
까지 붉게 물들였다.
　염라대왕이 발하는 붉은 광채에 한 번 쏘이면 어떠한 혼령(魂
靈)도 자기 양심을 속일 수 없는 마력에 걸리는 것이다.

　염라대왕은 검사장인 아수신(阿修神)을 쳐다보면서 입을 열었다.
　「아수신 검사장께서도 혹시 발언하실 것이 있으면 개진하여 주
시기 바라오.」

　이승세계에서는, 아수신이 팔이 여섯 개 달린 비천계(非天界)의
신으로서 불법(佛法)을 수호하는 여덟 귀신의 하나로 알려져 있으
나, 이는 잘못된 정보이다. 아수신의 진짜 역할은, 제1종 인간전쟁
에 관련된 영혼들을 기소하는 검사장이고, 재판이 없을 때에는 그
러한 영혼들을 감금해 놓는 아수라옥(阿修羅獄)을 관리감독하는 귀
신이다.
　아수신이 자리에서 일어났다.
　「오늘 이 법정의 재판부를 맡으신 지엄하신 대왕 폐하!
그리고 조선 여인들의 한(恨)에 깊은 조예를 가지신 유화여신님,
대자 대비하신 사천신님과 영명하신 솔라신님.
　오늘 이 재판에 연루된 130명의 혼령 각각이 지은 개별적인 인

간죄업에 대하여는, 본 진상규명 특별법정과는 별도로, 본 특별법정이 종료된 이후 각 지방법원에 이관하여 별도로 논죄하게 되어 있습니다.

따라서 저희 검사반으로서는 피고인 개별 인정심문은 생략하면서 바로 본심에 들어가도록 하고, 또한 임진왜란 중에 발생한 100여 개별사건을 크게 묶어 서너 차례로 나누어 구형할 예정이오니, 그때그때 판결을 내리시어 사건별로 매듭짓도록 배려하여 주시기 바랍니다.」

검사장 아수신의 의견을 들은 염라대왕은 옆자리의 솔라신을 쳐다보았다.

솔라신은 저승나라가 너무 더운 듯 큰 부채로 가끔 부치고 있었는데, 염라대왕이 쳐다보자 그 부채를 멈추고 자기 의견을 말했다.

「지금 아수신의 말씀은 이 특별법정의 진행을, 지난해에 끝난 쿠빌라이 정복전쟁 진상규명 특별법정에서 하였던 방식을 그대로 채용하여 하자는 제안입니다.

그때 그 방식이 대단히 효율적이었던 만큼, 이번에도 그대로 수용하는 것이 좋을 것 같습니다.」

염라대왕은 고개를 끄덕이면서 대왕봉을 집어 들고 엄숙히 선언하였다.

「아수신 검사장의 의견을 수용하기로 하겠소. 검찰측이 편리한 대로 하여 재판이 원만히 진행되기를 기대하겠소.

그러면 이것으로 제1일자 심리는 종결하도록 하며, 다음 재판은 사전에 합의된 날자, 즉 1월 8일 월요일 10시에 속개하고자 하오.
이상!」

　3타(打)의 대왕봉 징소리가 웅장하게 울려 퍼지는 가운데 개정
선언은 막을 내렸다.

2
인물 풍신수길

재판부에는 재판장 염라대왕을 필두로 좌우에 유화여신과 사천신, 솔라신이 정좌해 있고, 서기장 업화신과 검사장 아수신이 자기 자리에 앉아 있었다.

이날은 100명의 피고인들이 출두하고 약 300명의 방청인과 수십 명의 기자들이 취재에 열을 올리고 있었다.

붉은 법의를 입고 대왕봉을 쓰다듬고 있던 염라대왕이 천천히 입을 열었다.

「지금부터 오늘의 재판을 속개하도록 하겠소. 검찰측과 본 재판부측이 이미 합의한 바에 따라, 오늘은 인간 풍신수길(豊臣秀吉)에 대하여 심의하도록 하겠소.

 오늘은 검찰의 구형이나 형(刑)의 선고는 하지 아니할 것이오. 금후 이 재판의 진행을 위해서는 전쟁 주범인 풍신수길에 대하여 사전에 검토해 두는 것이 필요하다고 판단되었기 때문에, 특별히 그의 인간 됨됨이를 논의해 보고자 하는 것이오.

 풍신수길에 대하여 조선 사람들은 '교활한 전쟁 미치광이' 쯤으로 알고 있으나, 한편 일본 사람들은 대부분 그를 처세술(處世術)의 달인으로 보고 존경하고 있다 하오.

 이 자에 대한 평가가 두 나라 간에 너무나 다르오.

 물론 일본 사람들도 그의 조선침략에 대하여는 돌이킬 수 없는 큰 오점이었다는 데 동의하고 있다고 들었소. 그러나 그 나머지 그의 인생과 생존철학에 대하여는 일본 사람들은 대단히 긍정적으로 평가하고 있다는 것이오.

 풍신수길이란 어떤 사람이었으며, 무엇이 일본 사람들의 마음을 그토록 사로잡았던 것인지, 업화신께서는 가르쳐 주시기 바라오.」

풍신수길의 성장기

 업화신이 보고하였다.

「그럼 보고를 드리도록 하겠습니다.

 풍신수길은 1537년 생입니다. 권율과는 나이가 같고 이순신보다는 8살이 많습니다.

 그의 아버지는 가난한 농부로 딸 하나와 수길(秀吉)을 두었는데,

수길의 나이 3살 때 그만 병으로 죽어버렸습니다. 과부가 된 어머니는 살기가 어려워 곧 재혼을 하게 됩니다. 여기서 아들 하나와 딸 하나가 다시 생기는데, 풍신수길로서는 이부(異父)동생이 두 명 생긴 것입니다.

수길은, 누나와는 평생동안 사이가 무척 좋았을 뿐 아니라, 자기보다 세 살 아래로서 이름이 '수장(秀長: 히데나가)'이었던 의붓남동생과도 무척 사이가 좋았습니다.

그러나 그는 새 아버지와는 사이가 나빴는데, 그가 소년기에 들어가면서 사이는 점점 더 멀어졌습니다.

계부(繼父)는 성격이 꼿꼿한 수길을 미워하여 자주 혼을 내주었으며, 수길도 지지 않고 꼬박꼬박 대들었기 때문에 그의 어머니가 무척 애를 태웠습니다.

수길의 나이 열 다섯이 되자 어머니는 수길에게 친아버지의 유산을 넘겨주며, 집을 나가 달라고 부탁하게 됩니다. 그는 어머니의 말을 듣고 곧바로 집을 나오게 됩니다만, '출세하면 꼭 엄마를 모시러 올 꺼야. 그 때까지 참고 기다려' 하면서 눈시울을 적시는 어머니를 달랬다고 하는데, 그 약속은 뒤에 지켜집니다. 풍신수길은 일본 역사에서 보기 드물 만큼 효성이 지극한 아들이었습니다.

어쨌든 집을 나온 풍신수길은 처음에는 어느 무사(武士)의 집에 머슴으로 들어갔다가, 그 뒤에는 떠돌이 건달들의 부하가 되기도 하였습니다만, 그가 19세 되는 1555년, 당시 일본 최고실력자였던 직전신장(織田信長: 오다 노부나가)을 만남으로써 그의 인생은 도약기에 들어서게 되었습니다.

직전신장의 천하포무(天下布武) 정책

당시 직전신장은 풍신수길보다 나이는 불과 3살 연상(年上)에 불과하였으나 신분상으로는 하늘과 땅 만큼의 차이가 있었습니다.

직전신장은 열 여섯 살 때 아버지를 여의고 가장(家長) 겸 영주(領主)의 자리를 이어받았는데, 어린 나이에도 매사가 분명하여 많은 부하들을 거느리면서도 빈틈이 전혀 없는 완벽한 사내였습니다.

여기서 잠시 당시의 일본의 사정을 좀 더 자세히 살펴보도록 하겠습니다.

일본의 천황가(天皇家)는 만세일계(萬世日系)로 불변이라 알려져 있으므로, 일본은 무신정권의 교체가 한국과 중국의 왕조(王朝) 교체에 해당합니다. 그런 일본에는 역사상 세 번의 무신(武臣) 정권이 수립된 적이 있습니다.

그 첫번째는 1185년부터 1333년까지 148년 동안 정권을 잡았던 원(源: 미나모토)씨 집안이고, 두번째는 1338년부터 1573년까지 235년 동안 정권을 잡았던 족리(足利: 아시카가)씨 집안이며, 세번째는 1603년부터 1867년까지 264년 동안 정권을 잡았던 덕천(德川: 토쿠가와)씨 집안입니다.

일본에서는 이러한 무신정권의 권력자를 장군(將軍: 쇼오군)이라 부르는데, 직전신장이 영주가 되었던 1549년에는 족리(足利)씨 집안의 제13대 장군 족리의휘(足利義輝: 아시카가 요시테루)의 시대였습니다.

이 족리의휘는, 천하제일을 뽑는 무술대회에 몸소 출전하여 진검(眞劍) 승부로 상대를 죽여 금메달을 딸 정도로 무술솜씨가 뛰

어나고 머리도 엄청 샤프한 놀라운 청년 장군이었는데, 불행하게
도 그는 시대를 잘못 타고 태어났습니다.

그의 증조할머니 뻘에 해당하는 한 여인이 남긴 불씨 때문이었
습니다. 그 여인은 일야부자(日野富子: 히노 토미코)라는 여걸이었
습니다. 이 여걸의 이야기를 잠깐 말씀드리도록 하겠습니다.

장군 족리(足利) 집안은 대대로 일야(日野) 집안에서 아내를 맞
이하는 게 전통이었는데, 이 여인도 16세에 당시 20세였던 8대 장
군 족리의정(足利義政: 아시카가 요시마사)에게 시집을 왔습니다.

그런데 시집온 후 몇 년 동안 이 여인에게는 임신의 징조가 없
었습니다. 그러자 족리의정은 자신의 친동생 족리의시(足利義視:
아시카가 요시미)를 후계자로 책봉하였습니다.

그런데 이 여인은 26세가 되던 해에 임신을 하여 아들을 하나
낳고 나서는, 시동생을 후계자로 책봉한 것은 잘못된 일이니 책봉
을 다시 해야 한다고 주장하고 나왔습니다.

이렇게 되자 일본 국내가 시끌시끌해지더니, 그녀가 28세가 되
던 1467년에 일본은 마침내 내란에 빠지고 말았습니다. 형수와 시
동생이 각각 부하장수들을 끌어들여 싸움을 벌이고, 마침내 일본
의 모든 영주들이 두 패로 나뉘어져 그 싸움에 휘말려 들어갔습
니다.

그럼에도 정작 당사자인 족리의정(足利義政)은 명승지 유람이나
다니면서 아내와 친동생의 전쟁에 대해서는 수수방관하였습니다.
싸우고 싶으면 너희들끼리 마음대로 싸워봐라, 나랑 무슨 상관이
냐는 식이었습니다.

그녀가 낳은 아들이 자신의 씨가 아니라는 어떤 확신이 있었기

때문인지, 아니면 너무나 멍청한 인간이었기 때문인지, 그의 이 미 스테리 같은 처신에 대하여는 아직도 그 원인이 알려지지 않고 있 습니다.

하여튼, 이렇게 시작된 싸움은 무려 11년을 끌어도 형수 군(軍) 과 시동생 군(軍)은 승패가 나지 않았고, 그러자 영주들은 차츰 장 군(將軍) 집안 전체를 비웃으면서 거지같은 년 놈이라 여기기 시 작했습니다.

"저 장군이란 놈이나, 그 마누라 년이나, 그 동생 놈이나, 모조 리 그 밥에 그 나물이 아니냐? 차라리 나는 내 영지(領地)나 잘 다 스려 내 밥그릇이나 챙겨야겠다."

이리하여 일본이란 나라는, 200명의 영주가 각각 다스리는 200 개의 독립된 소국으로 분할되기 시작하였습니다.

영주들은 스스로 천하 패자(覇者)가 되겠다고 이웃 영주와 영토 분쟁을 벌이거나, 혼인을 통하여 동맹을 맺으려고 난리법석을 떨 었습니다.

장군(將軍)의 권위는 완전히 땅에 떨어졌습니다. 그 결과족리의 휘를 포함하여 족리(足利) 집안의 장군들 중에는 제대로 천수를 다하고 죽은 사람이 없을 정도로 되었습니다. 대부분의 장군들이 객사(客死), 살해(殺害), 폐위(廢位) 등등 비참한 죽음을 맞이하게 되었습니다.

이런 세월이 80여 년 흘러, 직전신장이 영주의 자리를 이어받은 1549년에는, 약 50명의 영주들이 살아남아 일본은 군웅(群雄)시 대를 연출하고 있었습니다. 이 군웅들에게는 장군(쇼오군)은 커녕 천황(天皇)도 눈에 뵈지 않았고, 제멋대로 서로 싸우고 죽이고 하였습니다.

직전신장은 처음에는 배다른 동생 직전신행(織田信行: 오다 노부유키)과 후계자 싸움을 벌여 이김으로써 기반을 굳힌 다음, 이웃 영주들을 차례로 공격하여 영토를 넓혀 갔습니다.

그가 군웅으로 명성을 얻은 것은 그의 나이 27세이던 1560년, 당시의 강호(强豪)로 명성이 높았던 금천의원(今川義元: 이마가와 요시모토)을 죽이고부터였습니다. 금천의원은 2만5천 명의 대군으로 직전신장을 공격하였는데, 당시 직전신장은 겨우 3천 명의 군사로 싸워 도리어 금천의원의 목을 베었던 것입니다.

그 뒤 직전신장은, 당시에도 이미 강호로 이름이 높았던 덕천가강(德川家康)과는 동맹을 맺고 이웃 영주들을 차례로 평정해 나가기 시작하였습니다.

그리고 그의 나이 35세가 되던 1568년에는, 당시 이름뿐인 장군(쇼오군) 자리를 족리의소(足利義昭: 아시카가 요시아키)라는 자에게 되돌려 주어 그를 장군의 자리에 앉혔습니다. 장군이라는 권위를 빌어,

'나는 관군(官軍)이니, 나의 말을 듣지 않는 자는 모두 반군(叛軍)으로 취급하겠노라'
라고 선언을 했던 것입니다.

많은 영주들은 처음에는 직전신장의 이 경고에 코웃음을 쳤으나, 강력한 영주였던 조창(朝倉: 아사쿠라)씨, 천정(淺井: 아사이)씨, 무전(武田: 타케다)씨 등이 차례차례 멸망하자, 그들은 생각을 바꾸기 시작했습니다.

"야아, 이거 장난이 아니네. 어떡하면 좋지? 항복을 해야 하나,
버텨야 하나? 이거 보통 일이 아니구먼."

살아남은 영주들이 그들의 진로에 대하여 고민에 고민을 거듭
하고 있었습니다.

직전신장은 단호했습니다.

그의 인장(印章)에는 '천하포무(天下布武)'라는 네 글자가 새겨
져 있었습니다. 그 뜻은 무력으로 천하를 통일하겠다는 것이었습
니다. 타협은 없다, 반항하는 놈은 모조리 죽이고 말겠다는 강경
정책을 내건 것이었습니다.

그는 농민이든 승려(僧侶)이든 반항하면 모조리 죽였습니다.

그는 1571년 한 사찰을 공격하여 승려 3천 명을 죽인 일도 있
었습니다. 당시에는 승려를 한 사람만 죽여도 천벌을 받는다는 신
앙(信仰)이 널리 퍼져 있었는데, 직전신장은 그런 것에는 아랑곳
하지 않았던 것입니다.

그리고 그는 당시 일본에 보급되기 시작한 조총을 전투에 도입
하여 1575년 처음으로 그것을 실전(實戰)에 사용하였습니다. 이리
하여 '천하무적 철포(鐵砲) 부대'의 신화가 일본에 만들어지게 되
었습니다.

그리고 그는 자기 부하들에게도 인정사정이 없었습니다.

"실력이 없는 놈은 당장 꺼져버려! 여기가 어디 양로원인 줄 아
느냐?"

하고는, 선조 대대로 직전(織田) 집안을 섬겨온 중신(重臣)들을 쫓
아내거나 아예 죽여버렸습니다.

직전신장의 부하로

그 대신 실력이 있는 자는, 그가 농민 출신이든 외국인이든, 차별하지 않고 중용하기 시작하였습니다. 그가 포르투갈 사람들이 데리고 온 흑인(黑人) 노예를 처음 보고 그 흑인을 부하로 썼다는 유명한 일화가 전해 오는 것도 이 때문입니다. 그리고 풍신수길이 발탁된 것도 바로 이 때문이었습니다.

그러나 풍신수길은 이름없는 농부의 자식이라, 그의 첫 보직(補職)이라는 것이 직전신장의 신발 담당, 지금 말로 하면 '구두닦기 소년'이었습니다.」

그때 유화여신이 미소를 지으면서 업화신의 말에 끼어 들었다.

「그러고 보니 그때 저승나라에까지 유명해진 그 에피소드가 만들어진 것 아닙니까? 즉,

'어느 겨울철 직전신장이 신발을 신으러 밖으로 나오면 항상 신발이 따뜻하였다. 그것을 수상히 여긴 직전신장이 숨어서 가만히 지켜보니, 수길이 그 신발을 품에 안고 덥히고 있었다. 그의 정성에 감복한 직전신장은 풍신수길을 중용하게 되었다.'

고 하는 그 이야기 말이죠.」

업화신이 대답하였다.

「그렇습니다. 흔히 풍신수길을 '처세술의 달인'이라고 부르고 있습니다만, 그의 처세술이란 한 마디로, '상대의 마음을 읽고 미리 대책을 세워 상대를 기분좋게 만든다'는 것입니다.

상대가 가려울 것이라고 생각되면 미리 등글개를 대령하는 것이지요. 상대가 질투할 것이라고 생각되면 그 질투하는 이유를 찾

아 스스로 그 질투의 싹을 잘라버리거나 완화시키는 방안을 강구
합니다. 그 수법이나 머리돌리는 것이 신인(神人)의 경지에 이르렀
다고 할 수 있습니다.

　직전신장은 보통 사람은 섬기기가 쉽지 않은 주군(主君)이었습
니다. 보통 사람의 눈에는 변덕이 심한 ‘정신 이상자(精神異常者)’
로 보일 정도였습니다.
　지시를 기다리는 부하에 대하여는 ‘자발성이 없다’고 처벌하고,
그렇다고 자발성을 보여 스스로 움직이면 ‘네 멋대로 하느냐’ 하
고 책임을 물었습니다.
　부하들로서는 어디까지가 칭찬받는 자발성이고, 어디서부터가
도(度)가 지나친 것이 되는지 갈피를 잡기 어려웠던 것이지요.

　그런데 풍신수길은 그 분수령을 정확히 파악하여, 항상 직전신
장의 공격명령이 떨어지기 전에 공격을 개시함으로써 칭찬을 받았
고, 한편 결정적인 시점에서는 일부러 공세를 늦추어 직전신장에
게 자연스럽게 모든 명예가 돌아가도록 배려하였습니다.
　직전신장이, ‘최근 수길이 이 친구에게 좋은 물건이 좀 생겼을
텐데, 이 친구도 이제 욕심이 좀 생긴 게 아냐?’하고 의심하고 있
으면, 풍신수길은 재빨리 전리품(戰利品)을 갖다 바쳤습니다.
　직전신장이 ‘요즘 수길이 이 친구 목에 힘이 들어간 것 같애.
영주가 되었다고 얼굴 보기도 어렵게 되었구먼……’하고 살벌한
계산을 하고 있으면, 풍신수길이 어느 틈에 달려와서,
　“전하아! 뵙고 싶었습니다.”
하고 정겹고 쾌활한 목소리로 생글거리고 있었습니다.

직전신장으로서는, 풍신수길은 밝은 무드를 만들어 내는 밉지 않은 사나이, 바로 그것이었습니다.

물론 직전신장이 구두닦이 청년 풍신수길을 곧바로 발탁하여 중책을 맡겼던 것은 아닙니다.

구두를 품에 안는 것을 본 직전신장은 '저 놈은 쓸만한 놈이야'라고 생각하고 그를 병사(兵士)로 일하도록 배려해 주었습니다. 그러나 그는 그 뒤 풍신수길을 잠시 잊고 있었습니다.

그가 다시 풍신수길을 눈여겨 보게 된 것은 1560년, 강호(强豪) 금천의원(今川義元)과 싸울 때였습니다. 당시 직전신장은 불과 3천 명으로 2만5천 명의 금천의원 군을 기습하였는데, 풍신수길은 당시 24세의 졸병으로 용감히 싸우고 있는 것이 그의 눈에 띄었던 것입니다. 그는 풍신수길이 잔머리 돌리는 것만큼이나 몸 움직임도 빠른 녀석이라는 것을 알았습니다.

이리하여 풍신수길은 그때부터 직전신장의 심부름꾼 역할을 하기 시작하였습니다. 경우에 따라서는 평화협상의 사자로 뽑히기도 하고, 축성공사 책임자로 뽑히기도 하였습니다.

그리고 그의 나이 32세부터는 부대장으로 승격하여 공격대(攻擊隊)를 인솔하게 되었습니다. 그는 수많은 싸움에 용감하게 출전하였고, 또한 수많은 공을 세우게 되었습니다.

그런 풍신수길에게 드디어 포상이 내려졌습니다.

1573년 그의 나이 37세 때였습니다. 직전신장이 그를 봉록 18만 석의 영주로 임명한 것입니다. 그는 영지의 도읍 금빈성(今濱城)에 들어가기 앞서 그 성 이름을 장빈성(長濱城)으로 바꾸었습니다.

　말할 것도 없이, 자신의 주군 직전신장(織田信長)의 이름 마지막 글자 '장(長)'을 따서 붙임으로써 자신의 충성심을 보이려는 잔꾀에서였습니다.

　시간관계상 소개드리지 못하는 무수히 많은 에피소드들이 있습니다만, 풍신수길은 항상 직전신장의 마음을 미리 읽고 교활하기 그지없는 간책(奸策)으로 미리미리 손을 써 둡니다. 애교작전, 넉살작전, 읍소작전, 선물작전, 충성서약작전……. 그의 몸과 머리는 항상 직전신장의 마음을 읽는 데 돌고 있었습니다.」

직전신장 아들을 양자로 받아들여

　솔라신이 흔들고 있던 부채를 멈추며 업화신의 말에 다시 끼어들었다.

　「물론 풍신수길의 독심술(讀心術)은 교묘하기 그지없이 탁월하였다는 것에 대하여는 본 신도 인정하겠습니다. 그러나 상대는 그 또한 보통 고단수가 아닌 직전신장입니다.

　그도 사람 다루는 데는 9단이었지요. 그는 부하를 적당히 키우다가도 어느 정도 이상 커지면 그 자를 사정없이 잘라버리는 철저한 계산주의자 내지 이기주의자였습니다.

　두드러지게 두각을 나타내는 풍신수길을 어느 순간부터는 경계하기 시작하였을 것 아닙니까?

　당시 일본은 하극상(下剋上)이 빈번하던 전국시대였습니다.

　직전신장의 매서운 눈초리를 늘 무사히 빠져나갈 수는 없었을 것 아닙니까?」

업화신이 대답하였다.

「그렇습니다. 직전신장의 의심을 산 많은 자들이 이유없이 혼줄
이 나고 목숨을 잃거나 쫓겨나고 있었습니다.

그러나 풍신수길은 직전신장의 경계심에 교묘하게 대처함으로
써 사전에 그 경계심의 싹을 잘랐습니다. 과연 처세술(處世術)의
달인이라고 불릴 자격이 있는 자였습니다.

상당히 재미있는 에피소드가 하나 있는데, 그것을 잠시 소개드
리면, 풍신수길은 직전신장에게 간청하여 직전신장의 넷째 아들
수승(秀勝: 히데카츠)이를 자기의 양자로 받아갑니다.

항상 여러 가지 계산에 젖어 있는 직전신장에게 하루는 풍신수
길이 다음과 같이 수작을 늘어놓았습니다.

"주구운! 저는 자식이 없습니다. 제발 수승이를 저에게 양자로
주십시오. 주구운, 충심으로 부탁올립니다. 제가 수승이를 잘 키우
겠습니다. 주구운!"

그러면서 그가 마음속으로 실제로 한 말은, '주군, 나를 경계하
지 마십시오. 내가 죽으면 저의 모든 것을 당신 자식에게 되돌려
주겠습니다' 라는 선언이었습니다.

풍신수길의 간곡한 청에 직전신장은 마침내 수승이를 그에게
양자로 주게 되고, 블랙 리스트에서 풍신수길의 이름을 삭제하게
됩니다.

풍신수길은 경계심이 강한 직전신장의 눈초리로부터 자기 목숨
을 지키기 위하여 이러한 묘수(妙手)를 연구해냈던 것입니다.

일본 사람들이 풍신수길에게 매력을 느끼는 부분이 바로 이러

한 그의 처세술입니다.」

선배들의 환심을 사기 위하여 성(姓)도 바꾸는 수길

이번에는 사천신이 무념의 표정으로 업화신의 말에 끼어들었다.
「사바의 세계, 특히 남자의 세계는 애정보다는 증오가 지배하는 세계입니다. 의리와 감싸주기는 산삼(山蔘)보다 귀하고, 중상과 모략은 잡초(雜草)보다 흔한 세계지요.

직전신장의 발탁 인사로 출세가도를 거침없이 달려가는 풍신수길에 대하여, 다른 경쟁자들이 씹고 또 씹으며 그의 발목을 잡거나 그를 넘어뜨리려고 별별 짓을 다 벌였을 텐데, 그러한 일에 대하여도 풍신수길은 무난히 대응하였던가요?」

업화신이 대답하였다.

「그렇습니다. 다른 사람보다 앞서면서도 비수(匕首)를 등에 맞지 않기 위해서는 다른 사람들의 시기심을 풀어 주는 기술이 필요합니다만, 풍신수길은 이를 넉살로 멋지게 해결하고 있습니다. '다른 사내들의 반감을 사지 않도록 사전에 대책을 세우자. 모함에 빠지기 전에 내가 먼저 저쪽으로 들어붙자' 이것이 풍신수길의 작전이었습니다.

좋은 에피소드가 있어 소개올리도록 하겠습니다.

풍신수길이 37세가 되던 1573년 장빈성(長濱城)의 영주로 임명받게 되었을 때의 일입니다.

이제 그도 직전신장의 부하 가운데 서열 10위 정도의 자리를 차지하게 되었습니다. 그러자 그를 보는 선배, 동료들의 시선이 차갑게 되었습니다.

직전신장의 부하 가운데에는 시전승가(柴田勝家: 시바타 카츠이에)라는 자와 단우장수(丹羽長秀: 니와 나가히데)라는 선배 노장들이 있었습니다.

이 두 사람은 조상 때부터 직전(織田: 오다) 집안을 섬겨온 인연이 있어 직전신장의 신임이 남달랐을 뿐 아니라, 계급도 풍신수길보다는 상급자였는데, 그들이 급속히 쫓아오고 있는 풍신수길에 대하여 곱지 않은 시선을 보내기 시작한 것입니다.

'어이 원숭이! 라고 부르며 술 심부름, 계집 심부름을 시키던 것이 어제 같은데, 벌써 영주라…….'
하는 묘한 질투심이 발동한 것입니다.

풍신수길은 그들로부터 왠지 서먹서먹한 느낌을 받고는 즉시 행동을 개시합니다. 역시 생존본능이 탁월한 풍신수길이었습니다.

그는 바로 두 사람을 찾아가 천연덕스럽게 말을 꺼냅니다.

"선배님, 무식한 제가 이번에 영주로 임명을 받았습니다. 이제 영주가 되었으니 백성을 위엄으로 다스리고 싶습니다. 그런데 제 성(姓)은 촌티가 나서 새 이름을 하나 지어야겠는데, 제가 꿈에서도 존경하는 두 분 선배님의 성에서 한 자씩 얻어 새 성을 짓겠습니다. 허락해 주십시오."

그리고는 새 성을 우시(羽柴: 하시바)로 하겠다고 우겼습니다.

단우장수(丹羽長秀)라는 이름에서 '우(羽)'라는 글자를, 시전승가(柴田勝家)라는 이름에서 '시(柴)'라는 글자를 따서 창씨(創氏)를 하겠다는 것이었습니다.

원숭이 자식이라고 내심 비웃던 두 노장은 쓴웃음을 짓다가 그만 너털웃음을 터뜨리고 말았습니다. 그리고는 어느새 마음의 벽을 허물고, '영주(領主)의 유의사항'이라면서 주군과 백성에 대한 몸가짐까지 하나씩 둘씩 훈수해 주기 시작하였습니다.

경원의 눈빛은 사라지고 선배로서의 따사로운 눈길이 풍신수길에게로 비쳐왔습니다. 풍신수길의 처세술이 승리한 순간이었던 것입니다.」

1583년, 드디어 실권을 한 손에 쥐다

상당히 흥미어린 표정으로 듣고 있던 유화여신이 업화신의 말을 가로막았다.

「당시는 신분사회였습니다. 풍신수길은 일반 농민의 자식으로 태어나 마침내는 최고의 실력자 자리에 올랐고, 중국 황제나 다름없는 절대권력을 휘둘렀습니다.

그가 처세술에 뛰어났다고는 하나, 처세술이라는 것은 제2인자가 되는 데까지는 도움이 되겠으나, 1인자가 되려면 특별한 카리스마와 때로는 악귀(惡鬼)보다 잔혹하고 야차(夜叉)보다 무자비한 면도 필요하다고 생각되는데요?……」

업화신이 대답하였다.
「그의 진실은 모질고 무서운 남자였습니다.

그는 직전신장이 살아 있을 때에는 자기의 그러한 진면목(眞面目)을 가슴 깊숙이 숨기고, 용케도 매서운 직전신장의 눈을 속여내었습니다.

그러나 그의 나이 46세가 되던 1582년, 그러니까 임진왜란이 발발하기 10년 전 초여름의 어느 날, 직전신장이 어이없게도 암살

되어 버리는 사건이 발생하면서 그의 권력욕은 여지없이 드러나게
됩니다.

직전신장의 부하 중에는, 명지광수(明智光秀: 아케치 미츠히데)라
는 부하가 있었습니다. 직전신장은 명지광수를 대단히 유능한 자
로 평가하였고, 그를 풍신수길보다 빨리 출세시켜 주고 항상 우대
해 주었습니다.
그러나 사람의 속은 정말 알 수 없는 것이었습니다.
명지광수는 당시 지극히 사소한 일로 흥분해 있었습니다. 그 전
날 자신이 요리사를 시켜서 정성들여 준비한 식탁을 직전신장(織
田信長)이 먹어 주지도 않고 발로 걷어 차버린 일에 원한을 품었
던 것입니다.
1582년 6월 2일 새벽, 직전신장이 경도(京都)의 본능사(本能寺)
라는 절에서 잠을 자고 있을 때, 명지광수(明智光秀)는 군사를 이
끌고 가서는 불을 질러 버렸습니다.
당시 49세의 직전신장은, 그의 장남과 함께 어처구니 없이 죽음
을 당하고 말았습니다.

이 사건이 일어나던 날, 풍신수길은 당시 직전신장에게 항복하지
않고 있었던 중부 지방의 강호 모리휘원(毛利輝元: 모오리 테루모
토) 군과 강산(岡山: 오까야마)이라는 곳에서 대치하고 있었습니다.
그런데 6월 3일 밤, 풍신수길의 부하들이 억수같은 비 속에서
수상한 자를 한 명 붙잡았는데, 그 자는 명지광수가 모리휘원에게
보내는 밀서(密書)를 휴대하고 있었습니다.
'내가 직전신장을 죽였으니, 귀공(貴公)이 풍신수길을 공격하면

내가 뒤에서 그를 협공하겠다. 우리 둘이서 동맹을 맺어 천하를
나누어 갖자'
는 내용이었습니다.

　풍신수길은 직전신장의 암살 소식에 처음에는 놀라 기절할 정
도였으나 재빨리 정신을 가다듬었습니다. 그는 이러한 사실을 숨
긴 채 서둘러 적장 모리휘원과 휴전을 맺고, 4만 군사를 되돌려
경도(京都) 남쪽 천왕산 쪽으로 달려갔습니다. 명지광수가 그곳에
웅크리고 있다는 것을 들었기 때문입니다.
　당시 명지광수는 1만8천 명을 거느리고 있었는데, 그는 무척
낙담을 하고 있었습니다. 그는 직전신장을 죽인 후 자신을 지지해
줄 것으로 생각한 영주들을 찾아다녀 보았는데, 모두들 냉담한 반
응을 보여 무척 실망했던 것입니다. 더구나 자신의 딸을 시집보낸
사돈 세천(細川: 호소카와)씨 집안까지 자신의 거사(擧事)에 부정적
인 것을 보고, 그는 완전히 낙담을 하고 말았습니다.
　이리하여 그는 6월 13일 오후 풍신수길의 공격을 받자 곧바로
도주하기 시작하였는데, 그는 얼마 도망가지도 못하고 백성들이
내민 죽창에 찔려 죽고 말았습니다.

　풍신수길이 직전신장의 복수를 하였다는 것은, 직전신장의 후계
자 다툼에서 중대한 의미를 가지는 것이었습니다. 풍신수길이 쟁
쟁한 선배 시전승가(柴田勝家), 단우장수(丹羽長秀), 지전항흥(池
田恒興: 이케다 츠네오키) 등을 제치고 후계자 구도에서 샛별로 떠
오른 것을 의미하는 것이었습니다.
　풍신수길은 그해 10월 15일에 치러진 직전신장의 장례식에서도

장례위원장 자리를 차지하였습니다. 시전승가와의 사이에 긴장감
이 돌기 시작하였습니다. 이리하여 그는 먼저 직전신장의 후계자
자리를 두고 경쟁관계에 있던 시전승가에게 도발하여 그를 불 속
으로 뛰어들어 죽게 만듭니다. 뒤에서 말씀드리는 북장성 싸움에
서였습니다.

불과 얼마 전까지만 해도 '존경하는 선배님, 운운(云云)…'하며
온갖 애교를 떨면서 성씨(姓氏)까지 얻어 쓴 대선배를 말입니다.

그리고는 그처럼 떠받들던 체하던 직전신장에게도 그가 가면을
쓰고 있었음을 드러내기 시작합니다. 직전신장의 아들을 죽여버리
려고 하는 것이죠.

직전신장에게는 직전신효(織田信孝: 오다 노부타카)라는 아들이
있었는데, 풍신수길은 이 친구가 자신의 집권에 장애가 된다고 본
것입니다.

사실 직전신효는 이미 풍신수길에게 항복을 하고 있었고, 그 항
복의 증표(證標)로 자기 어머니와 본처를 풍신수길에게 인질로 보
내 두고 있었습니다.

잔인한 풍신수길은 아무런 이유도 없이 그의 어머니와 본처를
거리로 끌어내어 책형(磔刑)에 걸어 찢어죽여 버렸습니다.

직전신효에게 '너도 사내라면 가만 있지는 않겠지. 나에게 도전
해 봐!'라는 도전장이었습니다.

결국 직전신효는 반란을 일으키고, 풍신수길 군의 섬멸작전에
걸려 그는 자결로써 생을 마감합니다. 직전신장이 죽은 지 1년도
되지 아니한 1583년 4월의 일이었습니다.」

흥미있는 표정으로 듣고 있던 솔라신이 업화신에게 물었다.

「시전승가는 풍신수길로 볼 때는 대권 경쟁자였으니, 그를 살려 두기는 어려웠을 것이고, 직전신효도 직전신장의 아들이니 언젠가는 제거해야 할 자였을 것입니다.

그 정도를 두고 풍신수길이 잔인하였다고 말하기는 어렵지 않을까요?」

드디어 정체를 드러내는 악랄한 폭군

업화신이 대답하였다.

「그의 잔인성은 그때부터 본격적으로 드러나기 시작합니다.

그는 먼저 자기 부하들에게 기합을 좀 넣어야겠다고 생각합니다. 불과 얼마 전까지는 비슷한 동료관계였으나 '이제부터 나는 주군(主君)이고 너희들은 신하(臣下)다. 따라서 그 관계를 분명히 해야겠다' 고 생각했던 것입니다.

그리고는 최근 막 끝난 시전승가와의 싸움에서 부상 때문에 출전하지 못하였던 한 부하를 자결시켜 버립니다. 그 싸움 직전에 그 부하는 말에서 떨어져 몸도 일으키지 못하는 중상(重傷) 상태에 있었음을 풍신수길도 알고 있었습니다.

그러나 풍신수길의 주장은,

'그런 중요한 싸움에서는 들것에 실려서라도 나왔어야 했다. 내가 출전하라고 명령하지 않았느냐'

는 것이었습니다. 물론 풍신수길의 멧세지는 다른 부하들을 향한 것이었습니다.

'내가 죽어라 하면 죽어야 한다. 죽는 시늉으로도 안 된다. 나의 말은 하느님의 말이다' 라는 것이지요.

이 잔인한 사건을 계기로 풍신수길은 부하들의 군기(軍紀)를 확실히 잡았습니다. 모두들 등줄기에 진땀을 흘리며 그의 말이라면 물불을 가리지 않게 되었습니다.

임진왜란 당시 일본군에 기강이 높았던 것은 바로 이러한 그의 치밀한 연극이 주효하였던 것입니다.

또 다른 에피소드가 있어 소개올리겠습니다.

그는 50살이 다 되도록 자식이 없었습니다. 그가 25세 때에 결혼한 본처 네네라는 여자는 말할 것도 없고, 그가 30세 후반부터 자식을 보고자 조금씩 아내의 눈을 속여가면서 씨를 뿌려도 대부분이 자식을 낳아 주지 못했습니다.

그가 정권을 잡은 1583년, 그러니까 그가 47세가 될 때까지 그에게 자식을 낳아 준 사람은 그가 38세 되는 해에 사귄 남전(南殿: 미나미 도노)이란 여자뿐이었습니다. 남전과의 사이에 1남1녀를 얻었으나, 불행히도 그 아들은 7살 때 그만 병으로 죽고 말았습니다.

이제 천하의 패자(覇者)가 된 풍신수길은 자식 보기에 안달이 나서 거의 미칠 지경에 이르렀습니다.

'오냐, 내가 자식을 낳나 못 낳나 보자.'

오기와 독기로 입술을 깨물고는 처녀, 과부, 엉덩이가 큰 여자, 아이를 이미 많이 낳은 여자, 이런 여자, 저런 여자들을 200명이나 끌어모았습니다. 그리고는 매일 2~3명을 끌어들여 열심히 씨를 뿌렸습니다. 풍신수길이 얼마나 집념의 사내였는지를 여실히 보여주는 부분입니다.

　그리고는 모자라는 정력을 채우기 위하여 광분의 길로 빠졌습니다. 물개 그것, 산마, 생계란, 태반, 독사……. 정력에 좋다고 알려진 것들을 매일 1톤 트럭 가득히 대판성(大阪城)으로 실어 날랐습니다.

　풍신수길이 조선을 침략한 이유 가운데 하나는, 그가 호랑이 고기와 내장을 탐냈기 때문입니다. 가등청정의 가장 큰 임무는 호랑이를 잡아 껍질을 벗기고 소금에 절여서 일본에 보내는 일이었습니다.

　풍신수길은 '난 죽어도 좋다. 아들 하나만 있었으면……' 하고 밤낮으로 그 짓을 해댔습니다.

　풍신수길의 본처 네네는 이런 남편의 건강이 걱정되어 밤잠을 설치고, 틈을 보아 그에게 좋은 말로 자식을 포기할 것을 권유하였으나, 말을 들을 풍신수길이 아니었습니다.

　한 번은 이런 비극도 있었습니다. 풍신수길의 첩실로서 몇 번 씨를 받았으나 잉태를 하지 못한 한 여인이 큰 병에 걸리고 말았습니다.

　의사가 검진을 한 결과 돌림병에 걸린 것으로 판명되었기 때문에, 병의 전염을 우려하여 그 여자를 고향으로 보내버렸습니다.

　그런데 그 여자는 고향으로 돌아가 병이 나았고, 얼마 후 다른 남자와 결혼해서 아이를 낳아 행복하게 살고 있었습니다. '시로'라는 여자였습니다.

　시로에게는 여전히 풍신수길의 첩실로 남아 있는 옛친구가 있었습니다. 둘은 자주 연락을 하여 서로 사는 모습을 이야기하곤 하였습니다.

그런데 이 시로의 이야기는 곧 본처 네네에게 알려졌고, 네네는 다시 남편을 찾아갔습니다.

"당신에게 자식이 없는 것은 제 탓이 아니예요. 제발 제 말 좀 듣고 이제 몸 생각 좀 하세요. 나이가 얼마예요, 네 여보."

풍신수길은 최근 정나미가 떨어진 아내가 찾아온 것에 시큰둥하였으나, 본처가 시어머니를 잘 모시는 것을 기특하게 생각하여 신경질을 참으면서 말했습니다.

"당신 탓도 아니지만, 내 탓도 아니요. 나하고 궁합이 맞는 여자는 임신을 해. 남전을 봐! 그 여자는 아이를 낳았잖아."

네네의 목소리에 뼈가 들어갔습니다.

"당신은 매일 남전, 남전 하시지만, 그 여자가 낳은 아이가 당신 애인지 아닌지 어떻게 알아요?"

평소 아내는 목청이 큰 여자라는 것을 잘 아는 그였지만, 자신의 자존심을 콱 건드리는 그 말에 풍신수길은 자신도 모르게 왈칵 톤을 높였습니다.

"그러는 당신은, 남전이 낳은 아이가 내 아이가 아니라는 거야? 그런 말이 세상에 어디 있어. 당신이 어떻게 알아?"

흥분한 풍신수길에게 네네는 마지막 한 마디를 더 해주었습니다.

"시로를 보세요, 시로. 당신이 개를 그렇게 귀여워해 주었지만, 개도 아이를 못 낳았잖아요. 그런데 개가 다른 데 시집가서는 바로 아이를 낳았어요.

당신은 아이를 만들지 못하는 몸이예요.

그 흉측한 남전. 그년은 어디서 엉뚱하게 씨를 받고선 당신 애라고 당신을 속인 거라고요. 정말 나쁜 년……."

풍신수길은 문을 박차고 나와 바로 근위병을 불렀습니다.

시로와 그 남편, 그 아이놈까지 몽땅 잡아오라고 바락바락 소리를 질렀습니다.

그리고 가엾게도 잡혀 온 그 가족들은 주리가 틀려 무참히 살해되었습니다. 자기에게는 아이를 만들어 주지 않고 다른 놈에게는 아이를 만들어 주었다는 죄였습니다.」

저런, 저런! 하는 흥분한 표정으로 업화신의 보고를 듣고 있던 염라대왕이 입을 열었다.

「그래, 풍신수길은 끝까지 다시는 친아들을 얻지 못했소? 200명의 여자에게 씨를 뿌렸다면서, 그래도 자식이 없었다면 비뇨기과에 먼저 가 봤어야 하는 게 아니오?」

업화신이 대답하였다.

「약 5년 뒤, 그러니까 풍신수길이 53세가 되던 1589년에 다시 아들이 하나 태어납니다.」

염라대왕이 말을 계속하였다.

「1589년이면 전쟁이 터지기 3년 전이 아니오? 이제 아들이 태어났다면 호랑이 고기도, 산삼도 다 필요 없어졌을 텐데……. 그런데 왜 조선에 쳐들어갔단 말이오?」

염라대왕의 물음에 업화신은 재빨리 대답하였다.

「그 아들도 명이 짧아 불과 2년 만에 세상을 떠나버리고 말았습니다.」

염라대왕은 혀를 차면서 말을 이었다.

「아버지가 악업(惡業)을 쌓는 데 자식이 단명하는 것은 세상의 도리가 아니오? 그에게 억울하게 목숨을 빼앗긴 사람이 수만 명인데, 그들이 악귀(惡鬼)가 되어 풍신수길에게 달려들면서 '너도 한 번 고통을 당해 봐라'고 저주를 하였을 텐데, 그 아이가 오래 살 수 있나 말이요…….

그런데 도대체 어떤 여자가 풍신수길에게 자식을 낳아 주었소? 대단한 여자가 아니오?」

풍신수길이 사모한 여인 오이치

염라대왕의 물음에 업화신이 대답하였다.

「세상의 인연이란 참 묘한 것 같습니다. 이러한 인연도 있구나! 하고 탄식을 하지 않을 수 없는 묘한 인연으로 풍신수길은 자식을 얻었으니까요.

그러니까, 1582년 6월에 직전신장이 암살되었고, 그 권력승계를 둘러싸고 내분이 생겨, 최종적으로는 풍신수길과 시전승가가 이듬 해, 즉 1583년 4월 천악산(賤岳山)에서 일전을 치르게 되었습니다.

이 싸움에서 시전승가는 대패하여 자기 본거지인 북장성(北庄城)으로 도주하게 되었습니다.

풍신수길은, 이번 기회야말로 자신의 일생의 라이벌인 시전승가의 숨통을 끊어버릴 수 있는 절호의 기회라고 보고, 대군을 이끌고 바로 그를 추격하여 북장성을 포위하게 됩니다.

전력(戰力)의 차이가 워낙 커, 북장성의 함락은 이제 시간문제로 되었습니다. 그런데도 성을 포위한 풍신수길은 왠지 공격을 멈추고 마음의 준비에 뜸을 들이고 있었습니다.

그 성 안에는 그가 일생동안 사모해 마지않았던 한 여인이 있음을 알고 있었기 때문입니다. 성을 공격하면 그 여인은 어떻게 될 것인가. 풍신수길은 결정을 내리지 못하고 성안의 움직임을 계속 주시하고 있었습니다.

그 여인은 오이치라는 여자였습니다. 오이치는 직전신장의 여동생으로 풍신수길보다는 10살 아래였습니다.

풍신수길이 직전신장의 집에서 심부름꾼으로 있을 때 가끔 그녀를 보게 되었습니다만, 그는 천사보다 예쁜 그녀의 모습에 늘 황홀해 하고 한없는 사모의 정을 품곤 하였습니다. 그는 그녀의 눈길을 잡아 보려고 수없이 그녀 주변을 맴돌았습니다.

그러나 오이치 본인은 원숭이를 닮은 수길을 보면 이상하게 생겼다는 듯이 킬킬거리며 재미있어 할 뿐, 그 이상의 감정은 보이지 않았습니다.

그러던 중 그녀의 나이가 20세가 되었고, 오빠 직전신장은 그녀를 천정장정(淺井長政: 아사이 나가마사)이라는 한 영주에게 시집을 보냈습니다.

당대 최고의 권력자였던 직전신장은, 그때 30살로 이미 결혼해 있는 유부남이자 집안으로 보나 외모로 보나 볼품없는 풍신수길을 자기 여동생의 결혼상대로 안중에 두지 않았습니다.

풍신수길은 25세 때, 그러니까 오이치가 15살 되던 해에 이미 네네라는 하녀출신의 여자와 결혼을 하였던 것입니다.

따라서 오이치가 결혼하던 때에는 풍신수길은 이미 결혼 5년을 맞이하고 있었습니다.

오이치의 성대한 결혼식을 지켜보면서 무던히도 욕심이 많았던 풍신수길은 깊은 한숨을 쉬었습니다. '잘 사세요, 아가씨……' 하는 빈말은 잠시 뿐, 속으로는 '언젠가는 내가 저 아가씨를 꼭 내 것으로 만들고 말 거야……' 하는 다짐을 하고 또 하였습니다.

풍신수길의 마음 따위는 염두에도 없는 그녀는, 20개의 가마와 500명이 넘는 행렬 속에 묻혀 동쪽으로 사라져 갔습니다.

그녀와 남편 천정장정의 결혼생활은 행복하고 순탄하였습니다. 조금도 부족함이 없고 즐겁고 편안한 나날이었습니다.

부부간 금슬도 남달랐습니다. 아이도 2남 3녀… 풍신수길이라는 자의 얼굴도 이름도 잊은 지 이미 오래였습니다.

그러던 그녀에게 결혼 7년째, 그녀의 나이 26세 때 갑자기 비극이 그녀의 가정을 덮쳐 왔습니다.

사정은 잘 모르지만, 남편 천정장정이 오빠 직전신장에게 반기를 들었고, 오빠의 군대가 몰려와 성을 포위한 것입니다.

남편은 이미 싸움에 져서 성 안으로 후퇴해 왔는데, 그녀를 보고 조용히 입을 열었습니다.

"당신과 7년, 참 행복했고, 내 인생 최고의 시간들이었어.

싸움에 지고 이 꼴이 되었지만, 나 자신 후회하지는 않아. 당신 오빠의 조치는 참을 수 없었어…….

그러나 이 일은 당신과는 아무 상관도 없는 일이야. 당신 오빠도 그건 알고 있고……. 당신과 딸아이들은 살려 줄 거야……. 나를 용서해 줘."

그녀는 눈물로 범벅이 되어버린 얼굴로 남편 천정장정에게 매달렸습니다.

"오빠가 당신을 용서해줄 거예요. 제가 말씀드릴게요, 여보. 오빠가 용서해주지 않으면 그땐 우리 같이 죽어요. 제발 여보, 죽든 살든 같이 있어요, 네?"

남편은 눈물을 보이지 않겠다는 듯이 고개를 돌리고는, 눈물로 호소하는 그녀를 잡아끌어 성문 바깥으로 밀어내었습니다. 그리고 는 잠시 후 세 딸도 성문 바깥으로 밀어내었습니다.

성문을 두드리며 통곡하는 그녀의 눈에는 성 안에서 솟아오르 는 검붉은 화염이 보였습니다.

그녀의 첫 남편 천정장정은 그녀와 세 딸을 남기고 이렇게 스스 로 목숨을 끊었습니다.

직전신장은 갑자기 과부가 되어버린 여동생에게 못내 미안한 생각이 들었습니다. 물론 싸움의 원인을 만든 것은 자신이 아니라 매제였으나, 매제를 꼭 죽였어야 했나 하는 죄의식이 들었습니다.

오이치는 남편의 초상이 끝나자 딸들을 데리고 작은 오빠 직전 신포(織田信包: 오다 노부카네)가 마련해 준 어느 조그만 암자로 거 소를 정하였고, 직전신장은 쌀을 보내 주어 모녀를 먹여 살렸습니 다.

그리고 다시 수 년이 흐른 어느 날, '이 애들만 시집보내면 여 승(女僧)이 되겠다'는 그녀의 편지를 받고 직전신장은 가슴이 찢 어지는 듯하였습니다. 오이치가 태어나던 그 해 부모님이 죽었고, 13살의 소년으로 그는 부모 대신 그녀를 키웠던 것입니다.

'그래, 그간 너무 오래 혼자 살았어. 저 애를 빨리 재혼을 시켜 상처를 잊게 해야지……'

그 말과 함께 문득 직전신장의 머리에 떠오른 사람이 시전승가였 습니다.

'시전승가가 얼마 전에 상처(喪妻)를 하였지? 그러니 홀애비가

아닌가……. 나이 차이야 뭐……. 나이 차이가 좀 있어야 잘 감싸줄 게 아닌가.'

시전승가는 자기 집안을 대대로 섬기던 명문 출신이었고, 녹봉이나 인품 등 모든 면에서 직전신장으로서는 매우 믿음이 가는 부하였습니다.

다만 마음에 걸리는 것은 그의 나이가 너무 많다는 것이었는데, 당시 시전승가는 오이치보다 26살이나 많은 57세였습니다.

이리하여 오이치는 오빠에게 등이 떠밀리어 시전승가와 동거하게 되었습니다.

오이치의 새로운 결혼생활도 평탄하고 행복하였습니다. 남편은 자기뿐만 아니라 의붓딸들을 친딸처럼 아껴주었습니다. 그리고 1년 전, 직전신장이 암살된 이후에 두 사람은 정식으로 결혼도 하였습니다.

그러나 재혼 5년이 지난 지금, 남편은 이미 62세.

야심에 가득찬 풍신수길의 도전을 이겨내기에는 이미 힘이 다한 듯 보였습니다.

성을 포위한 풍신수길의 군은 지금이라도 성벽을 기어오르려는 듯이 요란한 기세를 올리고 있었습니다.

'항복하라. 무모한 반항은 그만 두라.'
는 편지가 빗발치듯 날아왔습니다.

항복.

그 의미를 시전승가는 너무도 잘 알고 있었습니다. 항복하고 성주와 그 직계가족만 자살하면 나머지는 불문(不問)에 부치는 것이 당시의 관행이었습니다.

사실 시전승가는 풍신수길에게만은 항복하고 싶지 않았으나, 자식들과 젊은 아내가 마음에 걸렸습니다.

'그래, 나 하나만 죽고 쑥대밭을 면할 수 있다면, 저 원숭이 녀석에게 항복하자. 저승에서 만나 원수를 갚으면 되지 않겠는가.'
시전승가는 자기의 최종 결심을 측근에게 알렸습니다.

그런데 뜻밖에도 오이치가 따라 죽겠다는 의사를 표시하였습니다. 그녀를 설득하는데, 반나절이 지나고 하루가 지나도 그녀의 뜻은 확고하였습니다.

시전승가는 그녀의 진의를 알게 되었습니다.

직전신장이 이미 오래 전에 죽어 이제는 의지할 곳이 없는 그녀는 삶의 의욕을 잃고 있었던 것입니다. '세 딸의 목숨만 건지면 나머지는 모든 걸 버리겠다'는 그녀의 비장한 각오를 들은 시전승가는 목놓아 울었습니다.

'남편으로서 내가 이리도 못난 놈이란 말인가?'
그의 가슴은 찢어질 듯했습니다. 그러나 시세는 이미 기울었고 풍신수길의 최후통첩은 시한을 넘기고 있었습니다.

시전승가는 사람을 보내어 자신의 뜻을 풍신수길에게 알렸습니다. '주군 직전신장의 피붙이는 보살펴 주겠는가?' 하는 내용이었습니다. 그리고 그 편지에는 '딸들을 부탁합니다'는 오이치의 간단한 편지도 붙어 있었습니다.

풍신수길은 '딸들을 부탁한다'는 오이치의 애절한 사연의 의미를 금방 알아차렸습니다.

풍신수길은 '목숨은 보장한다'는 내용의 답장을 쓰면서도 몇 번이나 고치고 또 고쳤습니다. 그는 오이치의 목숨을 지켜주고 싶었습니다. 그녀의 자존심을 상하게 하지 않고 그녀를 성 밖으로 불러낼 방법은 없겠는가, 하고 고민에 고민을 거듭하였습니다.

　그러나 풍신수길의 의중과는 관계없이 세 딸을 성 밖으로 내보낸 시전승가와 오이치는 성에 불을 지르고는 인간만사의 모든 죄업과 함께 불 속에 몸을 던졌습니다.

　이미 해는 저물어 새빨간 불꽃이 초여름 밤을 밝혔고, 그 불길 속에서 시전승가의 모습이 서서히 나타났습니다.

　'자네가 이겼네. 자네도 사내임을 난 알고 있어. 무고한 사람은 죽이지 말게'

하는 말을 남기고는 사라졌습니다. 그리고, 이번에는 오이치가 언제나 다름없는 모습으로 그 불꽃 속에서 나타났습니다.

　'수길(秀吉)씨! 저는 늘 알고 있었어요. 지금 이렇게 헤어져도 우리에게는 맺어질 수 있는 인연이 아직 남아 있어요'

알 듯 모를 듯한 말을 남기고는 사라져 갔습니다.」

풍신수길의 오이치에 대한 집념

　유화여신이 안타깝다는 듯 업화신의 말에 끼어 들었다.

「풍신수길의 독심술(讀心術)로도 여자의 마음은 사로 잡을 수가 없었던 것이군요. 오이치는 자신의 의사대로 자신의 길을 택했으니까요…….

　그런데 오늘 아침 신문을 보니까, 사회면에 오이치와 그 딸들에 대한 기사가 많이 있었습니다. 오늘 이 문제를 이 법정에서 취급하니까 미리 기사를 내보낸 것 같습니다만…….

'풍신수길은 이제 고아가 되어버린 오이치의 첫딸 차차를 불러 만나 보는데, 차차가 너무나 자기 어머니를 닮아 첫눈에는 그녀를 오이치로 착각할 정도였다.

그래서 풍신수길은 차차를 첩실로 들여앉혀 정성을 들였고 마침내 아들을 얻는다…….' 대충 이런 러브스토리였습니다만…….」

업화신이 대답하였다.

「이승세계에서는 모두들 지금 유화여신께서 말씀하신 대로 그렇게 믿고 있습니다.

오늘 우리 저승 주요 일간지들이 그렇게 보도한 것도 아마 이승세계 역사 교과서들을 보고 그대로 옮겨 기사화(記事化)한 것 같습니다.

그러나 지금 피고인석 가운데 오이치와 차차가 같이 출석해 있습니다만, 보시다시피 두 모녀가 다소 닮은 것은 사실이나, 그렇다고 착각할 정도로 비슷하지는 않음을 쉽게 알 수 있습니다.

'두 사람이 쏙 빼 닮았다'는 말을 만든 것은 풍신수길이었습니다. 조금 전에 설명드린 것처럼, 그는 자식을 만들기로 마음먹으면 50대 나이에도 200명이나 되는 여자를 끌어모으는 독기의 사나이입니다.

자기가 사모했는데 자신을 버리고 가버린 오이치를 그는 용서할 수 없었습니다. 그래서 딸 차차를 오이치로 만들어 갑니다.

그는 그런 집념의 사나이였지요.

그는 그녀에게 머리 모양, 옷 모양, 몸짓 등을 모두 오이치 흉내를 내도록 하였고, 그래서 차차는 마침내 오이치와 거의 똑같이 되어 갔던 것입니다.」

솔라신이 물었다.

「어쨌든 차차가 풍신수길의 아들을 낳아 준 것은 사실이지요?」

업화신이 대답하였다.

「그건 사실입니다. 이승세계에서는 그 아이의 아버지가 따로 있다는 둥 여러 가지 소문이 무성하였으나, 본 서기반에서 실시한 유전자 감식 결과 그 아이는 틀림없이 풍신수길의 아이였습니다.

하여튼 차차가 임신하자, 50대 초로(初老)의 풍신수길의 기쁨은 이루 말로 다할 수 없었습니다. 풍신수길의 눈은 새로운 의욕으로 빛을 발합니다.

그는 본가(本家) 대판성(大阪城)에서 조금 떨어진 경도(京都)에 별장을 지어 차차를 그곳으로 옮겼습니다. 차차가 마음 편히 살도록 본처로부터 떼어 주자는 계산이었습니다.

이리하여 1589년 5월 27일 차차는 아들을 낳아 주었습니다.」

외아들 학송(鶴松)의 요절

솔라신이 다시 물었다.

「그런데 그렇게 어렵게 얻은 아이가 곧 죽어버렸다면서요?」

업화신이 대답하였다.

「그렇습니다. 그 아이는 요절해 버립니다.

풍신수길은 세상만사 모든 것을 가면(假面)놀이로 생각하였습니다. 전쟁도, 출세도, 돈도, 여자도……. 모든 것이 자기 하기 나름의 가면놀이라는 것이었죠.

그런 그에게도 진실이 찾아왔습니다.

가면(假面)을 벗어 던지고 진피(眞皮) 인간 풍신수길을 드러내어야 하는 순간이 찾아왔던 것입니다.

그것은 금쪽같은 아들 '학송(鶴松: 츠루마츠)이'가 불과 세 살의 나이로 1591년 8월 5일, 그러니까 풍신수길의 나이 55세가 되는 해 여름에 죽어버렸을 때였습니다. 그해는 무덥고 비도 많았던 여름으로, 임진왜란이 일어나기 8개월 전의 일이었습니다.

허약하기 그지없었던 학송이는 그해 1월부터 감기 기운으로 병앓이를 시작하더니, 나은 듯하다가 재발하고 나은 듯하다가 재발하곤 하여 끝내는 숨을 거두고 만 것입니다.

고열과 기침에 신음하는 어린 아들을 지켜보는 풍신수길은 자신의 살점이 떨어지고 숨이 막히는 심정이었습니다.

그는 일본의 명의(名醫)란 명의는 모두 다 부르고, 용하다는 무당과 노파들도 모두 다 불렀습니다. 전국의 모든 사찰(寺刹)과 신사(神社)에 등불을 달고 이름을 써 넣어 아들의 쾌유를 빌고 또 빌었습니다.

그러나 그런 모든 노력들이 허사로 돌아가고 귀엽기 그지없던 아들은 그만 저 하늘나라로 날아가 버렸습니다.

낙담으로 실성해 버린 풍신수길은 자기의 상투를 자르고 아들의 영구 옆에 쓰러져 통곡하였습니다. 고하노소(高下老少) 모든 신하들도 따라서 상투를 자르고 엎드려 울음을 터뜨렸습니다.

그때 풍신수길은 몇 달 간 완전히 실성한 사람이 되었습니다. 그는 명산대찰을 돌며 자식의 넋을 위로하였고, 유명한 온천을 돌며 탕치(湯治)도 해 보았으나, 그 허전하고 애통한 마음은 깊어만 갈 뿐이었습니다.

어렴풋이 잠이 들면 꿈 속에 아들이 나타났고, 그는 깜짝 놀라 잠을 깨고는 눈물을 쏟으며 통곡하였습니다.

그는 자기가 일생을 걸어 차지한 관백(關白)이라는 최고의 자리, 온갖 사술(詐術)로 긁어모은 금괴, 금장식, 금붙이,…… 아들을 낳겠다고 붙잡아 두었던 200명의 여인들…….

그 모든 것이 갑자기 무의미하고 하잘것 없는 것으로 보였습니다. 그는 석 달 이상 정무를 버리고 앞으로의 자기의 삶에 대한 방향을 정리하게 됩니다.」

관백(關白)이 되고 태합(太閤)이 되다

솔라신이 업화신에게 물었다.

「풍신수길이 관백(關白)이었다고 하셨는데, 어떤 곳에서는 태합(太閤)이라는 표현도 나오더군요. 관백은 무엇이고 또 태합은 무엇입니까?」

서기장 업화신이 말했다.

「왕이 나이가 어리면 섭정(攝政)을 두어 정무를 보좌하도록 합니다. 이것은 동양 3국 공통으로, 예를 들면 조선에서 고종이 어려서 즉위하자 고종의 아버지인 흥선대원군이 섭정이 되어 정무를 보좌하였습니다.

물론 그 왕이 성인(成人)이 되면 당연히 섭정은 사퇴하고 정무를 왕에게 되돌려 주게 됩니다. 이것이 섭정입니다.

일본에서도 물론 이 섭정제도가 있었습니다. 그런데 일본에서는 이 섭정 외에도 관백(關白)이라는 제도도 있었습니다.

관백이란 성인(成人)인 왕에 대하여 정무를 보좌하는 사람입니다. 왕이 성인이라 하더라도 왕에게, '관백의 보좌를 받아서 정무를 하시오. 마음대로 정사를 보아서는 아니되오'라는 제약을 가한 것입니다.

왕권이 강한 전통을 가진 한국이나 중국에서는 어림도 없는 이야기겠습니다만, 일본의 왕, '천황(天皇)'이란 자리는 역사상 대부분의 기간 동안 실권이 없는 상징에 불과하였습니다.

일본 천황의 성격은 '통치는 아니하고 일본을 상징할 뿐이다'고 할 수 있을 만큼 그 지위가 약했습니다.

천황이 하는 일이란 겨우 페이퍼 발령이나 내리고 신사(神社)를 관리하는 정도였습니다.

그럼에도 불구하고 권력을 손에 쥔 측에서는 천황을 견제하고자 그런 사소한 일들도 자기들이 동의하여 임명한 관백의 보좌를 받아서 하라고 얽어매었던 것입니다.

이 관백은 전통적으로 천황의 외척 가운데 실권층과 가까운 사람이 임명되는 것이었는데, 미천한 신분 출신인 풍신수길이 이 관백 자리에 관심이 있었던 것입니다.

물론 풍신수길은 천황의 외척이 아니었습니다. 원래 풍신수길의 집안은 천황과 혼인을 할 수 있는 그러한 수준 자체가 아니었습니다.

그럼에도 그는 1585년 위압으로 황후 집안의 유력자였던 등원전구(藤原前久: 후지와라 마에히사)라는 자의 형식적인 양자가 된 후, 성을 등원(藤原)으로 바꾸어 자격을 갖춘 뒤, 당시의 관백이었던 등원소실(藤原昭實: 후지와라 아키자네)을 퇴임시키고 유유히 관백의 자리에 올라갔습니다.

　물론 관백 자리를 손에 넣고 나서는 '등원'이라는 성도 내버리고 맙니다.

　이것이 풍신수길이 관백이 된 연유입니다만, 그의 아들 학송이가 죽어버리자 그 자리에도 흥미를 잃어버리고, 그 자리를 양자인 풍신수차(豊臣秀次: 토요토미 히데츠구)에게 물려줍니다. 학송이가 죽은 지 4개월이 지난 1591년 12월의 일이었습니다.

　수차(秀次)는 누나의 첫아들로 당시 24세였는데, 풍신수길이 '다시는 자식 가지는 데 연연해 하지 않겠다'고 모진 각오를 하고, 이 기회에 후계자를 세워서 모든 것을 잊고 새 출발을 하자는 뜻에서 양자로 삼았던 것입니다.

　관백 자리를 수차에게 양위해버린 뒤 풍신수길은 신하들에게 자신을 '태합(太閤)'으로 부르도록 명령하였습니다.

　일본 역사에서 태합이라 불린 사람은 풍신수길뿐일 정도로 이 자리는 애매한 명칭입니다.

　'태합'이란 '클 태(太)'와 '궁전 합(閤)'이라는 두 글자를 합쳐 만든 말인데, 풍신수길은 그런 의미로 새로운 단어를 만들었던 것입니다.

　풍신수길은 '합(閤)'이라는 글자를 좋아하여 조선의 선조왕에게 보낸 국서(國書)에도 '합하(閤下)'라는 존칭을 붙일 정도였습니다.

　어쨌든 그 당시 일본 사람들에게는 '태합'이란 말은, 살아도 죽어도 따라야 하는 지엄의 권력자를 가리키는 존칭으로 사용되게 되었습니다.」

풍신수길의 축재술(蓄財術)

솔라신이 다시 업화신에게 물었다.

「관백이니 태합이니 하는 말이 그런 뜻이었군요. 많은 참고가 되었습니다.

그리고……, 풍신수길은 금을 좋아하여 많은 금붙이를 모으고, 대저택과 성곽을 새로 짓는 대규모 토목사업도 끊임없이 벌였습니다. 여자도 그리 많았고…….

그렇게 하려면 돈도 엄청 들었을 텐데, 도대체 풍신수길은 그 많은 돈을 어떻게 모았던가요?」

서기장 업화신이 말했다.

「권력자가 돈을 끌어모으는 수법에는 동서고금을 통해 크게 세 가지가 있습니다.

첫번째 수법은, 부하들을 시켜서 백성들로부터 빼앗는 것인데, 이것은 하수(下手)입니다.

두번째 수법은, 상인이나 기업가에게 이권을 주면서 거래의 대가로 금품을 받는 것인데, 이것은 중수(中手)입니다.

풍신수길이 살던 그 시대는 말할 것도 없고, 400년이 지난 20세기가 되어도, 대부분의 권력자들은 이 하수(下手)나 중수(中手)를 써서 돈을 모으고 있습니다만, 이러한 수법은 바로 백성들의 저항에 부딪쳐 자신의 권력 유지 자체가 위태롭게 된다는 단점이 있습니다.

돈을 끌어모으는 상수(上手)는 엉터리 물건을 귀한 것으로 믿게 한 후 돈있는 자에게 팔아서 거금을 챙기는 것입니다.

예를 들면, 20세기 말 미국에서 대통령을 한 윌리암 클링톤이란 사람은 자기와 같이 마시는 커피 한 잔에 이승화폐 5천만 원을 받았고, 자기 집에 하룻밤을 재워주는 데 1억 원을 받았습니다.

상대는 불문입니다. 하수나 중수에 비하면, 이 수법은 상당히 고단수의 수법이라 평가할 수 있습니다.

그러나 이러한 클링톤의 수법도 풍신수길의 꾀에 비하면 유치하기 짝이 없는 것입니다.

왜냐하면, 백성들이 '커피만 마셨겠느냐? 잠만 잤겠느냐?' 하고 의심을 품고, '무언가 검은 거래가 있지 않았겠느냐' 하고 의심을 하기 때문입니다. 이래서는 100점을 받을 수가 없지요.

그런데 풍신수길의 수법은 엉터리 물건을 귀한 것으로 믿게 한 후 돈있는 자에게 팔아 거금을 챙기는 것이었습니다.

상대는 그것이 정말 귀한 것으로 죽을 때까지 믿어버리는데, 여기에 그의 신산묘법(神算妙法)이 있습니다.

다시 말씀드리면, 클링톤의 커피를 사 마신 사람은 아무도 그 커피가 5천만 원 짜리라고 믿고 그 커피를 사 마신 게 아닙니다. 그러나 풍신수길의 물건을 산 사람은 그 물건이 5천만 원 짜리라고 확실하게 믿었고, 그 이웃도 그 후손들도 그 물건이 5천만 원 짜리라고 확실하게 믿고 있습니다. 그리고 그 물건은 세월이 지나면서 1억 원도 되고 10억 원도 됩니다.

풍신수길이 돈을 빗자루로 쓸어 담을 정도로 벌었어도 아무도 그에게 사기를 당했다고 생각하지 아니하였으니, 참으로 교묘하기 짝이 없는 신산묘법의 축재술(蓄財術)이었던 것입니다.」

차(茶)와 찻잔의 보급

솔라신이 궁금하다는 듯이 서기장 업화신에게 재촉하였다.

「세상에 그런 수법이 있을 수 있습니까? 도대체 풍신수길이 무슨 물건을 팔았기에 사람들은 그처럼 감쪽같이 속았단 말입니까?」

서기장 업화신이 말하였다.

「그것은 차와 찻잔이었습니다. 풍신수길은 찾아오는 손님마다 차를 대접하고 차와 찻잔에 대한 이야기만 하여 그들의 관심을 끌었습니다.

그리고 봄, 가을 두 차례씩 소위 '다도회(茶道會)'라는 것을 열었습니다. 처음에는 상당한 지위를 가진 자를 대상으로 해서 다도회의 품격을 올린 다음에, 서서히 일반인들로부터도 참가를 받았습니다.

물론 관심을 더 높일 필요가 있을 때에는 일부러 참가 정원을 제한하였습니다.

그리고 자신에게 부족한 전문성을 보완하기 위하여 당시 차의 전문가였던 천리휴(千利休: 센노리큐)라는 자를 충분히 활용하여 차와 찻잔에 대한 수많은 미사여구와 이야기를 만들어 냈습니다.

이승세계에서는 요즈음도 귀금속 판매나 고급 백화점 세일에 이 전략은 대단히 효과가 있습니다만, 더구나 그 당시는 16세기였습니다. 모두들, '다도(茶道)를 모르면 야만인이구나. 차와 찻잔은 참으로 중요한 것이구나' 하고 완전히 믿게 되었습니다. 자연히 차와 찻잔의 값이 천문학적으로 비싸집니다.

당시 일본에서 유행한 것은 조선에서 만든 '종발(鐘鉢)이 막사발'이었습니다. 그것은 별것이 아니었는데도 풍신수길은 부하를 통해 천 배, 만 배 가격을 붙여 팔았습니다.

풍신수길은 금새 부자가 되었습니다.

조금 덧붙여서 말씀드리자면, 일본 사람들에게는 이제 '막사발'은 완전히 신앙이 되었습니다.

임진왜란 때에는 일본군 병사들이 경상도 지역의 민가(民家)를 털어 막사발 그릇을 찾는가 하면, 1920년대와 30년대에는 조선을 식민지로 지배하면서 이제는 묘(墓)까지 파 뒤집으면서 막사발 그릇을 찾느라 야단법석을 떨었습니다. 일확천금을 노렸던 것이지요.」

업화신의 설명이 계속되는 동안 기자석에서는 다시 술렁거렸다. 방청석 가운데는 '아, 그렇게까지!' 하고 놀라는 소리가 여기저기서 튀어나오고 있었다.

업화신은 말을 계속하였다.

「한 말씀만 덧붙이자면, 본 신이 풍신수길에게 최근 일본 수상을 지낸 적이 있는 전중각영(田中角榮: 타나카 카쿠에이)이란 자가 뇌물수령죄로 이승에서 실형을 살았다고 알려 주자, 그 이야기를 듣고 나서 풍신수길은,

'흐으음……. 여기가 나쁘면 몸으로 때워야지요.'
하곤 껄껄껄 웃으면서 손가락으로 머리를 가리켰습니다.

본 신이 웃는 까닭을 추궁하자, 그는 '내가 지금의 이승세계에 대하여 들어 보니, 팔아먹을 게 엄청 많던데……. 1억 원 짜리 특수 담배 케이스, 5천만원 짜리 향나무 빈 술병, 1백만 원 짜리 특

별 껌을 만들어서 팔면 될 걸, 돈은 왜 받어? 자업자득이지.'
하곤 손가락으로 머리 쪽을 가리키며 그 전중각영(田中角榮)이란
자가 왜 머리를 안 쓰는지 안타까워했습니다.」

아까부터 대왕봉을 쓰다듬고 있던 염라대왕이 천천히 입을 열
었다.
「지금까지 인간 풍신수길에 대하여 자세하게 보고해 주신 업화
신께 깊은 감사를 드리는 바이오. 질문은 이미 보고과정에서 충분
히 하신 것으로 하겠소.
업화신께서는, 인간 풍신수길은 남의 마음을 읽는 귀재(鬼才)로
상황 상황에 따라 애교작전, 넉살작전, 읍소작전, 선물작전, 충성서
약 작전 등등을 적절히 구사하였다고 하셨는데, 듣고 보니 참으로
교묘하기 짝이 없는 인간이었던 것 같소.
그리고 또한 그는 실권을 장악하고부터는 악랄하기 그지없는
폭군 내지 독재자로 표변하였다고 했는데, 그 말도 지극히 정곡을
찌르는 표현인 것 같소.
한마디로 본인이 종합적으로 평가한다면, 그는 패자(覇者)이지
인자(仁者)는 아니었다. 다시 말하면, 백성의 아픔을 감싸주는 제
왕(帝王)의 그릇은 아니었다는 생각이 드는구려.
때늦은 후회지만, 짐이 풍신수길에 대하여는 난세를 종식시키는
임무만을 주는 것으로 끝냈어야 했소. 짐이 잘못 생각하여 저승사
자 파견을 늦추었던 것이오.
짐은 당시 그가 약 120년에 걸친 일본의 혼란을 종식시킨 것에
대하여 높게 평가하였소. 그래서 좀 더 수명을 연장시켜 주었는데,
그 결과가 이렇게까지 되어버릴 줄이야 미처 예상하지 못하였소.

  어쨌든 이번 일을 거울삼아 다시는 이런 일이 되풀이되지 않도
록 할 것이오.」

  침통한 표정으로 염라대왕은 대왕봉을 집었다.
  「이것으로 오늘 법정은 종결하도록 하겠소. 다음 재판은 이미
공고한 일정대로 속개할 것이오.」

  3타(打)의 대왕봉 징소리가 무겁고 웅장하게 울려 퍼지는 가운
데 제2일의 재판은 막을 내렸다.

3
종의지_{宗義智}의 협상 노력

붉은 법의를 입은 염라대왕이 천천히 입을 열었다.

「지금부터 오늘의 재판을 속개하도록 하겠소. 검찰측과 본 재판부측이 이미 합의한 바에 따라, 오늘은 1592년 4월의 동래성 싸움을 중심으로 심리하고자 하오.

풍신수길은 1590년 11월 8일, 그러니까 전쟁이 일어나기 1년 5개월 전에 일본 경도(京都)에서 조선측 대표를 접견하는데, 풍신수길은 이 접견에서 조선측이 자신의 요구를 거절하였다고 결론을 내리게 되오.

그래서 그는 부하들에게 조선을 칠 준비를 하도록 지시하였고, 20만 대군을 동원하여 1592년 1월 6일 드디어 조선을 공격하도록 명령하게 되오.

일본군 제1군 1만8천 명이 4월 13일 부산에 상륙하게 됨에 따라 조선과 일본은 바로 열전으로 돌입하게 되었는데, 대마도 영주 종의지(宗義智: 소오 요시토시)의 노력에도 불구하고 양국간에 그 교섭이 왜 결렬되었는지, 엄화신께서는 그것부터 먼저 알려 주시기 바라오.」

이날 재판정의 모습은 전 번 재판 때와 비슷하였다.

두터운 서류가 가득한 가운데 서기장 엄화신이 조용하고 차분한 목소리로 보고하기 시작하였다.

일본의 항복 요구

「먼저 조선과 일본의 교섭과정을 말씀드리겠습니다.

이 부분은 이승 세계의 역사책에 아주 상세히 잘 나타나 있는 만큼 가급적 간단히 보고를 드리도록 하겠습니다.

1583년 4월, 북장성(北庄城) 싸움에서 시전승가(柴田勝家: 시바타 카츠이에)를 자결하게 함으로써, 풍신수길이 직전신장의 후계자 자리를 확실히 차지하였다는 것은 이미 말씀드린 적이 있습니다. 그러나 이로써 일본 통일이 완수된 것은 아니었습니다.

주군인 직전신장이 살아 있을 때부터 자신과 대결을 계속해 온 다섯 명의 거대 영주들과 십여 명의 군소 영주들이 여전히 남아 있었습니다.

그 다섯 명의 거대 영주들은 다음과 같았습니다.
　　동북(東北)지방　　북조씨직(北條氏直: 호오죠오 우지나오)
　　동경(東京)지방　　덕천가강(德川家康: 도쿠카와 이에야스)
　　사국(四國)지방　　장증아부원친(長曾我部元親: 쵸소카베　모토
　　　　　　　　　　　치카)
　　중부(中部)지방　　모리휘원(毛利輝元: 모오리 테루모토)
　　구주(九州)지방　　도진의홍(島津義弘: 시마츠 요시히로)

풍신수길은 1583년부터 일본 통일에 박차를 가하게 됩니다. 그
는 먼저 1년 전 모리휘원과 맺었던 평화협정을 정식으로 인정하였
고, 1584년에는 덕천가강과 평화협정을 체결하였습니다.
모리휘원과 덕천가강은 운이 좋았습니다.
싸움은 피하면서 광대한 영토는 고스란히 그대로 인정받았던
것이기 때문입니다. 그런 것도 통일(統一)인지 이해하기 어려운 내
용이 있으나, 하여튼 명목상으로는 통일이었습니다.
1585년에는 장증아부원친(長曾我部元親)을 공격하여 영토를 일
부 빼앗으면서 사국(四國)지방을 평정하였고, 1587년에는 도진의
홍(島津義弘)을 공격하여 그 영토의 대부분을 빼앗으면서 구주지
방을 평정하였으며, 1590년에는 북조씨직(北條氏直)을 공격하여
그를 자결시키고 그의 영토를 전부 빼앗으면서 동북지방을 평정하
였습니다. 그 사이에 군소 영주들도 전부 평정되었습니다. 123년
간의 전란(戰亂) 시대가 끝나고 드디어 일본에 통일이 찾아온 것
입니다.

여기서 주목해야 할 것은 풍신수길이 내건 평화조건의 내용입니다. 그의 평화조건은 해가 가고 달이 갈수록 점점 더 까다로운 내용으로 바뀌어 갔던 것입니다.

사실 풍신수길은 후에 모리휘원과 덕천가강과 맺은 평화협정에 대하여 후회를 하고 있었습니다.

"으음, 너무 관대한 조건으로 협정을 맺어버렸어. 너무 큰 불씨를 남기고 말았어. 저 친구들이 나를 배반하려 들면 언제나 배반할 힘이 남아 있질 않은가 말이야…….

그리고 영지가 너무 모자라. 소서행장과 가등청정이 일을 잘 하는데……. 저 손바닥만한 영지로는 저 친구들이 만족하지 않을 꺼란 말이야……."

그리하여 그가 침을 삼키게 되었던 것이 조선과 명 나라의 땅이었습니다.

1587년 여름, 풍신수길은 일본을 통일하기 위하여 구주지방에 대군을 끌고 갔을 때의 일이었습니다. 그는 대마도 성주 종의조(宗義調: 소오 요시시게)와 그의 양자 종의지(宗義智: 소오 요시토시)에게 구주의 박다(博多), 즉 지금의 후쿠오카(福岡)로 출두하도록 대마도에 사신을 보냈습니다.

지시를 받은 두 사람이 6월 6일 박다에 나타나자, 풍신수길은

"그대가 조선국왕에게 연락하라. 나에게 찾아와서 일본의 속국으로 되겠다고 서약하라고 전하라. 그렇게 하지 않으면 내가 대군을 출동시켜 조선을 정복하고 말 거라고 전하라. 그리고 곧 내가 명 나라를 평정하려 하는즉, 조선도 군사를 내어 성심껏 협력해야 함도 전하도록 하라!"

하고 통보하였습니다.

대마도 영주 종의조는 부득이 그해 가을 부하 귤강광(橘康廣: 타치바나 야스히로)을 조선에 보내어,

'일본이 명 나라에 쳐들어 가려 하니 길을 빌려 달라'
고 간청을 하였습니다. 그러나 조선측은 그게 무슨 미친 소리냐며 이를 거부하였습니다.

풍신수길이 요구한 것은 '속국으로 되겠다는 항복'을 받아 오라는 것이었으나, 종의조는 그런 요구로는 조선에 말도 붙이지 못할 것으로 생각하여, '길을 빌리겠다' 는 부드러운 말로 바꾸어 했던 것입니다.

그러나 그 부드러운(?) 간청조차 조선측이 거부하자, 종의조는 마음에 병이 들어 그만 죽고 말았습니다. 그리고 그의 양자 종의지(宗義智)가 대마도의 새로운 성주가 되었습니다.

다음 해, 즉 1588년 종의지는 교섭이 실패하였음을 보고하러 대판성(大阪城)을 찾아갔습니다.

종의지의 이야기를 들은 풍신수길은 길길이 뛰면서,

"네놈은 그 문제도 하나 해결하지 못하느냐? 조선 국왕이 나를 찾아와 항복을 하도록 하라! 그렇지 않으면 대군을 투입하여 조선을 정벌하고 모조리 도륙하고야 말겠다!"
고 노발대발하였습니다.

당시 풍신수길의 비서실장은 석전삼성(石田三成: 이시다 미츠나리)이었습니다.

그는 종의지에게 살짝, '직접 서울로 찾아가서 관백의 분노를 전하여 전쟁을 막도록 해 보라' 는 은밀한 지령을 내렸습니다.

  길을 서둘러 종의지는 자신의 장인이자 풍신수길의 신임이 두터운 소서행장(小西行長: 코니시 유키나가)을 찾아갔습니다.

  두 사람은 고민과 고민을 거듭한 끝에 조선측도 속이고 풍신수길도 속이는 길밖에 없다고 생각하게 되었습니다.

  즉, 자기들 멋대로 '일본국왕 대표단'이라는 대표단을 만들어 조선에 보내고, 조선이 그에 답례를 하도록 만들기로 했습니다. 그리고 조선국왕 대표단이 일본에 오면 풍신수길에게 '저 사람들이 항복하러 왔습니다'고 말하기로 하였습니다.

  그래서 박다(博多)에 있는 성복사(聖福寺)의 승려 현소(玄蘇: 겐소)를 일본국왕의 정사라 칭하고, 종의지를 부사라 칭한 다음, 그들은 1589년 6월 서울로 갔습니다.

  그들은 '일본국왕 사절이 조선에 왔다. 답례로 조선에서도 국왕 사절을 일본에 보내야 한다'면서 양국 수교를 위하여 조선통신사를 일본에 파견해 줄 것을 애원하였습니다.

  그는 공작새, 조총, 서적 등을 조선 조정에 바치고, 핵심 중신들을 초청하여 식사를 대접하고 선물도 돌렸습니다. 그는 오랫동안 서울에 머물면서 조선 정부와 교섭을 계속했습니다.

  "일본에 새로운 실력자가 등장한 만큼 최근 150년간 중단되고 있는 통신사 교류를 재개하여야 한다. 그렇지 않으면 전쟁이 일어날 것이다."
라고 공갈도 쳤습니다.

  마침내 조선 조정이 움직이기 시작했습니다. 조선 조정에서는, 그렇다면 가끔 조선 연안에 출몰하여 살인과 약탈을 자행하는 왜구(倭寇) 문제를 먼저 해결하자고 제안해 보고 그 성의와 태도에 따라 통신사 파견 문제에 대처하여야겠다고 결정하게 됩니다.

그래서 조선 조정에서는, 최근 조선을 약탈한 왜구와 그 앞잡이 노릇을 한 조선 반민(叛民)들을 먼저 조선으로 송환하라는 요구조건을 제시하게 되었습니다.

조선의 움직임에 감격한 종의지는 바로 대마도로 돌아가 1590년 2월 류천조신(柳川調信: 야나가와 시게노부)을 통하여 '이놈들이 바로 그 왜구놈들'이라면서 조선 반민(叛民)들을 포함하여 100명을 조선으로 송환하였습니다.

그리고 그 자신은 바로 대판성으로 풍신수길을 만나러 갔습니다.

풍신수길은 그때 자신이 늘 몸에 지니고 다니는 부채를 쳐다보고 있었습니다. 부채의 한 쪽 면은 중국어 학습교재로 되어 있었습니다.

"니 하오(你好)' 이게 '안녕하시오' 란 중국말이다 이거지? '워 아이 니(我愛你)' 이게 '니가 좋다' 그 말이고?……"

당시 54세의 풍신수길은 열심히 중국어 회화를 배우고 있었습니다. 조금 지루해지면 부채의 다른 면을 폈습니다. 그 쪽 면에는 일본, 조선, 명 나라, 인도, 태국, 필리핀, 류구 등이 그려진 아시아 지도가 있었습니다.

'음. 필리핀과 류구는 이미 항복을 해 왔고……. 그래 백만 대군으로 조선으로 쳐들어가 조선을 먹고, 명 나라를 먹고, 인도를 먹자. 내가 세계의 제왕이 돼야겠어. 나를 따라 고생을 한 놈들에게 땅을 하나씩 나눠 주어 왕이 되게 해줘야겠어……'

이처럼 끝없는 몽상에 젖어 있는데, 석전삼성의 안내를 받아 종의지가 들어왔습니다.

종의지는, 조선으로부터 곧 사신이 일본에 오게 되었다고 보고를 한 뒤, 은근히 칭찬을 받을 것으로 생각하고 있었습니다. 그러나 풍신수길의 반응은 덤덤하였습니다.

"그놈들이 항복하러 온다니 다행이구먼. 어차피 군대를 보내 몰살시킬 생각이었는데……. 항복을 해 온다니, 그럼 내가 만나서 그놈들에게 명 나라 침공의 선봉이 돼라고 해야겠어."

종의지는 새파랗게 질렸습니다.

종의지는 풍신수길의 방을 나와 석전삼성에게 그간의 교섭의 애로를 설명하고 하소연을 했습니다.

"조선은 우리 일본과는 완전히 나라가 다르고, 일본만큼 큰 나라입니다. 조선에서는 양국이 다시 수교하자고 통신사를 보낸다는 것이지, 항복하여 속국이 되겠다는 것이 아닙니다. 조선 측으로서는 그런 생각은 어림반푼치도 없는 소립니다.

귀공께서 나서서 관백께 조선과의 관계를 잘 말씀드려 주십시오. 세상에 어떤 나라가 말 한 마디, 종이 한 장으로 항복을 한단 말입니까?"

석전삼성도 아무 대책이 없는지라 입맛만 다시며 말했습니다.

"현재 관백께서는 조만간 명 나라까지 토벌한다는 확고한 생각을 가지고 계십니다. 조선이 항복하면 조선을 앞세워 가고, 조선이 거절하면 조선부터 쳐부수고 난 뒤 명 나라를 치겠다, 그런 생각을 하고 계신다, 이 말입니다.

나도 걱정입니다. 바다를 건너 해외에 원정을 간다는 게 어디 말처럼 그리 쉽겠습니까?'

관백께서 조선통신사를 만나 보시면 또 다른 생각을 할지도 모를 일이 아니겠습니까? 우리가 무슨 대책이 있겠습니까, 하늘에 기도나 드려보는 수밖에……."

조선통신사의 일본 방문

종의지가 왜구와 조선 반민(叛民)들을 보내옴에 따라, 조선측에서는 일본측의 군사 움직임을 조사하려는 목적으로, 1590년 3월 일본에 파견할 통신사를 구성하였습니다.

단장은 첨지 황윤길(黃允吉)로, 부단장은 사성 김성일(金誠一)로, 사무국장은 전적 허성(許筬)으로, 호위 장수로는 황진(黃進)으로 각각 선임하여 200명 정도의 대표단을 만들었습니다.

대표단이 이렇게 커진 것은 150년 만에 재개되는 통신사 파견이라는 의미도 있었고, 또한 조선 측이 풍신수길에게 예물을 왕창 보내 환심을 사서 서로 화목하게 지내도록 하자는 생각도 했기 때문입니다.

선조왕이 풍신수길에게 주는 국서(國書)도 준비되었습니다.

대표단은 1590년 4월 서울을 떠나 6월 일본 경도(京都)에 도착하였습니다.

그러나 풍신수길이 지방에 가고 없었기 때문에 다시 5개월을 더 기다려, 11월 8일에야 간신히 풍신수길을 만날 수 있었습니다.

그 당시 풍신수길은, 도착한 조선통신사가 조선의 항복사절이라고 철석같이 믿고 있었습니다. 그런데 통신사를 접견하여 선조왕의 국서를 받아본 풍신수길은, 선조왕의 의도를 도저히 이해할 수가 없었습니다.

"'귀공(貴公)의 일본 평정을 축하하며, 우리 양국이 이웃으로서 우호를 계속 돈독히 하고 싶소'라니?……

이게 도대체 무슨 말이란 말인가, 내가 그토록 일렀거늘. '예스'인지 '노'인지 그게 없질 않은가!"

풍신수길은 조선통신사 일행을 그대로 놓아둔 채, 그 당시 18개월된 첫아들 학송이를 껴안고 어르며 생각에 잠겼습니다.

"선조왕이 항복한다는 말이냐, 항복 안 한다는 말이냐? 도대체 내용이 없는 편지가 아니냐?"

그래서 풍신수길은 학송이를 껴안은 채 노한 음성으로 황윤길에게 물었습니다.

"나는 그대 왕에게 물었노라. 우리에게 항복할 것인가 아닌가를 말이다. 그런데 이 편지가 뭐란 말이냐!"

풍신수길의 말을 통역하던 통역은 조금 외교적인 언사로 바꾸어 통역을 하였습니다.

"짐은 선조왕 전하에게 물었노라. 일본에게 조공할 것인가 아닌가를 말이오. 그런데 이 국서(國書)에는 그 대답이 없는 것 같소."

수석대표 황윤길이 입을 열기도 전에 부단장 김성일이 분노를 터뜨렸습니다.

'한 나라의 외교사절단을 대여섯 달이나 기다리게 해 놓고 나서, 이제 회견을 한다고 해서 왔더니 아기나 데리고 나와 어르고……, 그리고 자기는 짐(朕)이고 우리 쪽은 전하(殿下)라고?'
이렇게 생각한 김성일은 노한 음성으로 고함을 질렀습니다.

"우리가 이곳에 온 것이 일본의 위세가 두려워서인 줄 아시오?

귀국이 왜구와 반민(叛民)들을 우리에게 돌려보내고 양국이 새로
수교를 해서 사이좋게 지내자고 하길래, 우리가 바다를 건너 여기
까지 온 것이외다.

그런데 스스로는 높혀 짐이라 부르고 우리 쪽은 낮추어 전하라
부르다니, 이런 예법도 있는 것이오이까?"

김성일의 격렬한 항의를 보고 들은 풍신수길은, 말은 직접 알아
듣지는 못하였으나 그 어조로 보아, 자신에게 강력히 항의를 하고
있음을 알았습니다.

풍신수길은 한참이나 그를 노려보다가 조선 통신사들을 전부 숙
소로 돌아가게 했습니다.

그리고는 참모들과 협의를 하여, 더 이상 저 자들과 논란을 할
것도 없이 정식문서를 저 자들 편에 들려 보내어 일본측의 의사만
을 알리자고 결정하였습니다.

그리고 어차피 명 나라를 침공해야 하니까, 조선측의 회답에 관
계 없이 전쟁준비에 박차를 가하기로 결정하였습니다.

풍신수길의 전쟁준비

풍신수길은 1591년부터 선박을 건조하게 하고, 그리고 군자금
으로 쓸 금화와 은화를 주조하게 하였으며, 48만 끼 분의 식량을
저장하게 했습니다.

영주별 지역별로 동원할 군사의 수를 배정하고, 대마도에 기지
를 구축하도록 하였으며, 1591년 8월에는 일본 구주의 명호옥(名
護屋: 나고야)에 원정사령부 건물을 짓게 했습니다.

명호옥 성(城)이 바로 그것입니다.

그리고 그해 8월 풍신수길은 부하들을 모아놓고, '내년 봄에는 대륙침공을 개시하도록 한다'고 선언을 하였습니다.

그해 연말에는 '자신은 조선과 명 나라 원정에만 전념하기로 하였다' 면서, 관백의 자리도 양아들 풍신수차(豊臣秀次)에게 물려주었습니다.

조선측의 국방 준비

조선통신사 일행은 귀국길에 올라 다음 해, 즉 1591년 1월 대마도에 도착하였습니다. 그곳에서 바다 날씨가 좋아지기를 기다리고 있을 때, 풍신수길의 회답 국서(國書)라는 것이 도착하여 황윤길에게 전달되었습니다.

김성일은 그 국서라는 것을 읽어보고는, 그 중에서 일부 단어가 국제 예법에 어긋난다고 생각하였습니다.

예를 들면, 선조왕은 '전하(殿下)'라고 불러야 하는데 '각하(閣下)'라고 되어 있고, 선물은 '예폐(禮幣)'라고 불러야 하는데 '방물(方物)'이라 표기되어 있었던 것입니다.

김성일이 그것을 종의지에게 지적하자, 종의지는 그것을 수정하여 새로운 국서를 가져다 주었습니다.

이러다 저러다 보니, 세월이 자꾸 흘러가 통신사가 서울에 돌아온 것은 1591년 3월이었습니다. 서울을 출발한 날로부터 꼭 1년이 걸렸던 것입니다. 이런 느림보 외교가 자행된 이후에도 조선은 또 다시 큰 소용돌이에 빠져들게 됩니다.

먼저 일본이 침략할 것인가 아닌가를 두고 대표단 사이에 의견이 갈렸던 것입니다. 대표단장 황윤길, 사무국장 허성(許筬), 호위 장수 황진(黃進)은 모두 일본의 침략이 있을 것이라 하였습니다.

그러나 국제 예법에는 그렇게 탁월하던 부단장 김성일은 엉뚱한 소리를 하였습니다. 일본의 침략은 없을 것이라고 했던 것입니다.

결국 조선 조정에서는, 은밀히 전쟁 준비는 하되 대외적으로는 일본군의 침략은 없을 것이라고 발표하기로 하였습니다.

일견 깔쌈한 방안 같아 보였지만, 이러한 발표에는 문제가 있었습니다.

왜냐하면, 성곽을 보강하려고 백성들을 동원하려고 하면, 백성들은 '전쟁도 없다면서 쓸데없이 노역을 시킨다'고 원망을 늘어놓았기 때문입니다.

그리고 일선 부대에 무기와 군량미를 보충하라고 지시를 내려도, 일선에서는 '전쟁도 없다면서 쓸데없는 곳에 돈을 들인다'고 말을 듣지 않았기 때문입니다.

풍신수길의 국서(國書)를 받고 난 뒤의 두번째 문제는 이 국서를 명 나라에 통보해야 하느냐 마느냐 하는 것이었습니다.

국서 가운데에는 '나 풍신수길은 곧 명 나라로 쳐들어가 명 나라를 일본 풍속으로 바꾸어 놓고 북경에서 억만년 영원토록 선정(善政)을 베풀려고 하니…….' 라는 구절이 있었기 때문입니다.

이 문제에 대하여도 조선 중신들은 옥신각신하며 시간을 허비하였습니다.

결국 명 나라에 통보는 하였지만, 명 나라로부터 무엇인가 감추는 것이 아니냐 하는 의혹을 한동안 받게 되었습니다.」

그때 솔라신이 질문을 하였다.

「종의지는 국서를 변조하면서까지 조선과 일본의 전쟁을 막아 보려고 하였습니다. 그러한 종의지의 노력을 어떻게 평가하여야 합니까? 결과적으로 어느 나라에 도움을 준 것입니까? 일본입니까, 조선입니까?」

업화신이 대답하였다.

「풍신수길은 반드시 조선으로부터 항복을 받겠다는 입장이었습니다. 반면에 조선측의 생각은, 뒤에 국토의 70%를 점령당하고도 일본에게는 항복하지 아니한 것으로도 알 수 있듯이, 기껏해야 이웃으로서 수교를 해 주는 것이 전부였습니다.

따라서 본 신(神)은, 종의지가 어떠한 외교를 벌였더라도, 그가 전쟁을 막을 수는 없었다고 보고 있습니다.

다만 종의지의 잦은 서울 방문은 조선의 허점, 지리, 방위능력 등을 일본측에 알려준 반면, 조선측에게는 일본의 침략의도를 알려줘 방위문제에 관심을 갖게 해주었습니다.

따라서 본 신은 종의지의 역할은 양쪽에 공평하였고 어느 쪽에도 유리하게 작용하지 아니하였다고 보고 있습니다.」

염라대왕도 질문을 하였다.

「다음에는 일본군의 조선 상륙으로 들어가는 순서인데, 먼저 일본군 선봉을 맡았던 소서행장(小西行長: 코니시 유키나가)이라는 사람은 어떤 사람이었는지, 그리고 도해(渡海)한 일본군은 어떻게 편성되었는지부터 알려주시기 바라오..」

지장(智將) 소서행장(小西行長)

서기장 업화신이 대답하였다.

「예, 폐하!

소서행장은 임진왜란이 발발하였을 때 35세로서, 제1군 대장으로 참전하였습니다.

그는 당시 일본의 계(堺)라는 상업도시에서 장사를 하는 집안에서 태어나, 어릴 때에는 약재(藥材)를 다루며 상인의 길을 걸었던 자입니다. 계라는 도시는 당시 일본의 실질적인 수도인 대판성(大阪城)에서 그리 멀지 않은 곳에 있었습니다.

머리가 명석하고 상술이 뛰어났으며, 많은 영주들과 교분을 쌓아 정상(政商)으로서 가업을 다져 나가던 그는, 그의 나이 28세 되는 해 자기의 운명을 바꿀 도약대를 얻게 되었습니다.

그것은 당시 일본의 최고 권력자였던 풍신수길로부터 '조속히 만나고 싶다' 는 연락을 받았기 때문입니다.

무한히 설레는 가슴을 안고 반나절을 달려 대판성으로 달려가자, 그를 본 풍신수길은 인사도 끝나기 전에 다음과 같이 말을 내뱉었습니다.

"자네 집안은 총이며 화약이며 찻잔이며 비단이며 못 구하는 것이 없는 거상(巨商)이더구먼. 그래서 하는 말인데 말이야, 인도나 중국에까지 타고 갈 수 있는 큰 배를 구해 주게. 아아주 크은 배 말이야!"

소서행장이 그 말뜻을 알아듣지 못하고 머뭇거리자, 풍신수길은 두루마리 하나를 내밀며 말을 계속했습니다.

"자네를 나의 선박조달 담당 비서관으로 임명하네. 이것이 임명장이야. 자네 집안이나 자네에 대해서는 충분히 알아 봤어. 그만하면 충분하지.

그리고, 자네 동네 계(堺)에는 포르투갈 나라 사람들이 장사하러 찾아온다지? 그 사람들이 타고 다니는 배를 몇 척 사오는 것이 자네 임무야. 사오는 것이 어려우면 빼앗아 버리게. 인도에 가려면 큰 배가 있어야 하니까."

이 선박조달 담당 비서관이라는 감투를 쓰게 된 것을 계기로 소서행장은 그날부터 풍신수길의 친위대 멤버가 되었습니다.

그는 처음에는 생사(生絲)를 사 모으고 군수품을 끌어 모으는 일을 맡았습니다만, 탁월하고 매끈한 일솜씨로 곧바로 풍신수길의 신임을 얻게 되었습니다.

뒤에는 군 지휘관으로서 전투에 참가하여 여러 번 공을 세움으로써 3년 뒤인 31살 때 이미 봉록이 12만 석, 지금의 연봉으로 환산하면 35억 원이나 되는 중견급 영주로 임명을 받게 되었습니다.

소서행장이 임명받은 영지는 일본 구주 지방에 있는 비후(肥後)라는 곳이었는데, 그는 이곳에 부임하여 당시 그곳에서 전파되기 시작한 천주교에 귀의하여 '돈 오그스틴'이라는 세례명까지 받은 적도 있습니다.

소서행장은 장사꾼보다는 이 무사생활이 훨씬 재미있고 돈벌이도 되었습니다. 그는 자주,

"장사를 해서 어떻게 일 년에 10억 원을 벌 수 있겠나? 그런데 전쟁을 하면 그 다섯 배라도 쉽게 벌 수 있단 말이야!"

하고 말하곤 했습니다.」

일본군의 편성

서기장 업화신의 보고는 계속되었다.

「1592년 당시 조선 침략과 관계되는 일본군은 총 30만 7천 명이었는데, 크게 두 개의 군단으로 편성되었다고 할 수 있습니다.

그것을 편의상 제1군단과 제2군단이라 부른다면, 제1군단은 직접 조선에 건너가 실전에 참가하는 부대입니다. 이러한 제1군단의 전투인력은 합계 20만5천 명이었습니다.

그리고 그 예하부대는 육군 공격군으로 9개 군 15만9천 명, 서울 점령군으로 3만7천 명, 수군으로 9천5백 명이 각각 편성되어 있었습니다.

그리고 제2군단은 일본국내 명호옥(名護屋: 나고야) 원정사령부에 대기하면서, 금후의 전쟁 추이에 따라 제1군단의 결손 전력을 보충하거나 금후의 명 나라 전선에 투입할 후방부대였는데, 합계 7개 부대 10만2천 명으로 편성되어 있었습니다.

이 명호옥(名護屋)이라는 곳을 일본식으로 발음하면 '나고야'라고 읽게 됩니다만, 한국 프로야구의 선동렬 선수와 이종범 선수가 활약하던 지금의 '나고야'(名古屋)와는 전혀 관계가 없는 곳입니다.

이 명호옥은 지금의 일본 구주지방 복강(福岡: 후쿠오카) 부근에 위치하고 있어, 거리상 일본 본토에서 한반도와 가장 가까운 곳입니다.

그리고 바다를 건너가는 육군 공격군 9개 군은 평균 1만7천 명씩으로 편성되었으며, 그 제1군단을 인솔할 현지 총사령관으로서는 우희다수가(宇喜多秀家: 우키타 히데이에)가 임명되었습니다.

이 우희다수가라는 사람은 풍신수길의 사위 겸 부하였습니다.」

업화신의 보고를 경청하고 있던 솔라신이 흔들고 있던 부채를 멈추고 업화신의 말을 잠시 중단시키고 질문을 하였다.

「업화신의 보고에 의하면, 일본군의 조선 원정 총병력은 20만 5천 명이었다는 말씀입니다만, 그러면 실제 작전에서 볼 때 그 병력은 충분한 숫자였는지요, 아니면 모자라는 숫자였는지요?」

업화신이 대답하였다.

「결론부터 먼저 말씀드리면, 상당히 부족하였습니다. 전술 면에서 본다면 제2군단, 즉 일본에 대기하고 있던 10만 2천 명의 병력도 동시에 파병(派兵)했어야 했다고 봅니다.

왜냐하면, 그 당시 조선에는 15만 명 내외의 병력이 있었고, 이들은 주로 게릴라전(戰)으로 대항하였습니다. 그 때문에 일본군은 야간에 이동하는 것이 불가능하였으므로, 부득이 하룻길 거리마다 연락 성곽을 구축하여 수비병을 배치하여야 했습니다.

이러다 보니 부산에서 서울까지는 약 20개 정도의 성곽이 필요하여, 이러한 연락 성곽을 수비하는 것만으로도 약 6만 명의 병력이 필요했습니다.

게다가 부산은 자신들의 거점이라는 의미가 있었고, 더구나 조선 수군의 공격도 우려되었기 때문에, 3만 명 이상의 수비병을 배치해야 했으며, 또한 서울도 조선 점령이라는 상징 면에서 3만 명 정도의 배치가 필요하였습니다.

이렇게 부산-서울의 수비와 연락만으로도 약 12만 명의 인력이 소요되었기 때문에, 일본군이 실제 작전에 투입할 수 있는 병력은 처음부터 8만 명을 밑돌고 있었습니다.

그 결과 전선(戰線)이 평양과 함경도에까지 퍼지고 전쟁이 장기
화되자 일본군의 작전능력은 급속히 위축되어 갔던 것이며, 거기
다가 전사자, 병사자, 탈영자가 속출하자 일선 대장들은 더 이상
전쟁을 지속하기 어렵다고 판단하게 됩니다.
　한마디로 말하면, 풍신수길이 진정으로 조선을 점령하고자 하였
다면, 자신이 직접 제2군단 10만2천 명까지 마저 이끌고 조선으
로 달려왔어야 했다는 것입니다.」

　서기장 업화신의 설명을 들으면서 솔라신은 연신 고개를 끄덕
이고는 말을 덧붙였다.
　「그러니까 인간으로서는 드물 만큼 전략전술이 뛰어났던 풍신
수길도 그 문제에는 상당히 판단 미스를 저지르고 말았다, 이렇게
보아야겠군요.
　이 문제는 다음에 따로 심리하게 되어 있는 만큼 당초 이야기로
돌아가도록 하시죠. 아까 풍신수길이 현지 총사령관으로 우희다수
가를 택하였다는 것까지 말씀을 하셨습니다만……」

　업화신의 보고가 다시 시작되었다.
　「그러면 당초 보고로 되돌아 가겠습니다.
　우희다수가는 당시 21세의 청년이었습니다. 이런 사실에서도 알
수 있겠습니다만, 당시 풍신수길은 현지 총사령관을 아무런 지휘
권이 없는 유명무실한 자리로 두고자 하였고, 풍신수길 자신이 조
선으로 건너와 직접 총지휘를 담당한다는 계획으로 있었습니다.
　그리고 조선으로 건너오기 이전이라도 풍신수길 자신이 명호옥
원정사령부에 상주하면서 파발선(擺撥船)을 띄워 작전을 원격 지

휘할 수 있다고 생각했습니다.

따라서 풍신수길로서는 원정 총사령관이란 자리는 그야말로 이름뿐인 사람, 아무런 구심력도 없는 사람을 임명하는 것으로도 충분하다고 판단하였던 것입니다.

본 서기장이 이 점에 대하여 풍신수길을 심문하였더니, 그는 '병력 16만 명을 손에 쥐어 주는데, 저 친구들이 작당(作黨)하여 나에게 모반이라도 하여 나 쪽으로 칼을 들이대게 할 수는 없지 않은가?' 하고 진술한 바 있습니다.

이 진술에서도 알 수 있듯이, 풍신수길은 '조선 원정군이 합동으로 모반하여 위화도 회군(威化島回軍)과 같은 짓이라도 벌이면 어쩌나' 하는 불안감을 갖고 있었으며, 그 대책으로 허수아비에 불과한 21세 청년을 현지 총사령관의 자리에 앉혔던 것입니다.

사실 풍신수길의 이 결정은, 조선으로서는 참으로 다행스런 것이었고, 일본으로서는 불행한 것이었습니다.

뒤에 따로 보고해 올리는 바와 같이, 풍신수길 자신의 조선 도해(渡海)는 결국 공약(空約)으로 끝나버렸고, 그 결과 일본군은 '현지에 총사령관이 없는' 이상(異常) 상태에서 전쟁을 수행하게 되었던 것입니다.

이러한 결과 일본군의 작전과 전투는 대부분 부대 단위로 수행되었습니다. 물론 풍신수길의 특명이 있는 경우에는 일부 연합작전도 수행되었습니다만, 그 외의 대부분의 작전과 전투는 어디까지나 '부대 단위'였습니다.

그 결과 개전 초기에 승승장구하던 일본 육군은 평양 전투 이후 패배하는 전투가 급속히 늘어나고, 일본 수군의 개별행동은 이순신의 승전(勝戰) 잔치에 희생물이 될 뿐이었습니다.

이 점은 조선이나 명 나라와의 대응과 비교해 보면, 그 차이가 극명히 드러나고 있습니다.

조선은 총사령관에 해당하는 도원수에 김명원(金命元), 권율(權慄) 등을 임명하였을 뿐 아니라, 수군의 연합작전의 효율성을 인정하고 수군 총사령관에 해당하는 통제사 자리를 만들어 이순신을 기용하고 있습니다.

명 나라의 경우에도 현지 총사령관으로서 제독(提督)이란 자리가 있어 이여송(李如松)과 같은 경험 많은 명장(名將)을 그 자리에 임명하였던 것입니다.

소서행장과 가등청정 간의 불화와 반목

전쟁을 준비할 때 풍신수길의 고민은 총사령관이 아니라 선봉장이었습니다. 누구를 제1군과 2군의 대장으로 삼아 선봉을 맡길 것인가, 그는 무척 고뇌를 거듭하였습니다.

풍신수길은 최근 자기에게 항복해 온 기존의 유명한 영주보다는 자기 친위대 출신의 젊은 영주 중에서 선봉을 고르기로 마음먹었습니다.

그는 제1군 대장으로는 소서행장이 가장 적합하다고 바로 낙점하였습니다. 당시 풍신수길은,

'조선에서는 병력 소모를 줄여 전군(全軍)을 보존한 채 그대로 명 나라 정벌에 사용하도록 하자. 가능한 한 조선군과 백성들을 포섭하여 명 나라 전선에 전위부대로 활용하도록 해야겠다'

고 계산하였습니다.

따라서 그는 이를 위해서는 조선 조정에 안면이 넓고 조선말이 가능한 종의지를 사위로 데리고 있는 소서행장이 최적임자라고 보았던 것입니다.

그가 가장 고민한 것은 소서행장과 교대로 선봉을 맡을 제2군 대장을 누구로 할 것인가 하는 부분이었습니다. 한때는 무공(武功)이 뛰어난 복도정칙(福島正則: 후쿠시마 마사노리)이라는 사람을 고려한 적도 있으나, 최종적으로는 가등청정(加藤淸正: 카토오 키요마사)을 택하였습니다.

풍신수길은 가등청정을 어릴 때부터 키우고 또한 그의 결혼식까지 올려 줄 정도로 그에게 애정을 느끼고 있었고, 또한 그 인간 됨이 강직하여 싸움에서는 임전무퇴(臨戰無退)의 골수 무장임을 잘 알고 있었습니다.

'제1군 소서행장이 먼저 협상을 해 보고, 협상이 순조롭지 못하면 제2군 가등청정이 공격한다. 이상적인 콤비가 아니냐!'

이것이 풍신수길이 짜낸 선봉장 배치구조였습니다.

전쟁이 발발하기 직전인 1592년 1월, 풍신수길은 두 사람을 불러 선봉장으로 임명하면서, 각각 군사 서적 1권 등을 하사하였고, 또한 소서행장에게는 말 1필을, 그리고 가등청정에게는 '나무묘법연화경(南無妙法蓮華經)'이라 쓴 큰 깃발을 하사하였습니다.

본 신의 추궁에 대하여 풍신수길은,

'소서행장은 평소 신중이 지나친 만큼 이번 싸움에서는 신속히 전진하라는 뜻에서 말(馬)을 주었고, 가등청정은 성격이 포악하여 양민을 학대하는 일이 많았으므로 이번 싸움에서는 중생의 목숨을

아껴 달라는 뜻에서 깃발을 주었다'
고 진술하였습니다.」

　서기장 업화신의 설명에 귀를 기울이고 있던 솔라신은 고개를 갸우뚱하며 부채를 멈추었다. 질문이 있다는 신호였다.
　업화신은 잠시 설명을 멈추었다.
　솔라신이 물었다.
「업화신께서는, 풍신수길이 공격 전에 협상을 먼저 시도해 보기 위하여 소서행장을 제1선봉으로 선택하였다고 설명하셨습니다.
　그러나 본 신이 알기로는, 소서행장은 처음부터 무력공격을 앞세웠을 뿐 협상다운 협상은 한 번도 제대로 해 보지 않았던 것으로 알고 있습니다.
　전쟁 발발 이후 그가 벌인 협상다운 협상, 즉 협상이었다고 말할 만한 것은 서울을 함락시킨 후 양측이 대동강을 사이에 두고 대치하던 6월이 처음일 것입니다. 그 협상이라는 것도 조선측에게 무조건 '항복하라'고 요구한 것이 전부였습니다.
　그리고 당초 풍신수길이 내린 지시는 두 사람이 하루씩 교대로 선봉을 번갈아 맡으라는 것이었는데, 그 지시도 지켜지지 아니하였던 것으로 압니다만……」
　업화신이 대답하였다.
「적절한 지적이십니다.
　사실 풍신수길은 소서행장에게 터무니없는 명령을 내렸습니다. 그 명령은,
　'1일의 말미를 주고 그래도 적이 항복하지 않으면 그땐 공격하라. 즉, 협상 1일은 소서행장이 맡아서 하고, 공격 1일은 가등청정

이 맡아서 하라'

는 내용이었는데, 그러나 이 명령은 조선측의 실정을 전혀 알지 못하고 내린 잘못된 명령이었습니다.

왜냐하면, 조선측의 일선 장수는 하루, 이틀 아니 열흘을 주더라도 그런 문제에는 도저히 답변할 수 있는 입장이 아니었습니다.

소서행장이 내건 구실은, '명 나라 정벌을 위한 길을 빌려 달라'고 억지를 쓰는 것이었습니다만, 조선측의 장수에게는 길을 내어 주느냐 마느냐에 대하여 대답할 권한이 전혀 없었던 것입니다. 그러한 것을 결정할 수 있는 사람은 선조왕뿐이었기 때문입니다.

풍신수길은 죽을 때까지도 일본 국내 내전(內戰)과 이민족(異民族)과의 전쟁이 다르다는 것을 이해하지 못했습니다. 천하의 풍신수길도 그 점에서는 '푼수' 였습니다.

그러나 소서행장은 동래성을 함락한 시점부터 이 차이를 분명히 알게 됩니다. 그래서 그는 그 이후 밀양, 상주, 충주 등지에서 조선군과 전투를 벌이게 되지만, 사전 협상 따위는 시늉도 하지 않고 곧바로 공격으로 들어가게 됩니다.

그리고 지적하신 두 선봉의 1일 교대 문제에 대하여 보충해서 말씀드리겠습니다.

결론적으로 말하면, 풍신수길의 선봉 인선은 완전히 잘못된 것이었습니다.

특히 가등청정은 인품이 천박하고 직선적이어서, 소서행장에게 먼저 도발하면서 그의 가슴에 비수를 꽂았습니다.

가등청정은 당시 35세인 소서행장보다도 네 살이나 어렸습니다만, 소서행장을 선배로서 대접하기는커녕 항상 경멸과 비아냥으로 일관하였습니다.

소서행장의 출신이 상인이라고 신분적으로 얕보았으며, 또 풍신수길을 섬긴 경력이 짧다고 도중 입사파(途中入社派)라고 빈정거렸습니다. 그리고 소서행장의 스타일이 용장형(勇將型)이 아니라 지장형(智將型)이라고 해서 '술수나 부리는 겁쟁이'라고 욕하였던 것입니다.

참고 참던 소서행장도 드디어 폭발하고 말았습니다. 두 사람은 좀처럼 자리를 같이 하려 하지 않는 앙숙 사이로 바뀌어 갔습니다.

어쩌다 공식 회의나 회식으로 부득이 자리를 같이 하게 되면, 두 사람은 서로 말꼬리를 잡는 것에서 시작, 나중에는 서로 죽이겠다고 싸우는 지경까지 가곤 했습니다.

가등청정은 소서행장보다 4일이 늦은 4월 17일에 부산에 상륙하였습니다만, 이들 두 사람 사이의 관계는, 1일씩 교대는커녕 작전협의도 불가능하였습니다.

두 사람은 누가 먼저 서울을 점령하는지 내기를 걸고 스스로 위험한 곡예비행으로 빠져듭니다. 식량은 무겁다고 버리고 밤을 새워가며 강행군을 거듭하는가 하면, 일부러 길을 둘러 가서 저쪽이 도강(渡江)할 수 없도록 배를 전부 흘려 보내버리는 일도 서슴치 않고 저질렀습니다.

그리고 한 쪽이 적으로부터 공격을 받아 괴멸상태에 빠져도 전혀 구원하러 들지 않고 속으로 고소해 했습니다.

적(敵)인지 동지(同志)인지 구분이 가지 않는 사이가 되어버렸던 것이지요.」

가만히 눈을 감고 업화신의 보고를 듣고 있던 염라대왕이 눈을 부릅뜨고 피고인석 왼쪽과 오른쪽에 멀찌감치 떨어져 앉아 있는 가등청정과 소서행장 둘을 잠시 노려보다가 무겁게 입을 열었다.

「저 두 사람의 불화가 전생의 악연 때문이라고 듣고는 있으나, 아무리 그렇다고는 하나 참으로 모질고 독한 자들이 아니오?」

두 손을 합장하듯 잡고 미동도 하지 않고 지켜보고 있던 사천신이 얼굴에 미소를 띠고 말했다.

「대왕께서는 고정하시기 바랍니다.

인간세상 고해(苦海)에 어찌 저런 일뿐이겠습니까. 대자대비의 마음으로 널리 헤아려 주시길 바랍니다.」

염라대왕이 긴 한숨을 쉬며 말을 이었다.

「사천신의 말씀에 어찌 틀림이 있으리오만, 저런 소리를 들으면 참으로 한심한 생각이 들어서……. 답답한 일입니다.

자아, 업화신께서는 그 이야기는 그만두고 동래성 싸움에 대해서나 말씀해 주시기 바라오.」

동래성 함락과 송상현의 전사

서기장 업화신의 보고가 계속되었다.

「일본육군 제1군의 공격에 대하여 계속 보고를 올리겠습니다. 소서행장은 예하 1만8천여 명을 이끌고 1592년 4월 13일 부산에 상륙합니다.

이튿날인 4월 14일에는 첨사 정발(鄭撥)이 이끄는 조선 수비병 약 600명이 지키고 있던 부산진성(釜山鎭城)을 단숨에 빼앗아 버렸습니다.

그리고 그 다음 날인 4월 15일에는 바로 동래성 공격에 나서게 됩니다. 당시 동래성에는 부사 송상현(宋象賢)뿐만 아니라 일본군의 침략 소식을 전해들은 인근 고을수령 몇몇이 수하군(手下軍)을 인솔하고 달려와 있었습니다.

양산군수 조영규(趙英珪)와 울산군수 이언함(李彦諴), 그리고 잠시 관하 순시에 나갔던 조방장 홍윤관(洪允寬) 등이 입성해 있었고, 집결된 병력은 1만 명 이상이 되었습니다.

부산진성이야 당시에는 동래부의 한 지성(枝城)에 불과하였고, 동래성이 부사가 거처하는 본성(本城)이었으므로, 조선으로서는 동래성이 대일작전 야전사령부와 같은 위치에 있었습니다.

그래서 적어도 병력 수에서는 소서행장 군에 크게 뒤떨어지지 않는 상태에 있었으나, 무기(武器)의 질에서는 현저한 열세에 있었습니다. 총과 활의 대결이었던 것이지요.

소서행장은 자신의 항복 요구가 먹혀들지 않자 저녁 무렵 공격 명령을 내렸고, 조선측이 금새 수세로 몰리더니 서너 시간도 지나지 않아 성의 동쪽 방위가 무너지기 시작하였습니다. 야음을 틈타 일본군이 동문 쪽의 야산을 타고 성벽을 넘어 들어와 긴 칼을 휘둘러 공격하였기 때문입니다.

일본군은 화약연기로 하늘이 덮힐 정도로 조총을 난사하였고, 성의 한 쪽이 뚫리자 일제히 성안으로 난입하면서 함성을 지르고 달려들어, 닥치는 대로 베고 찌르며 성 안을 누볐습니다.

겁먹은 조선 군병과 민간인들은 비명을 지르며 이리 뛰고 저리 뛰었으며, 집 마루 밑, 담벼락 사이에 숨으려고 하였는데, 일본군의 칼은 가차없이 피를 보았습니다.

도망길이 막힌 촌로(村老)와 부녀자들은 자신을 찌르려고 칼을 치켜든 일본병을 향하여 빌면서 "말로오! 말로오!"하고 외쳤습니다. '칼로 하지 말고 말로 하자', 죽음에 직면하여 호소하는 그 처절한 절규도 조선말을 알아듣지 못하는 일본군에게는 살인극의 재미를 더해 주는 행진곡(行進曲)으로 들렸을 뿐입니다.

이 싸움에서 부사 송상현, 조방장 홍윤관, 양산군수 조영규, 장수 송봉수(宋鳳壽), 장수 노개방(盧蓋邦) 등이 전사하였고, 성 안의 백성들도 도망가지 못한 자는 대부분 죽음을 당하였습니다.」

무념무상의 표정으로 하늘을 쳐다보며 업화신의 보고를 듣고 있던 사천신이, 업화신을 향하여 시선을 돌리고는 말문을 열었다.

「인간세상의 전쟁에 어찌 참혹하고 애처로운 일이 따르지 않겠습니까만, 소서행장은 독실한 종교인이라 듣고 있는데, 그의 군대에서까지 그런 아귀와 같은 짓을 저질렀다는 것은 참으로 놀라운 일이군요..」

솔라신도 손부채를 멈추고 질문을 하였다.

「송상현은 부사(府使)라 하였는데, 그가 방위 책임자였습니까? 그리고 '병력수는 비슷하였다. 그러나 무기 면에서 차이가 컸다'고 말씀하셨습니다만, 지금 말씀을 들으니, 투지 면에서도 양측간에 크게 차이가 나는 듯한 인상입니다.

물론 공격측이 총이라는 신식무기를 사용하였다고는 하나, 그 총이라는 것이 화승식(火繩式)이어서 격발이 그리 용이한 것도 아닙니다. 최종적으로는 여전히 검(劍)에 의한 육박전으로 승부를 결정하는 시대였습니다.

그런데도 그렇게 짧은 시간 안에 승패가 났다는 것은, 일본측은 투지만만하였던 반면, 조선측은 사기가 크게 위축되어 있었던 것이 아니냐, 하는 느낌이 듭니다.」

서기장 업화신이 답하였다.

「송상현은 성의 책임자였던 만큼 성을 수비하여야 하는 일은 당연히 그의 책무였습니다. 그러나 그의 책무란 어디까지나 지역방위사령관의 지휘를 받아서 수행하는 것이었습니다. 그 당시 지역방위사령관은 경상좌병사 이각(李珏)이었습니다.

본 신의 판단으로는, 동래성 싸움에서의 조선측 수비의 본래의 올바른 모습이란, 이각이 총지휘를 맡고 경상감사, 경상우병사 및 경상우수사와 경상좌수사가 응원하며, 인근 양산, 울산, 김해 등도 동원되어 총력으로 일본군과 일전을 벌이는 것이 되었어야 했다고 생각합니다.

그러나 그러한 방위사령관 자리에 있는 이각은 파발마(擺撥馬)만 요란하게 띄웠을 뿐, 소서행장의 군이 몰려오자 오히려 성을 빠져나가 꽁무니를 빼고 말았습니다.

무관출신이었으나 죽음을 두려워했던 비겁한 자였습니다.」

「듣고 보니, 통신병(通信兵)이나 시키면 족할 인간을 선조왕이 사령관에다 잘못 앉혀 놓았다, 그 말이군요?」

긴장감이 감도는 특별법정에서 불쑥 튀어나온 염라대왕의 농담은 실내가 떠나갈 듯한 웃음소리를 자아냈다. 이각의 영혼은 무안한 듯 얼굴을 붉히며 고개를 숙였다.

염라대왕이 계속 말하였다.

「아까 솔라신께서 지적하신 적도 있지만, 조선측 장수들은 대부분이 투지가 없었어. 그런데 일본측 장수들은 싸움에 아주 적극적이었단 말이야.

업화신께서는 그 이유를 혹시 조사해 본 적이 있는지요?」

업화신이 대답하였다.

「그 근본 원인은 보수의 차이에 있었습니다. 일본군은 전공을 세우면 쌀 10만 석이다, 20만 석이다고 하는 엄청난 수입이 보장되는 영지(領地)를 대가로 받을 수 있게 되어 있었습니다. 예를 들어, 10만 석의 영지를 받는다고 가정해 보면, 그 30퍼센트 정도가 실제 수입이므로, 연간 쌀 3만 석, 지금의 저승화폐로 계산하면 연봉 30억 원의 수입을 올리는 부자(富者)가 된다는 것을 의미하였습니다.

한편, 조선의 경우에는 아무리 큰 공을 세우더라도 표창장 1장뿐이거나, 설사 영의정(領議政)을 제수받는다 하더라도 연봉은 겨우 쌀 170석, 그러니까 연봉 1천7백만 원에 불과하였습니다.

그런 미미한 대가를 위하여 목숨을 바쳐라, 그것이 충(忠)이다, 뭐다고 아무리 이야기해본들 투지가 높아질 수 있는 상황이 아니었습니다.

국가관이 특별한 일부 장수들을 빼놓고는, 대부분 도망가기에 급급했던 것은 어찌보면 당연했습니다.」

염라대왕이 다시 물었다.

「부사 송상현은 죽는 마지막 순간까지도 붓을 들고 자신의 처절한 심경을 시(詩)로 적어 남겼다고 하던데, 그는 어떤 사람이었소?」

업화신이 대답하였다.

「그는 동래부사로 부임하자 일본의 침략을 우려하여 병력을 점검하고, 병기(兵器)를 수리하며, 참호를 깊이 파고, 성곽을 수리하는 등 방위력 증강에 많은 노력을 기울였습니다.

동래성이 함락될 때, 일본군 장교 가운데 그와 교분이 있는 자가 있어 그의 목숨을 구해 주려고 눈짓을 하며 피할 곳을 가리켜 주었으나, 송상현은 이에 응하지 아니하였습니다.

그러자 그 일본군 장교는 '송상현이 알아듣지를 못하는가?' 하고 생각하여 옷깃을 당기며 끌었으나, 송상현은 그 손을 뿌리치고 북쪽을 향하여 절을 하였습니다.

그 순간 다른 일본군 장교가 칼을 들이대며 항복하라고 위협하였으나, 송상현이 반항하자 일본군 병사들이 일제히 뭇 칼질을 하여 그를 죽인 것입니다.

<blockquote>

외로운 성에 달무리 지니 (孤城月暈)

진 벌린 후 베개를 높이 베네 (列陣高枕)

임금과 신하간의 의리는 중하고 (君臣義重)

부자간의 은혜는 오히려 가볍도다 (父子恩輕)

</blockquote>

이승세계에서는 송상현이 성(城)이 함락된 후 죽음을 앞두고 이 시를 지은 것으로 알려져 있으나, 본 신이 송상현의 영혼을 직접 조사해 보았던바, 그는 전투가 개시되기 전에 이 시를 부채에 적어 하인 편으로 부친에게 보낸 것으로 밝혀졌습니다.

이 시는 '응원군은 달려오지 않고, 적은 새까맣게 몰려와 성이 완전히 포위되었습니다. 공인(公人)으로서의 도리를 다하고자 끝까지 싸워 보겠습니다. 혹시 제가 죽더라도 불효한 저를 용서해 주십시오'라는 자신의 비통한 심경을 노래한 것이라고 했습니다.

하여튼 송상현은 그 기개만큼이나 문장력도 대단한 사람이었습니다.」

염라대왕이 자리를 바로 하면서 입을 열었다.

「그 시는 음미할수록 명작이라는 생각이 드는구먼. 지금까지 서기장 업화신께서 개전 초기의 상황에 대하여 상세히 보고해 주신데 대하여 대단히 감사하게 생각하오.

혹시 기자분이나 방청석 가운데 질문이 있는지요?」

한 기자가 일어서서 질문을 던졌다.

「저승 연예신문 기자입니다. 당시 송상현은 42세의 중년이었습니다만, 30대의 김섬(金蟾)과 20대의 이녀(李女)라는 두 명의 미녀들과 깊은 관계에 있었다고 하던데, 그 염문은 사실이었는지요?」

업화신이 빙그레 웃으며 대답하였다.

「그렇습니다. 송상현은 어릴 때 부모가 정해 준 배필과 결혼을 하였습니다만, 첫번째 부인은 아이를 하나 낳은 후 얼마 안 되어 병으로 죽어 버렸습니다.

그래서 곧 두번째 부인을 얻었으나, 그 여자도 산후 조리가 잘못되어 죽어버리고 말았습니다.

그때부터 송상현은 여러 여자들과 사귀었으나 결혼은 하지 않습니다. 그 김섬이란 여자 때문이지요.

그 여자는 송상현이 서울에서 말단 관리로 있을 때 머리를 얹어

준 여자였습니다. 인물도 절색이거니와 특히 골격이 큰 여자였습니다. '섬(蟾)'이란 '뚜꺼비'라는 뜻인데, 몸집이 크다고 해서 송상현이 지어 준 이름이었습니다.

아버지를 알지 못하는 기생 출신이었지만, 그녀는 대가 차고 매사에 적극적이어서 송상현은 그 여자를 좋아했습니다.

송상현은 부친께서 돌아가시면 김섬과 정식으로 결혼을 할 생각이었고, 그녀는 송상현이 부임하는 곳마다 따라갔습니다. 주위에서도 거의 부부 사이로 알았습니다.

그런데 송상현이 동래성에 부임하면서 이녀라는 여자를 새로 알게 됩니다. 이 이녀라는 여자는 양가집 출신으로, 열 여섯 살 때 어느 양반집으로 시집을 갔던 모양인데, 삼 년이 못 되어 쫓겨났습니다.

쫓겨난 사유는, 그녀가 시집온 뒤로 시할아버지, 시아버지, 시할머니 등이 연달아 죽자, 시어머니 되는 사람이 그녀를 내쫓았기 때문입니다.

'점을 쳤더니, 마녀(魔女)가 들어와 집안이 망한다'
는 것이었지요.

그녀는 이러한 내력 때문에 그 누구에게도 자기의 본명을 가르쳐 주지 않았습니다.

동래부에 들어와 그녀는 조그만 찻집을 열었습니다. 부모가 주신 결혼지참금과 쫓겨날 때 받은 이혼 위자료로 그 찻집을 샀던 것입니다.

그러던 그녀가 스물 한 살이 되던 해에 송상현을 만났습니다. 항상 서글서글하고 유머가 넘친 그녀를 보고 송상현은 신선함을 느꼈고 금새 정이 들었습니다.

송상현은 그녀에게 가게를 그만두게 하고, 성 밖에 집을 얻어주고 자주 가 지냄으로써, 사실 그가 죽을 무렵에는 김섬과는 다소 사이가 벌어져 있었습니다.

당시 동래성에서는 부사의 이러한 삼각관계에 대한 염문이 자자하였고, 사람들은 어느 여자가 부사의 결혼반지를 받게 될 것인가 궁금해 했습니다.」

염라대왕이 찡그리며 대답하였다.

「자아 그만, 그만. 송상현은 보시는 바와 같이 대단한 미남으로서, 그 지위나 재력으로 볼 때 그 정도의 염문은 있는 것이 당연하지 않겠소? 그 점에 대하여 궁금한 것이 있으면 개별적으로 송상현에게 취재할 수 있도록 따로 시간을 주겠소.

다음은 관련 피고인들을 구형할 차례이나, 검사장 아수신께서 6차 공판시까지 그 죄상을 모아 일괄 구형한다고 하니, 이상으로 오늘의 재판을 종결하도록 하겠소. 다음 재판은 이미 공고한 일정대로 속개할 것이오.」

3타(打)의 대왕봉 징소리가 웅장하게 울려 퍼지는 가운데 제3일의 재판은 막을 내렸다.

4
이일의 상주 싸움과 신립의 충주 싸움

여느 때와 마찬가지로 붉은 법의를 입은 염라대왕이 대왕봉을 세 번 두드리고 천천히 입을 열었다.

「지금부터 오늘의 재판을 속개하도록 하겠소.

오늘은 임진왜란 가운데 이일(李鎰)의 상주 싸움과 신립(申砬)의 충주 싸움을 중심으로 심리하도록 하겠소.

지난 번 동래 싸움은 조선측으로서는 지역 방위군이 수비 주체였고, 더구나 기습공격을 받았기 때문에 패전하지 않을 수 없는 싸움이었다고 한다면, 이번의 상주 싸움과 충주 싸움은 중앙 토벌군이 수비 주체였고, 또한 사전에 대비하는 시일도 어느 정도는 갖고 있었소.

그럼에도 불구하고 소서행장이 인솔한 일본군 제1군 1만8천7백 명에게 조선 최대의 명장(名將)이라는 이일과 신립이 모두 초전(初戰)에 처참하게 패배해 버렸소.

전투의 경과는 어떠하였는지, 조선측 작전의 헛점은 무엇이었는지, 그리고 이일과 신립은 각각 어떤 사람들이었는지 상세히 말해 주시오.」

이날도 재판부의 구성과 방청석의 모습은 전 번 재판 때와 비슷하였다.

일본군의 연이은 상륙

서기장을 맡고 있는 업화신이 입을 열었다.

「지난 번 심리 때 도해(渡海)할 일본군은 총 20만5천 명이었다고 말씀드린 바 있습니다. 그리고 소서행장이 인솔하는 제1군이 4월 15일 동래성을 함락시켰다는 것도 이미 말씀드렸습니다.

그후 가등청정이 인솔하는 제2군 2만8백 명이 4월 18일 부산에 상륙하였고, 그 이튿날인 4월 19일에 흑전장정이 인솔하는 제3군 1만2천 명도 김해에 상륙하였습니다.

일본군 9개 공격군과 서울 점령군의 부산 상륙은 그 이후 꼬리에 꼬리를 물었습니다.

소조천융경(小早川隆景: 코바야카와 타카카게)이 인솔하는 제6군 1만5천7백 명 및 모리휘원(毛利輝元: 모오리 테루모토)이 인솔하는 제7군 3만 명의 선발대가 4월 20일부터 부산에 상륙하기 시작하였습니다.

도진의홍(島津義弘: 시마츠 요시히로)이 인솔하는 제4군 1만 5천명, 그리고 원정군 현지사령관으로 임명된 우희다수가(宇喜多秀家)가 인솔하는 제8군 1만 명은 5월 3일부터 부산에 상륙하였습니다.

계속하여 복도정칙(福島正則: 후쿠시마 마사노리)이 인솔하는 제5군 2만 4천 7백 명이 5월 7일 경부터, 우시수승(羽柴秀勝: 하시바 히데카츠)이 인솔하는 제9군 1만 1천 5백 명이 6월 초부터 상륙하기 시작하였습니다.

한가하였던 어촌 부산은 갑자기 일본군의 깃발과 막사로 넘치고, 수백 척의 각종 선박들로 선착장이 모자랄 지경이었습니다.

이러한 후발 부대의 움직임을 뒤로하면서 소서행장의 제1군은 바로 북상에 들어갔습니다. 4월 17일 밀양(密陽)에서 약간의 저항도 받았으나 곧바로 돌파하였습니다.」

이일(李鎰)을 순변사로 기용

서기장 업화신의 보고는 계속되었다.

「그 당시 부산에서 서울까지의 파발마(擺撥馬)에 의한 통신은 3일 내지 4일이 소요되었습니다. 일본군이 4월 13일 부산에 상륙하자 그것을 보고 경상좌수사 박홍(朴泓)이 서울에 파발마를 띄웠는데, 그 소식이 17일 조정에 도착하였습니다.

조정 중신들이 비변사(備邊司)에서 긴급 회동을 갖고 방위군을 편성하였습니다. 이일을 대장으로 하여 3로(路) 및 3령(嶺)의 방위 책임자를 정한 것입니다.

3로(路)란 그 당시 경상도에서 서울로 올라오는 3개 국도(國道)

를 가리키는데, 중로(中路)는 동래 – 양산 – 청도 – 대구 – 인동 – 선산 – 상주 – 조령(문경 새재) – 충주 – 여주 – 양주 – 광나루 – 서울로 이어지는 도로였습니다.

좌로(左路)는 동래 – 언양 – 경주 – 영천 – 신녕 – 군위 – 조령(문경 새재) – 충주 – 죽산 – 용인 – 마포 – 서울로 이어지는 도로였고, 우로(右路)는 김해 – 성주 – 무계 – 지례 – 금산 – 추풍령 – 영동 – 청주 – 용인 – 마포 – 서울로 이어지는 도로였습니다.

한편, 3령(嶺)이라 하면 소백산맥을 넘을 수 있는 3개의 고개, 즉 죽령(竹嶺), 조령(鳥嶺), 추풍령(秋風嶺)입니다.

일본군은 중로를 따라서 소서행장의 제1군이, 좌로를 따라서 가등청정의 제2군이, 그리고 우로를 따라서 흑전장정의 제3군이 각각 진격에 진격을 거듭하고 있었습니다.」

솔라신이 업화신에게 물었다.

「'비변사(備邊司)'란 무엇을 하는 곳입니까? 그리고 이일과 여타 토벌군의 장수들의 선정 문제가 하루 만에 쉽게 결정된 것 같은데, 거기에는 무슨 이유라도 있었습니까?」

업화신이 대답하였다.

「조선 조정에서는 일반 정무를 맡은 곳이 의정부(議政府)였고, 군무를 맡은 곳이 비변사(備邊司)였습니다.

조선 건국 초기에는 그러한 조직이 없었으나, 1510년 삼포왜란(三浦倭亂: 대마도주 종의성(宗義盛)이 제포(薺浦)·염포(鹽浦)·부산포를 공격한 사건)이 일어나자 그 대책을 효과적으로 강구하고자 군사협의기구를 설치하였던 것입니다. 지금 말로 하면 '국가비상대책위원회'에 해당한다고 보면 무방할 것입니다.

임진왜란이 발발하기 1년 전부터 전쟁의 분위기가 고조되었고,
이에 따라 비변사에서는 여러 가지 방위계획을 수립하고 있었는
데, 그 중 하나가 토벌군 대장을 누구로 한다, 어느 지점에서 저지
한다는 것 등을 사전에 정해 둔 것이었습니다.

이러한 사전 계획이 있었기 때문에, 이일 등의 인선(人選)이 하
루만에 쉽게 끝날 수 있었던 것입니다.」

솔라신이 말하였다.

「그런 정도라도 대비가 있었다니 불행 중 다행이군요. 말씀을
계속하시죠.」

업화신이 대답하였다.

「그럼 계속하도록 하겠습니다.

인선(人選)은 하루 만에 끝났으나, 이일의 출발은 지연되기 시작
하였습니다. 비변사가 수립한 방위계획에 따라 정병 300명을 인솔
하고 출발하여야 하는데, 병조(兵曹)에서 아무리 노력하여도 그
숫자 만큼이 모이지를 않았던 것입니다.

좌의정 유성룡(柳成龍)이 직접 나서고 머슴, 유생 등을 끌어모
으는 등 3일간 요란을 떤 후에야 이일은 간신히 출발할 수 있었습
니다. 아직도 300명에는 반이 모자랐으나, 부장 유옥(兪沃)이 군사
를 뽑아 뒤따라 가기로 하였습니다.

이렇게 3일이 지연됨으로써 일은 계속 꼬이기 시작합니다.

결국 이일은 방위계획에 따라 지방병력이 집결하도록 되어 있
는 대구에는 도달하지도 못하고, 상주에서 소서행장 군과 조우하
게 되는 것입니다.」

신립(申砬)을 도원수로 기용

서기장 업화신의 보고가 계속되었다.

「이일을 떠나 보낸 조정에서는 계속 들어오는 지방관들의 보고에 경악을 금치 못하였습니다. 동래성이 함락되고, 김해가 함락되고, 밀양이 함락되었다, 새로운 일본군 부대가 계속 부산에 상륙하였다는 등 나쁜 소식들뿐이었습니다.

유성룡은 입술을 깨물었습니다.

'이번의 왜적은 소규모가 아니야! 김성일의 보고는 이번에도 틀렸어! 이일만으로는 부족해. 시급히 이일 군을 보완하는 제2군을 투입해야겠어.

그런데, 현재 병조(兵曹)에서는 300명도 제대로 징집하지 못하고 있지 않은가?…… 병조 책임자들이 문제가 많아. 이대로는 안 되겠어.'

밤새도록 고민하다가 다음 날 날이 새기가 무섭게 유성룡은 대궐로 달려가 선조왕이 나오기를 기다리고 있었습니다. 제2군 투입과 병조판서 경질을 건의해야겠다고 생각한 것입니다.

김성일의 보고가 잘못되었다고 하는 것은, 김성일이 1년 전에 일본에 통신사로 다녀온 후 조정에 '일본의 침략은 없을 것'이라고 허위보고를 한 적이 있음은 이미 말한 바 있습니다. 그런데 실제로 이번에 일본군이 부산에 상륙하자 경상우병사로 재직중이던 그는, 자신의 과거의 허위보고를 얼버무리기 위하여, 이번에도 '상륙한 일본군은 1만 명에 불과하다' 고 일부러 축소해서 보고한 것을 말합니다.

그런데 바로 그때 저 쪽에서 신립(申砬)이 상기된 표정으로 들어오다가 유성룡을 보고는 고함을 질렀습니다.

"대감! 대감. 여기 계셨소? 왜놈들이 질풍같이 달려오고 있다고 하오. 백만 대군이라 하지 않소? 이일만으로는 안 되오! 이일은 쉰다섯이나 된 영감인데, 싸움을 어떻게 한단 말이오.

내가 가겠소! 내가 가서 왜놈들을 모조리 죽이겠소."

그리고는 자신이 직접 출전하겠으니 상감께 고해 달라고 흥분하였습니다.

유성룡은 순간 감격하였습니다. 그렇지 않아도 적임자를 찾고 있던 중인데, 서울 시장에 해당하는 한성판윤(漢城判尹)을 하고 있고, 더구나 9년 전에는 북쪽 오랑캐의 무리 1만 명이 두만강을 넘었을 때 수많은 적장을 베어 오랑캐를 굴복시킨 바 있는 명장 신립이 자청하여 출전하겠다니, 유성룡의 눈은 생기를 되찾았습니다.

유성룡은 선조왕이 나오자 신립의 투지를 설명하면서 신립의 추가 투입을 건의하였고, 병조판서의 문책 경질도 건의하였습니다.

이일이 출전할 때 군사 모집이 지연된 일에 화가 나 있던 선조왕도 병조판서의 경질에 적극 찬성을 하면서, 바로 홍여순(洪汝諄)을 해임하고 김응남(金應南)을 후임으로 임명하였습니다.

그리고는 신립을 불러 보검(寶劍)을 하사하면서 말했습니다.

"사돈께서 직접 출전하여 주시겠다니, 과인은 벼개를 높이 베고 편안히 잠을 잘 수 있을 것이오. 간악한 왜적들을 남김없이 섬멸하여 주시기 바라오."

선조왕이 신립을 사돈이라 부른 것은 신립의 맏딸이 최근 자신의 넷째 아들 신성군(信城君)에게 시집을 왔기 때문입니다.

선조왕은 본처 두 명과 후실 여섯 명이 있었고, 특히 자식이 많아 아들이 14명, 딸이 11명이나 되었습니다만, 그가 가장 총애한 아들은 바로 신성군이었습니다.

신성군이 장가가던 날 종자 100여 명을 대동하여 말을 타고 갔는데, 신립의 집에 도착할 무렵 건너편으로부터 황소 한 마리가 미친 듯이 달려왔습니다.

말의 고삐를 잡고 있던 마부(馬夫) 두 사람이 놀라 말고삐를 놓아버리자 말이 놀라 뛰려는 것을, 마중나와 기다리던 신립이 달려가 왼손으로는 말의 고삐를 잡고 오른손 주먹으로는 황소의 대가리를 치니, 황소가 옆으로 나자빠져 버린 일이 있었습니다.

그 일이 생각난 선조왕은, '사랑스러운 아들의 참으로 용맹한 장인'이라 생각하면서, 40세 후반의 신립을 믿음직스럽게 쳐다보았습니다.

신립은 보검의 하사에 사례하면서 간청했습니다.

"지금 죄를 짓고 옥에 갇혀 있는 김여물(金汝岉)을 풀어 주시어 신과 함께 출전케 해 주소서. 신(臣)이 일찍이 서북 지방을 지킬 때 김여물의 인물됨을 지켜보았나이다."

선조왕이 말했습니다.

"그렇게 합시다. 죄를 진 다른 모든 사람들도 그 죄를 용서하여 나라를 지키는 데 동참할 수 있도록 합시다.

그런데 사돈!

왜군은 조총(鳥銃)으로 쏜다고 하던데, 조총에 대한 대비는 어떻게 할 생각이요?"

신립이 대답했습니다.

"전하! 조총도 활과 같은 것이옵니다. 조총을 쏜다고 다 맞는 것은 아니옵니다. 우리 쪽이 먼저 활을 쏘아서 저놈들을 모조리 죽여버리겠나이다."

신립의 엉뚱한 대답에 41세의 선조왕의 얼굴은 굳어지기 시작했습니다. 왕은 이승세계에서 알고 있는 것 이상으로 현명하고 유능한 사람이었습니다. 그는 제가백가서를 섭렵하였고, 정치와 군사에 밝았던 왕이었습니다.

전투에서 서로 활을 쏘는 경우조차도 적군이 죽으면 아군(我軍)에게도 사상자가 나오기 마련인데, 하물며 적(敵)이 쏜 총탄에는 우리 편이 맞지 않고, 우리가 쏜 활에는 적이 다 맞아 죽는다니…….

납득이 되지 않은 선조왕이 다시 질문하였습니다.

"왜군이 수십만 명이라 하는 소문이 있소. 물론 허풍일 것이오만. 만약 왜군이 수만 명씩 떼거리로 몰려 온다면 사돈께서는 어떻게 그놈들을 막으려 하시오?"

신립은 여전히 이상한 논리를 전개하였습니다.

"전하! 신(臣)은 그놈들이 우리 땅에 상륙하지 아니하고 바다를 돌며 노략질이나 하는 것을 걱정하였습니다.

이제 그놈들이 우리 땅에 내려 왔으니, 한 놈도 살아 돌아가지 못할 것입니다. 십만 명이면 십만 명, 백만 명이면 백만 명, 모조리 도륙을 하겠사오니, 심려를 거두시고 신(臣)의 승전소식을 기다려 주시옵소서."

신립의 터무니없는 허풍에 선조왕은 완전히 수심어린 표정이 되어, 신립의 손을 잡고 애원하듯 말했습니다.

"장군! 장군은 오랜 세월을 전장터에서 보내어 군사(軍事)에 대해서는 누구보다 밝다는 것을 과인도 잘 알고 있소.

과인의 걱정이 부질없는 일이라 생각되나, 이번 왜적은 매우 흉포한 것 같으니, 매사에 신중에 신중을 기하시고 부디 자중해 주시기 바라오. 국가의 명운이 장군의 두 어깨에 걸려 있소."

잘 알겠다는 말을 남기고 사라져 가는 신립에 대하여 선조왕은 어두운 표정으로 입맛을 다시며 중얼거렸습니다.

".활과 총이 같다니……. 그리고 신립은 무조건 싸우고 보자는 생각이 아니냐?…… 걱정이로구면."

처음부터 배석하여 신립의 호언을 듣고 있던 유성룡도 선조왕 이상으로 불안감을 느끼게 되었습니다. 그러나 싸움을 앞두고 떠나간 장수에 대하여 악담을 하는 것은 불길한 징조가 될 것이므로, 유성룡은 조심스럽게 선조왕에게 말했습니다.

"전하! 작전의 귀재(鬼才)인 김여물이 동행하오니 마음을 놓으시고 좋은 소식 오기를 기다려 봄이 좋을 것이라 사료되옵니다.」

아까운 인재 김여물(金汝岉)

사천신이 오랜만에 말문을 열었다.

「그 김여물은 바로 후에 있을 충주 싸움에서 전사해 버리어 조선으로서는 큰 인물을 하나 잃어버리게 되는데, 사실 김여물에 대하여는 이승세계에서는 그리 잘 알려져 있지 않은 듯합니다.

본 신은 임진왜란의 초기에 애석하게도 전사한 아까운 세 사람을 들라고 한다면, 김여물과 정운(鄭運), 그리고 신각(申恪)이라 생각합니다. 그런데 그런 김여물이 무슨 죄를 지었기에 옥에 갇혀 있었던가요?」

업화신이 대답하였다.

「사실 이순신과 권율을 알아보고 발탁한 사람은 유성룡입니다. 유성룡은 사람을 알아보는 눈이 있었던 사람입니다.

그런 유성룡이 김여물의 인물됨을 알아보고 자기 휘하에 두려고 생각하고 있었습니다.

김여물은 용맹할 뿐만 아니라 특히 전략전술에 탁월한 재능을 보이고 있었기 때문에, 본 신은 만약 그가 조금만 더 살았더라면 전쟁의 상황이 상당히 달라졌을 거라고 생각하고 있습니다.

당시 김여물은 의주(義州) 목사로 있었는데, 그가 옥에 갇히게 된 것은 군량미를 횡령했다는 죄를 쓰고 있었기 때문입니다.

사연은, 그 사건이 생기기 1년 전에 조선을 찾아온 일본 승려 현소(玄蘇: 겐소)가 조선 조정에 책을 10권 선물하면서부터 시작되었습니다.

그 책들은 '매송론(梅松論)', '증경(增鏡)' 등과 같은 책들이었는데, 그 책들은 당시 일본의 역사, 지리, 군사작전, 무기 등에 관한 것이었습니다.

다른 사람들은 아무도 관심을 갖지 아니하였으나, 학구열에 불타던 김여물은 서울에 와서 병조(兵曹)에 들렀다가 그 책을 알아보고, 그 책을 연구하려고 했습니다.

그러나, 일본식 한문(漢文)은 조선식 한문과 달라서 애로가 이만저만이 아니었기에, 그는 번역 전문가였던 경응순(景應舜), 방인

준(房仁俊) 등 네 사람에게 그 책의 번역을 의뢰하게 되었습니다.

경응순으로부터 번역이 일부 완성되었다는 연락을 받으면 김여물은 서울로 사람을 보내어 그 자료를 받고는 근처 양곡상(糧穀商)에서 쌀을 빌려 경응순 등에게 나누어 주게 했습니다.
번역료에 상당하는 것이었습니다.

그런데 그 쌀 외상값이 거액이 되어 버렸습니다.
한 달에 쌀 열 두 가마니를 봉급으로 타는 김여물로서는 자기 봉급을 다 주어도 도저히 그 빚을 갚을 수가 없었습니다.

양곡상 주인이 빚독촉을 하였고, 옆에서 지켜보던 김여물의 옛 부하 하나가 김여물의 처지를 동정하여 몰래 군량미를 빼내어 빚을 갚아버렸습니다.

그러던 중 감사반이 들이닥쳐 군량미 재고조사를 실시하였고, 김여물과 그 부하는 군량미 횡령 혐의로 구금되었던 것입니다.」

사천신이 혀를 차면서 말하였다.
「그래서 김여물이 옥에 갇혀 있었군요. 군사정보를 수집하기 위하여 꼭 필요한 책을 번역시켰지만, 돈은 없고……. 그래서 결국은 그 고생을 하게 되었군요.

이승세계의 회계(會計)제도는 어긋나는 것이 한둘이 아닙니다. 지금도 엉터리 일이 많습니다.

예산은 주지 않고 일은 하라고 하고, 일을 안 하면 복지부동(伏地不動)이라 하고…….

하여튼 업화신의 설명 감사합니다. 자아, 하시던 말씀을 계속하십시오.」

이일(李鎰)의 남하

업화신이 다시 보고를 계속하였다.

「이어서 이일에 대한 보고를 드리도록 하겠습니다.

4월 20일 새벽, 서울을 출발한 이일은 달리다시피 빠른 속도로 남으로 남으로 걸음을 재촉하고 있었습니다.

이일은 자꾸만 뒤로 처지는 늙은 민간인 세 사람에게 다가가서 부드러운 말로 속도를 높이도록 독촉을 하고 있었습니다.

그 세 사람은 이 의원(醫員)과 민 의원, 그리고 통역을 맡은 경응순이었습니다. 가지고 가는 약(藥)이 많아 약의 일부는 경응순이 나누어 가지고 갔지만, 의원 두 사람은 아무래도 말 타는 것이 어색해 보였습니다.

이일이 민 의원에게 물었습니다. '총탄이 관통한 상처는 어떻게 치료해야 하오?'

민의원이 대답하였습니다.

"아직 치료해 본 적은 없지만, 소생의 생각으로는 화살이 관통한 상처와 마찬가지로 독을 빼고, 물기를 멀리하고, 고약을 발라 농(膿)을 막아야 할 것으로 생각되옵니다.

일단 농이 생기면 치료하기는 어려울 것으로 생각됩니다만, 침을 써서 최선은 다해 보겠습니다. 순변사 대감 어른!"

이일이 민의원에게 말했습니다.

"사실 나는 그 조총(鳥銃)이라는 게 상당히 신경이 쓰여요. 그래서 조정에 특별히 부탁을 해서 두 의원(醫員)의 동행을 간청드렸던 것이오. 먼 길 불편하시더라도 이해해 주시기 바라오."

이일은 다시 경응순에게 말을 걸었습니다.

"경(景) 통사! 어제 나에게 한 이야기를 다시 한번 해 주구려. 그래, 왜국 사신 귤강광(橘康廣)이란 자가 뭐라고 했다고?

'조선은 곧 망할 것이다. 기강이 이렇게 허물어지고서야 어찌 나라가 망하지 않기를 기대하랴?'고 했단 말이오?"

경응순이 대답하였습니다.

"그러하옵니다, 순변사 대감 어른!

그러니까 약 3년 전 가을 때의 일이었습니다. 그 자와 약 20명의 왜국 사람들이 서울에 왔을 때, 예조에서 잔치를 베풀어 준 적이 있사옵니다.

그때 소인은 참판어른 옆에 통역으로 앉아 있었는데, 그 자가 소변을 보러 간다면서 일어서더니, 갑자기 소매에서 호초(胡椒)를 꺼내어 마루에 집어던졌습니다."

이일이 끼어 들었습니다.

"아니 그 비싼 호초를 그 자는 어디서 구해 가지고 있었단 말이요? 그 귀한 것을 떨어뜨리다니……."

경응순이 대답하였습니다.

"떨어뜨린 것이 아니오라 집어던졌사옵니다. 소생이 두 눈으로 똑똑히 보았나이다.

호초가 마루에 떨어져 이리저리 구르자, 시중을 들던 기생들이 전부 달려가 서로 줍고는 깔깔거리면서 모두 자기 치마 속에 집어 넣었습니다. 그 꼴을 보고 있던 귤강광(橘康廣)은 껄껄거리면서 그렇게 중얼거렸나이다.

소생은 그 말이 가슴에 남았기로, 잔치가 파하고 그 자들을 동평관(東平館)으로 안내하면서 귤강광에게 물어보았나이다.

만약 호초를 일본에서 집어 던지면 기생들은 그렇게 하지 아니하는가? 하고 말입니다.

그 물음에 귤강광은 정색을 하며, '만약 일본에서 고관(高官) 행사에서 그런 일이 일어난다면, 목을 치게 되어 있소' 라고 대답하였습니다."

들에는 보리가 새파랗게 자랐고 신록이 완연한 아름다운 봄날이었습니다. 그러나 이일의 마음은 편치 못했습니다.

이미 파발마를 띄워 인근 고을 수령에게 출전 소식을 알려 주었는데도, 용인 등 일부 역참(驛站)에서는 수령의 얼굴은커녕 식사도 제대로 준비되어 있지 않았던 것입니다.

이일은 물론 이것이 용인군수 등의 잘못은 아니라는 것을 알고 있었습니다. 서울에서 날아오는 통보가 혼란스러웠던 것입니다.

연락이 세 번 왔는데, 그때마다 용인군수는 그 세 번 모두 밥을 준비해 놓고 이일 일행을 기다렸으나 번번이 이일이 나타나지 않자 그도 재확인을 위하여 어디론가 갔었던 것입니다.

이일 일행은 식은 밥으로 끼니는 때웠지만, 이일은 기분이 나지 않았습니다. 식사가 문제가 아니라 기강이 무너지고 있다는 느낌이 들어서였습니다. 어째서 이곳 용인에서부터 벌써 연락이 잘 안되고 있는지, 이해하기 어려웠습니다.

옆에서 따라가던 성응길, 변기 등 부장들이 불평을 늘어놓았습니다.

'용인군수 놈은 정말 죽일 놈입니다.'

'밥이 그게 뭡니까?…… 술도 없고…….

'군수가 이런 자리에 안 나오다니……. 이런 나쁜 놈이 어디 있어요?'

이일은 그들을 달래고 일찍 잠자리에 들게 하였습니다.

다음 날 이일 일행은 충주에서 길을 나누어 헤어졌습니다. 모두들 자기가 맡은 방어구역으로 흩어져 가야 했습니다.

이일은 종자 50여 명만을 이끌고 조령(새재)을 넘어 4월 23일 상주로 들어갔습니다. 이일이 상주 관아에 이르도록 마중나와 있는 사람이 아무도 없었을 뿐 아니라, 관아에 들어가도 목사가 보이지 않자 그는 매우 화가 났습니다.

그 당시에는 서울에서 관리(官吏)가 나오면 경계구역에 책임자가 미리 나와 마중을 하는 것이 관행이었습니다. 마땅히 목사가 고을 입구까지 나와서 그를 영접해야 했습니다.

'여기도 완전히 기율이 빠졌구나. 혼을 좀 내주어야겠다'고 생각하고 있는데, 권정길(權井吉)이라는 차석(次席) 관리가 달려 왔습니다.

상주 판관 권정길(權井吉)

이일은 데려온 종자들에게 호령하였습니다.

"저 놈을 당장 묶어라! 내가 저 놈을 혼을 내주어 기강을 바로 잡고야 말겠다."

권정길은 재빨리 이일 앞에 무릎을 꿇었습니다. 권정길은 눈치가 빨랐고, 이일의 마음을 충분히 알고 있었습니다.

그는 잽싸게 변명하여 이일의 마음을 풀려고 하였습니다.

"순변사 대감 어른! 먼 길 참으로 고생하셨습니다. 부디 노여움을 푸시고 소생의 말씀 한마디만 들어주십시오.

소생은 이 고을에서 판관(判官)을 하고 있는 권정길입니다.

이 고을 목사 김해(金澥)는 지금 상주를 향하여 돌아오고 있사오며, 대감 어른의 행차에 마중을 못 나간 데에는 사연이 있사오니, 부디 노여움을 거두시고 소생의 말씀을 들어주십시오."

이일은 공손하게 말을 꺼내는 권정길이 조금은 마음에 들어서, 노기를 누그러뜨리며 사연을 물어보았습니다. 권정길의 이야기는 다음과 같았습니다.

약 일주일 전에 경상감사로부터 '전 병력을 이끌고 대구로 집결하라'는 급한 연락이 있어서, 목사 김해와 권정길 자신이 수하 군졸 600명을 인솔하고 대구로 내려갔는데, 대구에 도착해 보니 경상도 각지에서 지방수령들이 병력을 인솔하고 모여서 약 1만 명의 병력이 되었습니다.

그런데 이삼일이 지나도 도착한다던 순변사 이일 일행은 도착하지 않고, 일본군이 접근한다는 소문이 돌아, 모두들 모여 협의를 하였는데, 뚜렷한 묘책이 없어 얼굴만 쳐다보고 불안해하고 있었다고 합니다.

그때 상주 관아로부터 곧 이일이 상주에 도착할 것이라는 연락이 와서, 목사의 지시로 권정길 자신이 먼저 돌아와 식사며 잠자리를 준비하고 있었는데, 지금도 식사준비를 지시하느라 잠시 자리를 비웠었다는 것이었습니다.

그리고 자신과 헤어질 때 목사는 며칠만 더 기다려 보고, 목사 자신도 이곳 상주로 돌아온다고 했다는 것이었습니다.

이일은 화가 다소 풀렸습니다. 그러나 이일은 여전히 노기가 남은 표정으로 권정길을 다그쳤습니다.

"판관(判官)이라고 했지? 그래 자네 얼굴을 보니 거짓말은 아닌 것 같군. 그런데 이 큰 고을에 왜 이리 사람이 없나? 자네 혼자서 이리 뛰고 저리 뛰고 하는가? 다 도망이라도 갔단 말인가……."

권정길은 여전히 침착하게 말하였습니다.

"그렇지 않습니다, 순변사 대감 어른!

소인이 이 고을과 이웃고을 장정들을 많이 모아 대기시켜 두었습니다. 약 2천 명이 됩니다. 이곳 아전과 장정들도 대부분 그곳에 가 있습니다. 이곳에서 조금 내려가면 야산이 하나 있는데, 그곳에 다 모여 있습니다."

이일은 2천 명이란 말에 입이 딱 벌어졌습니다.

"그래? 아니 어떻게 2천 명이나 모았단 말인고? 믿어지지 않는 이야기구먼……."

"소인이 거리거리 마을마을마다 소문을 내었습니다. '신장(神將) 이일 대감께서 내려오신다. 대감께서는 가시는 곳마다 창고를 열어 쌀을 나누어 주신다.' 이렇게 소문을 내었더니 금새 사람들이 모였습니다."

'내가 언제?'라는 쓴웃음을 짓는 이일의 표정을 보고, 권정길이 다시 말을 덧붙였습니다.

"소인을 용서해 주십시오. 함부로 순변사 대감 어른의 이름을 도용하였습니다. 그러나 지난 2월에 대감께서 충청도와 전라도를 순행하실 때 백성들에게 쌀을 나누어 주셨다는 소문을 들었기에 그대로 백성들에게 알렸던 것입니다. 용서해 주십시오."

권정길의 이야기를 듣고 있던 이일은 고개를 끄덕이며 그만 그에게 반해버렸습니다. 그리고 즉석에서 그를 참모로 기용한다고 선언하였습니다.

이일은 권정길이 준비한 식사를 하고, 오랜만에 포근한 이불 속에 몸을 눕혔습니다. 눈치빠른 권정길은 적당한 여자도 하나 넣어 주었습니다. 등을 두드리고 다리도 주물러 주는 사이에 이일은 곤히 잠이 들었습니다.

다음 날 이일은 권정길의 안내로 군사들이 모여 있다는 야산 쪽으로 갔습니다.

그런데 군사들을 본 이일은 다시 기분이 상했습니다. 대부분이 빈 자루를 들고 지게 앞에 웅크리고 앉아 있었던 것입니다. 여자들도 수십 명이 같이 와서 떠들고 있었습니다.

"쌀을 달라! 쌀 준다고 해 놓고 뭐 하노."

하고 아우성치는 사람도 있었고,

"어제는 주었쉼더. 오늘도 주겠지예. 쪼끔만 더 기다려 보입시더."

하고 달래는 사람도 있었습니다.

그들을 보는 순간 이일은 노기를 띠었고, 수하들이 달려가 그 사람들을 진정시켰습니다. 권정길이 앞으로 나서더니 큰 소리로 외쳤습니다.

"자아, 여기를 보아라! 서울에서 순변사 이일 대감이 오셨다.

오랑캐 10만 대군을 혼자 몰살시킨 이일 대감이시니라!

자아, 모두들 조용하고 말을 들어라!

순변사 어른께서는 쌀을 주신다고 하셨다. 그러나 쌀이 문제가 아니다. 비단도 주고 은자(銀子)도 주신다고 하셨다.
　대감의 말씀을 직접 들어 보자.”

　이일이 나서서 말했습니다.
　“지금 왜놈들이 이리로 올라오고 있다 하니, 내가 이 칼로 왜놈들을 모조리 몰살시킬 것이다. 너희들은 구경만 하고 왜놈의 목을 잘라라! 내가 임금님께 너희들의 공(功)을 전부 아뢰어 큰 상을 받도록 하겠다. 열흘 안에 너희들은 큰 재산을 모아 집으로 돌아갈 수 있을 것이다.”
　쉰 다섯 살 나이에 걸맞지 않게 이일의 목소리는 쩌렁쩌렁 울렸고, 몰려든 농부들은 귀를 쫑긋하였습니다.
　보릿고개로 한창 어려운 4월. 쌀을 주고 비단도 주고 은자(銀子)도 준다니……. 모두들 이일만을 쳐다보았습니다.
　이일은 병기(兵器)를 가져오게 하고 대오를 짓게 하여 ‘내 가족과 내 마을은 내가 지켜야 한다’ 면서 군사훈련을 시키기 시작하였습니다.

이일(李鎰)의 완패

　어느덧 하루해도 너웃너웃 서쪽 하늘을 넘어가려 하고 있었습니다. 이일은 부하들에게 하루치 쌀을 백성들에게 나누어 주게 하고는, 내일도 다시 모이도록 훈시(訓示)를 하고 있었습니다.
　바로 그때, 고개를 넘어 이곳으로 허겁지겁 달려오는 한 농부가 있었습니다. 그는 이일과 무리지어 모인 사람들을 보자 큰 소리로 말했습니다.

"아이고, 도망 안 가고 뭐하고 있습니꺼? 왜군이 바로 개령까지 온 것도 모름니꺼? 지는 이 쪽으로 죽자 하고 내빼 왔습니더."

그 자의 다급한 소리를 듣자 사람들은 다시 술렁거리기 시작하였습니다.

이일은 분노가 폭발하였습니다. 간신히 군기(軍紀)를 잡아가는데 웬 미친놈이 나타나 일을 망치려 한단 말인가.

이일은 그 자를 죽이라고 호통을 쳤습니다. 그 때 권정길(權井吉)이 살며시 이일에게 간했습니다.

"우리 고을 목사 일행이 되돌아오는 것을 저놈이 잘못 보고 미친 소리를 하는 것이 틀림없습니다. 그러나 저 자를 지금 죽여버리면 민심(民心)이 동요될 위험이 있습니다.

내일까지 살려 두었다가 저 자의 말이 잘못되었음을 보인 후 목을 베는 것이 좋을 것으로 생각됩니다."

이일(李鎰)은 권정길의 조언이 마음에 들었습니다.

"그래, 내일 죽이는 게 더 낫겠어. 자네 말이 맞네. 그 놈을 옥에 집어넣게. 내일 아침에 사람들을 다 모아 놓고 목을 치는 게 더 효과가 있을 거야……."

다음 날 아침, 이일은 다시 백성들과 군사들을 모은 뒤 그 사람을 끌어내고는 외쳤습니다.

"자아, 여러분들은 보아라!

이 놈이 어제 '왜군이 고개 넘어 마을까지 왔다' 고 떠들었으나, 오늘 이 시간까지도 왜놈은 그림자도 없지 않은가.

이 놈은 왜놈의 앞잡이로서, 우리를 겁주어 사기를 떨어뜨리려는 매국노이니라. 내가 이놈의 목을 베어 버릴 것이니, 여러분은 자리를 지켜서 경거망동하는 일이 없도록 하라!"

그리고는 바로 그 사람의 목을 베게 하였습니다. 그 불쌍한 농부는 입 한 번 잘못 놀린 죄로 목이 정말로 날아가 버렸습니다.

바로 다음 날, 일본군 정탐병 셋이 말을 달려와 조선군 진지 옆에서 정찰을 하고는 재빨리 사라지는 것을 백성들 몇 명이 목격하였으나, 아무도 이일에게 보고해 주지 않았습니다.

바로 어제 한 사람의 목이 날아가는 것을 목격하였던 사람들은 자기들의 눈이 헛것을 본 모양이라고 생각하였습니다.

그때 소서행장이 인솔하는 일본군 제1군 1만8천 명은 불과 10리 정도 떨어진 곳까지 북상해 있었습니다.

오도순현(吾島純玄: 고토오 스미하루)이라는 한 부장은 아까부터 하품을 하며 종군 승려 현소(玄蘇)와 농지꺼리를 늘어놓고 있었습니다.

"야아, 돌중 놈아! 네가 벙어리 중 행세를 하며 조선을 2년이나 돌아다녔다는 놈이 아니더냐?

조선 놈들은 겉으로는 양반인 척하지만 실제로는 매일 그것만 밝힌다던데, 너 말이야, 조선놈들 와이당이나 좀 해 봐라. 히히히."

"오도순현, 저 놈은 말을 조심 하지 않으니 우리가 왜놈이라는 소리를 듣지. 이놈아! 너는 나를 화상(和尙)님이라 불러야 하는 것도 모르느냐? 어디 못 배운 해적놈 같으니라고."

"어제는 막걸리 한 말을 처먹고 그것을 죄다 불경에다 토한 놈이 중은 무슨 중이냐? 바지는 모조리 쳐죽이고, 치마는 모조리 잡아가면서 네 놈이 화상이면 나는 부처다, 이놈아!”

부하들의 킬킬거리는 소리를 모른 체하며 앞에서 가고 있던 소서행장에게 세 마리의 말이 쏜살처럼 달려왔습니다.

정찰병의 숨가쁜 보고를 듣고 소서행장은 즉시 부하들에게 지시를 하였습니다. 소서행장과 부장들이 말에서 내리더니 말에 재갈을 물렸습니다. 그리고 일부는 왼쪽으로, 다른 일부는 오른쪽으로 나누어 서더니, 갑자기 모두들 보리밭 속으로 사라져 버렸습니다.

소서행장이 자랑하는 포복공격이었습니다. 보리 잎사귀 하나 움직이지 않는 가운데 1만8천 명의 일본군은 북천(北川)을 향하여 뱀처럼 기어 살그머니 다가갔습니다.

그들의 눈 앞에는 조선군 천여 명이 칼과 나무칼을 들고 무슨 장난인지 훈련인지를 하고 있는 듯하였습니다.

‘탕’ 하는 총소리와 함께 수천 발의 총성이 울려 퍼지고, 이어서 시퍼런 칼을 든 일본군이 사방에서 벌떼처럼 달려들었습니다.

이일의 말대로 ‘신병(神兵)의 출현’이었습니다. 그 자리에 있었던 조선군은 변변히 저항도 못해보고 그대로 전멸하였습니다.

이일의 보좌관으로 따라온 이경류(李慶流), 조령 수비장인 변기(邊璣), 현지에서 이일이 부관으로 임명한 윤섬(尹暹)과 박호(朴篪)까지 순식간에 전사하고 말았습니다.

뒷쪽 나무그늘에 앉아 군사훈련을 지켜보다가 기습을 당한 이일도 그만 혼비백산하였습니다. “후퇴, 후퇴!”하는 두 마디만 남겨 놓고 관아로 뛰면서, 그는 마주치는 군사나 백성들에게 피하라고 손짓을 하였습니다.

권정길은 관아로 달려가, 저녁식사를 준비하고 있던 동네 아낙
네들에게 뒷산으로 도망가라고 소리친 뒤, 마구간으로 달려가다가
일본군을 만나 그만 전사하고 말았습니다.

일본군 군졸과 잠시 칼싸움을 하다가 누군가가 잡아 준 말을 탄
이일은 바로 문경 쪽으로 달아났습니다. 그는 전장터를 누빈 지
30년이 넘는 노장(老將)이었으나, 달아나면서도 일본군의 기습공
격이 도저히 믿어지지 않았습니다.

어떻게 그 많은 숫자가 보리밭을 미끄러지며 소리도 없이 다가
왔는지, 조총이 어떻게 그리도 먼 곳에서 그리도 정확하게 목표를
맞출 수 있는지, 왜놈들이 든 칼은 길고 가늘어 보였는데도 왜 내
가 내려친 박도(朴刀)에도 부러지지 않는지, 모두가 왜 그리도 용
감하게 돌격을 감행할 수 있는지, 그 험상궂은 투구며 까만 군복
이며……. 그 모든 것들이 도저히 믿어지지 않았습니다.

그는 전속력으로 말을 몰아 문경으로 달려갔습니다.
이렇게 하여 조선측은 제1차 야전 싸움에서 완전히 참패를 당
하고 말았습니다.」

이일(李鎰)은 정찰병도 보내지 않았는가

아까부터 아무 말 없이 천장을 쳐다보고 있던 사천신이 말문을
열었다.
「이일의 패전은 불가피했다는 점은 누구나 인정하고 있는 바입
니다. 그럼에도 이일에게는 많은 비난이 쏟아지고 있습니다.

그 중에서 제일 큰 비난은, 그가 정찰병을 내보내지 아니하였고, 더구나 일본군 접근을 알려준 민간인을 참수(斬首)함으로써 스스로 정보원(情報源)을 차단해 버렸다는 데 있을 것입니다.

이 비난에 대하여 이일 본인의 변명은 무엇이었습니까?」

업화신이 대답하였다.

「그 비난에 대하여 이일은 대단히 분개하고 있었습니다. 그는 30년간의 군 경력을 내세우며, '정찰병 파견 정도는 지휘관의 ABC'인데, 자기를 그런 것도 모르는 자라고 몰아붙이는 것은 터무니없는 중상모략이라고 불평하고 있습니다.

그는 당시 권정길이 말한 '부사 일행이 귀환중'이라는 보고를 너무 신뢰하였고, 또한 당시 급작스레 모인 군사들을 볼 때 설사 정찰병을 내보내더라도 모두 도망갈 인간들밖에 없다는 판단에서 정찰병을 내보내지 않았다고 진술하고 있습니다.

그리고 일본군이 진격해 온다면, 대구에 모여 있던 조선군 약 1만 명이 먼저 상주 쪽으로 퇴각해 오는 것이 순리인데, 그 순간까지도 아무도 후퇴해 오지 아니하였으므로, 이일로서는 정찰병 파견은 전혀 필요 없다고 보았다는 것입니다.」

사천신이 계속 질문을 하였다.

「대구에 모여 있던 조선군 1만 명은 어디로 갔나요. 1만 명이 전부 전멸당한 것도 아닐 테고……」

업화신이 대답하였다.

「대구의 조선군을 지휘하던 경상감사는 정찰병을 내보냈습니다. 그리고 일본군이 코앞까지 접근했다는 사실을 알게 되었습니다.

그러자 그는 지방 수령들에게 '일단 관할 고을로 복귀하여 재명령(再命令)을 기다려라!'고 지시하고는 자신은 울진 쪽으로 뺑소니를 쳤습니다.

제일 비겁한 친구는 상주 목사 김해(金澥)였습니다.

그는 상주로 귀환하려 하다가, 그 길이 일본군의 진격로(進擊路)에 해당하여 배후에서 추격 내지 공격을 받을 우려가 있다고 판단하여, 코스를 바꾸어 울진 쪽으로 뺑소니를 쳤습니다.

상황이 이러하였기 때문에, 일본군의 움직임을 이일에게 알려주는 조선군이 있을 수 없었던 것입니다.」

이일(李鎰)의 문장력은 빵점

이번에는 솔라신이 질문을 하였다.

「사정이 그러하였군요. 이일의 명예를 생각해서라도 '정찰도 모르는 장군' 이라는 오명은 이번 기회에 시정되었으면 합니다.

그건 그렇고……. 이일에 대한 또 하나의 비난은 그가 조정에 보낸 패전보고(敗戰報告)의 문장력일 것입니다.

'오늘 왜적을 보니 신병(神兵)이란 말 이외에는 달리 표현할 길이 없나이다. 적이 무지무지하게 철포를 쏘아대니, 막을 도리가 없을 듯합니다. 이제 신(臣)에게 남은 것은 죽음뿐이옵니다.'

이것이 이일이 문경에서 서울로 보낸 패전보고의 전문(全文)입니다. 일본군의 병마(兵馬) 수는 어느 정도였는지에 대해서는 한마디의 언급도 없습니다. 일본군의 복장, 작전, 전투상황 등에 대하여도 한 마디의 언급이 없습니다. 아무리 다급한 상황이었다고 하더라도, 군인의 보고로는 아둔의 극치라 할 것입니다.

이러한 무성의한 보고는 다음 전투나 방어작전에 아무런 도움을 줄 수가 없습니다. 괜히 생목숨 1천 명만 날린 것이지요.

알맹이가 없는 보고는 물론 이일뿐만이 아니었습니다. 경상우수사 박홍(朴泓)의 보고도 우스꽝스럽기 그지 없습니다. 현지 사령관인 그가 부산진성 전투에 대하여 다음과 같이 한심한 보고를 서울로 보냈습니다.

'높은 곳에 올라가 바라보니 붉은 깃발이 성안에 가득찾는데, 이를 보아 부산진성(釜山鎭城)이 함락된 것을 알겠습니다.'

당시 무과시험에서도 논술과목이 있었는데, 어찌 이런 한심한 표현력으로 그들이 시험에 합격할 수 있었는지, 이해할 수 없는 일입니다.」

업화신이 대답하였다.

「솔라신의 말씀이 지당합니다. 당시 대부분의 무관(武官)들의 문장력은 너무나 형편이 없었습니다. 그것도 당시의 시험 채점 기준이 시적(詩的) 표현이나 과장법(誇張法)을 중시하는 것이어서, 이런 우스꽝스러운 보고서를 쓰는 관리들을 양산해냈던 것입니다.

물론 이순신과 같은 특별한 사람도 있었습니다.

이순신은 잘 알려진 그의 일기뿐만 아니라 장계 등 73편의 보고서를 남기고 있는데, 그 모든 것이 본 법정의 재판기록보다도 자세하고 생생하게 기록되어 있습니다.」

　재판장을 맡고 있던 염라대왕도 업화신의 설명에 곁들여서 말했다.

「정말 이순신은 신인(神人)이었소. 직접 전투에 참가한 사람이 그 분주한 가운데 그런 정도의 방대한 기록을 남겼다는 것은 동서고금에 없는 일이오.

다른 사람은 기껏 부하로 하여금 쓰게 하거나, 아니면 전쟁이 끝난 후 회고록으로 기록을 하기 때문에 생동감이 약할 수밖에 없으나, 이순신은 거의 매일 전쟁 중에 직접 기록하고 보고하였소.

그가 남긴 기록이 너무나 완벽하여, 이 특별법정에서도 이순신과 그의 해전(海戰)에 대해서는 더 이상 조사할 것이 없었소.

더구나 이승세계의 많은 학자들도 그에 대하여 연구를 거듭해 왔는데, 특히 최근에 나온 『이 시대에 충무공을 생각한다』(홍순승 저)란 책은 참으로 이순신을 잘 정리한 책이었소.

본 특별법정에서 이순신과 그의 해전을 다루지 않는 데 불만이 있는 피고인, 방청인은 그 책을 사 보고 참고하도록 하시오.」

　염라대왕의 설명이 끝나자 업화신이 계속 말을 이었다.

「이일의 인생역정을 보고 있으면 그에게 문장력이 없었다는 것이 참으로 아쉽습니다. 이일은 임진왜란 최고의 산 증인(證人)이었기 때문입니다.

그는 이번의 상주싸움, 충주싸움뿐만 아니라 임진강 싸움, 1593년의 평양탈환 싸움, 심지어는 1598년의 울산성 싸움까지 임진왜란의 거의 모든 주요 전투에 참가하여 공도 세웠으며, 명 나라에 사신으로까지 다녀온 사람이었습니다.

그는 전쟁이 완전히 끝난 3년 뒤인 1601년에 병사(病死)합니다

만, 그가 만약 회고록이라도 하나 남겼더라면 역사가들의 애로를
크게 덜어 주었을 것이라고 생각됩니다.」

이일, 신립에게로 가다

서기장 엄화신의 보고가 계속되었다.
「계속 보고를 올리도록 하겠습니다.
상주 싸움에 참패하고 서울로 향하기 위하여 조령 쪽으로 달아
나던 이일은 4월 26일 문경 관아에 도착하였습니다. 그런데 그곳
에는 다행스런 정보가 그를 기다리고 있었습니다.
현감 신길원(申吉元)의 말에 의하면, 신립이 도원수로 임명되어
막 충주에 도착해 있는데, 그곳에는 현재 충청도 각지에서 온 병
력 8천 명이 모여 있다는 것이었습니다.
8천 명의 병력과 신립이란 말에, 그는 생기를 되찾아 바로 조령
을 넘어 충주로 달려갔습니다.

불과 일주일 만에 다시 보는 충주는 많이 달라져 있었습니다.
도처에 군사들이 즐비하였고, 더구나 그가 놀란 것은 병마(兵馬)
수백 마리가 여기저기서 풀을 뜯고 있는 것이었습니다.
말을 먹이는 군졸에게 물어보니, 도원수 신립이 남하하면서 서
울과 각지에 있는 역참(驛站)에서 말을 모조리 징발하여 왔다고
했습니다.
'이건 또 무슨 생각이란 말인가? 총을 향해 말이라도 달리겠다
는 말인가?'
하고 의아해 하면서 그는 관아 쪽으로 달려갔습니다.

그런 그를 반갑게 맞이해 준 사람은 김여물(金汝岉)이었습니다. 간단한 인사도 끝나기 전에 김여물은 심각한 표정으로 이일에게 하소연을 하기 시작했습니다.

이야기의 골자는, 어제 도원수와 수하 장수들이 모두 조령에 올라가 현지를 답사하고 싸울 곳을 조사하였는데, 김여물 본인뿐만 아니라 충주목사 이종장(李宗張), 장수 이운룡(李雲龍) 등 모두가 고개에서의 매복전(埋伏戰)을 건의하였음에도, 도원수 신립만은 고개가 평탄하지 않다고 하면서, 오늘도 이종장과 함께 인근 벌판의 다른 장소를 물색하러 나갔다는 것이었습니다.

그러면서 김여물은 이일에게, 도원수를 만나면 일본군의 실상을 충분히 보고하여 싸움터를 조령 고개로 정하도록 건의해 달라고 부탁하였습니다.

오후 늦게 도원수가 돌아오는데 옷은 흙탕물에 흠뻑 젖어 있었고, 몹시 화가 난 얼굴이었습니다.

이종장을 붙들고 김여물이 낮은 소리로 그 사유를 물어보니, 도원수가 탄 말이 도랑에서 넘어져 도원수가 물에 빠졌다는 것이었습니다. 물이 깊어서 하마터면 큰일 날 뻔하였다고 했습니다.

김여물은 얼굴이 사색(死色)이 되었습니다.

그는 신립이 며칠 전 서울을 떠날 때 대궐 마루에서 중신들을 하직하고 막 마당으로 내려서다가 머리에 쓴 사모(紗帽)를 땅에 떨어뜨렸던 일이 생각난 것입니다.

그때에도 모두들 흉조(凶兆)라고 크게 걱정을 하였는데, 오늘은 도원수가 물에 빠졌다니, 왠지 점점 불길한 생각을 지울 수가 없었습니다.

신립의 인품

이일이 신립에게로 다가가 인사를 올리고 죄(罪)를 청하자, 신립은 무뚝뚝하게 대답하였습니다.

"고생하셨소. 손자(孫子)를 장가보내셔야 할 노장군(老將軍)을 뽑은 놈들이 잘못이지, 장군이야 무슨 큰 잘못이 있겠소? 알았으니 물러가시오!"

그 한 마디만 하고 옷을 갈아 입어야겠다고 하면서 신립은 방으로 들어가버리는 것이었습니다.

할 이야기가 많았던 이일은 불쾌했습니다.

'이제 왕의 사돈이 되었다고 눈에 뵈는 것이 없구나. 뭐라고? 나를 늙은 노장군이라고?…… 제 놈이 나보다 몇 살 적다고 나를 업신여긴단 말이냐? 나는 패장(敗將)이다 이거지?……

아니야, 내가 참자!

나도 왜적과 싸우기 전에는 저런 교만한 마음을 먹지 않았는가. 신립도 마찬가지야. 그도 전황(戰況)을 자세히 듣고 나면 아마 달라질 거야…….'

신립을 방까지 안내하고 돌아온 김여물과 이종장, 이운룡 등은 이일의 언짢아 하는 기색을 보고는, 신립이 나올 때까지 같이 술이나 한 잔 하자고 청했습니다.

김여물은 이일에게 술을 권하고 위로하면서 패전 경위를 조심스레 물었습니다. 이일은 자신의 패전경위를 자세히 이야기한 뒤, 일본군이 보통내기들이 아닌 만큼, 꼭 정면전투를 벌이려면 좀더 군사를 동원하여 화전(火戰)과 같은 별도의 공격방법을 구사할 수 있는 곳을 물색해야 한다고 주장하였습니다.

또한, 당장 추가 군사를 동원하기가 어렵다면, 고개에서 게릴라 전법(戰法)을 구사하여 적이 조령을 넘지 못하도록 저지하는 것이 좋겠다고 말했습니다.

김여물 등은 고개를 끄덕이며 이일의 이야기를 경청하였습니다.

그러는 사이에 옷을 갈아입고 잠시 몸을 쉰 신립이 저녁식사를 하러 나왔습니다.

모두들 부사의 관사(官舍)로 들어가니, 그득히 차린 상 세 개 사이사이에 심부름하는 여자 네 명이 앉아 있었습니다.

신립이 중간에 앉고 나머지는 적당히 둘러앉아 식사를 시작하는데, 신립이 호통을 쳤습니다.

"뜨거운 물 가져와, 뜨거운 물!

나는 여름에도 물은 뜨거운 걸로 마신단 말이야! 이 년들까지 모두 이래놔서…….

내가 한 놈도 믿고 일을 시킬 만한 인간이 없단 말이야!"

한 여자가 놀라 재빨리 부엌으로 달려나갔습니다.

성미가 불같았던 신립은, 그 높은 벼슬에도 불구하고 모든 것을 자기가 직접 처리하였습니다.

창고조사가 필요하면 자신이 직접 창고문을 열고 들어가 하나하나 세었습니다. 정찰이 필요하면 자신이 직접 말을 타고 나갔습니다. 죄를 물어 태형(笞刑)을 내리는 경우도 많았는데, 그 때에도 죄인을 자기 손으로 직접 매질하였습니다.

'내가 직접'이라는 아집(我執)의 화신(化身)이자 걸핏하면 매질이나 해대는 신립에게 사람들은 모두 말을 걸기를 두려워하였고, 그러한 속마음은 김여물도 마찬가지였습니다.

그러나 신립은 그런 내막은 모르고 진정으로 김여물을 좋아했고, 더구나 자신이 왕에게 특별히 청하여 그의 목숨을 살려준 은 인이라고 생각하여 김여물을 꼬붕처럼 대했습니다.

술이 시작되었으나 분위기는 상당히 무거웠습니다.

신립은 분위기를 바꾸고자 이종장에게 농담을 던졌습니다.

"이 목사(牧使). 당신이 좋아하는 아이는 어느 여자요? 설마 나하고 동서하자는 것은 아닐 테고……."

여자들이 꺄르르 웃음을 터뜨리자, 나심해(羅甚海)라는 아장(亞將) 하나가 눈치를 채고 말을 이었습니다.

"우리 조선은 여자들이 다 괜찮습니다. 시팔노무 수길(秀吉)과 종놈 의지(義智) 그 놈들도 우리 조선 여자한테는 뿅 간다고 합디다……. 히히히."

나이가 좀 든 한 여자가 교태를 부리며 말했습니다.

"장구운……. '시팔노무 수길'과 '종놈 의지'가 누구이옵니까? 평수길(平秀吉)과 종의지(宗義智)라 하셔야지요."

"너는 우리말도 모르느냐? 충주 시골떼기로구먼.

평수길과 종의지를 우리말로 하면, '시팔노무 수길'과 '종놈 의지'가 되는 거야……."

"에이 거짓말! 그런 엉터리가 어디 있어요?"

신립(申砬)이 재미있다는 듯이 그 아장을 보고 말했습니다.

"나(羅) 아장, 자네도 서울에서 이곳까지 오느라 고생 많았네.

자아, 내 술 한 잔 받게. 그런데 '시팔노무 수길'과 '종놈 의지'라는 게 무슨 말이야? 그게 우리말이라고?"

"아니옵니다, 순변사 대감 어른!

그 말은 사실은 부산에서 쓰고 있는 말입니다. 그런데 거기에는
재미있는 이야기가 있습니다."

신립은 더욱 호기심이 나서 나 아장에게 이야기를 자세히 해 보
라고 하였습니다.

나심해가 한 이야기는 다음과 같았습니다.

약 150년 전 세종 임금 때, 일본에 매년 쌀 200석을 주기로 양
국간에 약속이 맺어졌는데, 그 쌀을 받으러 오는 일본 배에는 부
산진성 첨사(僉使)가 확인도장을 찍어서, 가져간 쌀을 확인하기로
되어 있었습니다.

어느 해 한관희(韓寬熙)라는 고지식한 첨사(僉使)가 부산진성에
부임해 왔는데, 그는 일본 사람들을 무척이나 싫어했었습니다.

그 첨사가 오가는 일본 사람들을 가만히 살펴보니, 대마도(對馬
島)에서 온 사람들은 전부 돈의 노예인지 종놈인지 구분이 안 갈
만큼 돈 이야기만 하는 것이었고, 나머지 지역에서 온 일본 사람
들은 전부 색시만 찾는 놈들뿐이었습니다.

그래서 어느 날 한관희는 부하들을 모아놓고,

"앞으로 대마도에서 오는 일본놈은 전부 성(姓)을 '종놈'이라
하고, 다른 곳에서 오는 일본놈은 전부 성을 '시팔놈'이라고 해
라."
고 말했습니다.

한 부하가, '종놈과 시팔놈이라는 성은 한문으로 어떻게 써야
합니까?'하고 묻자, 첨사는 '종놈은 종(宗)으로 쓰고, 시팔놈은
평(平)으로 써라'고 대답했습니다.

그 부하가 계속하여,

"종놈을 종(宗)으로 쓰라는 것은 알겠습니다. 그런데 시팔놈은
왜 평(平)으로 써야 합니까?"
하고 질문하자, 한관희는 다음과 같이 대답했습니다.
"평(平)이란 글자는 '十'과 '八'과 '一'이란 글자들이 모여서
된 것이니라. 마지막 '一'은 한 쪽을 조금만 세우면 '／'처럼 되
는데, 이것을 일본말로는 '노'라고 읽느니라. 그래서 '시팔노옴'
이 되는 것이니라."

그 뒤부터 부산진성에서는, 일본 사람들은 그의 진짜 성(姓)이
무엇이든, 대마도 사람은 무조건 종(宗), 다른 지방 사람은 무조건
평(平)으로 쓰게 되었고, 조정에 보내는 보고문서에서도 그렇게
쓰게 되었습니다.
풍신(豊臣)수길을 평수길(平秀吉), 소서(小西)행장을 평행장(平行
長), 류천(柳川)조신을 평조신(平調信) 등 모든 일본 장수들의 성이
평(平)으로 조정에 보고되고 있는 것은 그런 까닭에서입니다.

신립은,
"그거 재미있군. 그 첨사가 제대로 보았어. 그는 참으로 형안
(炯眼)을 가졌도다."
하고 배를 움켜잡았습니다. 다른 사람들도 같이 웃음보를 터뜨렸
습니다.
그런데 김여물만은 여전히 걱정스런 표정으로 앉아 있었습니다.
이일도 아무 말 없이 술만 연짱으로 들이켜고 있었습니다.
술이 몇 차례 돌아 여자들의 교태가 극에 달할 무렵, 김여물이
여자들에게 잠시 나가 있으라고 눈짓을 하였습니다.

의아해하는 신립에게 이종장이 말을 끄집어냈습니다.

"도원수 대감!

왜군이 어떻게 동래성을 그렇게 쉽게 함락시켰을까요?
동래성에서 우리 군이 1만 명은 넘었을 텐데요……."

이야기를 부드럽게 진행시키기 위하여 이 말을 꺼낸 이종장에게 신립은 흥이 깨져버렸다는 듯이 술잔을 상 위에 탁 놓으면서 대답하였습니다.

"조정이 썩어서 그렇소! 무관(武官)을 천대하고 글이나 읽을 줄 아는 송상현을 앉혔으니, 싸움의 결과는 뻔하지 않소?"

신립의 어이없는 대답에 이종장과 김여물 등은 할 말을 잊었습니다. 이런 중요한 문제에 대하여 이렇게 무책임한 편견을 갖고 있다니…….

김여물은 기가 막힌다는 생각이 들었으나, 다시 마음을 고쳐 먹고 본론에 들어가기 위하여 자신이 직접 신립에게 말했습니다.

"도원수 대감!

순변사 대감께서 상주에서 왜적과 접전을 하였을 때 왜군은 조총을 마구 쏘았다고 합니다. 수많은 장졸들이 총탄에 맞아 쓰러졌다고 합니다. 천 걸음 바깥에서 번개처럼 날아와서 몸에 구멍을 내고, 나무도 박살을 내었다고 합니다.

왜군이 그런 조총을 막 쏘아 이일 대감께서도 어떻게 손을 써 볼 재간이 없었다고 합니다. 왜군의 용병술이 귀신 뺨친다고 하오니, 이 문제를 좀 더 깊이 논의해 보아야 하겠습니다."

신립은 웃긴다는 듯이 김여물을 쳐다보며 대답하였습니다.

"종사관, 잘 들으시오!

　조총은 신호용(信號用)으로밖에 쓸모가 없소! 소리가 요란하지요, 더군다나 연기까지 나지 않소? 적에게 자기가 있는 위치를 알려주는 것이 되어 버리는데, 바보가 아닌 다음에야 누가 조총을 무기로 쓰겠소?

　그리고 패전(敗戰)한 상주 싸움 이야기는 꺼내지도 마시오! 내 사전에는 패전이란 없소! 악보는 똑 같아도 지휘자가 나쁘면 음악도 나쁜 법이오.

　그 이야기는 그만합시다. 군의 사기에 직결되는 것이오.

　그리고 종사관!…… 내가 오늘 기막히는 곳을 보았소.

　저 달천 옆에 탄금대(彈琴臺)가 있질 않소?

　그 앞이 넓어 기마병을 보내기가 아주 적합한 곳이오. 내일은 그곳에 포진하여 왜놈들을 몰살시키려 하오……. 하하하.”

　김여물 뿐만 아니라 다른 사람들도 모두 입을 다물고 아무런 말이 없었습니다. 조금 뜸을 들이던 김여물은 신립의 눈치를 보며 조심스럽게 다시 입을 열었습니다.

　“이일 대감이 바로 얼마 전에 왜군과 싸워 보았으니, 그 의견을 최소한 한 번쯤은 들어 봄이 어떻겠습니까?”

　신립은 내키지 않는 듯 이일을 잠시 보다가 그렇게 하라고 하자, 이일이 술이 꽤 오른 목소리로 입을 열었습니다.

　이일이 한 이야기는 금후의 작전에 대한 것으로 상책(上策)과 중책(中策)을 건의하는 것이었습니다.

　패전 경위에 대하여는 이일도 이야기하고 싶지 않은 듯 말을 꺼내지 않았습니다.

　이일의 상책(上策)이란, 일본군과 정면전투를 벌이려면 군사를 좀더 동원하여야 하니, 일단은 후퇴하면서 화전(火戰)과 같은 별도의 공격방법까지 구사할 수 있는 곳을 물색하여, 좀 더 큰 병력으로 결전을 벌여야 한다는 것이었습니다.

그의 중책(中策)이란, 군사가 추가로 동원될 때까지 조령 고개에서 매복해 있다가, 게릴라 전법(戰法)을 구사하여 적이 조령을 넘지 못하도록 저지해야 한다는 것이었습니다.

그러면서 그는 넓은 벌판에서는 저들의 총을 당해낼 수 없다는 말도 덧붙였습니다.

얼굴을 점점 붉히면서 듣고 있던 신립은 격노하여 말했습니다.

"네 이 노옴—! 네놈이 장수란 말이냐!

네놈은 패하여 무수한 군사를 잃은 놈이 아니더냐! 지금 또다시 군사들이 동요하도록 무슨 그런 요망한 말을 늘어놓느냐!

뭐라고? 도망이 최고라고? 겁쟁이 네놈에게는 바로 군법으로 물어야겠다. 네놈은 도저히 용서할 수 없는 놈이야!"

하면서 술상을 탕 치면서 호통을 질렀습니다.

부랴부랴 충주목사 이종장이 나서서 이일을 끌고 나가고, 이운룡은 신립에게 엎드려 대신 사과를 하였습니다.

"고정하시옵소서, 도원수 대감!

도원수 대감께서 나오시기 전에 순변사께서 울적한 마음에 술을 한 잔 하였기에 헛소리를 한 것 같습니다. 적이 눈앞에 있는 만큼 부디 용서하시고, 순변사로 하여금 이번 싸움에서 공을 세우도록 하소서……."

진정하시라고 간절히 애원하는 이운룡에게 신립은 길길이 뛰며 욕설을 늘어놓았습니다.

"내가 오늘 탄금대로 가다가 도망병을 한 놈 만났느니라.

그놈 말에 의하면, 이일 저 놈은 총소리가 나기도 전에 말을 타고 도망쳐 버렸다고 하더구나.

어찌 저런 놈이 순변사란 말이냐? 내가 오늘 저 놈의 얼굴 상판에 긁힌 자국 하나 없이 멀쩡한 것을 보고, 저 놈이 바로 도망친 것임을 확인하였다.

그래도 나는 저 놈을 생각해서 죄를 묻지도 않고 자리도 같이해 주려고 했는데, 저 놈이 분수도 모르고 입이 있다고 함부로 입을 놀려? 참으로 괘씸한 놈 아니냐!……

아니, 어제까지 비가 와서 온 세상이 물바다인데 화공법(火攻法)을 쓰자고?…… 저 놈은 눈알도 없는 놈이냐?……"

이래서 두 대장은 패전 경위도, 금후 작전도, 아무런 이야기도 하지 못하게 되고 말았습니다. 물론 같이 협의한다 한들 신립에게는 남의 말을 들어줄 귀가 없었습니다.

신립의 패사(敗死)

다음 날은 4월 28일이었습니다.

신립은 아침 일찍부터 바쁘게 움직이고 있었습니다. 직접 진두에서 지휘하여 진을 펼치고 있었던 것입니다. 동서로는 남한강이 흐르고 남북으로는 달천이 흐르는 탄금대 앞이었습니다.

신립은 이미 이일을 비롯한 몇 사람에게 밀명을 주어 모처(某處)에 따로 매복시켜 두고 있었습니다.

그리고 신립은 부장들을 모이게 해서 작전을 지시하고 있었습니다. 상당히 무겁고 거북한 분위기가 넘쳐 흐르고 있었습니다.

부장들은 모두 내키지 않는 표정들이었습니다. 고분고분하던 김여물조차도 그날 따라 배수진(背水陣) 작전을 강경히 반대하고 나왔습니다.

그러나 신립은 더 이상 논쟁하는 자는 군법(軍法)으로 다스리겠다고 위협하면서, 선조왕으로부터 하사받은 보검을 빼내어 보여주었습니다.

더 이상 반대하거나 논쟁할 때에는 참수형에 처하겠다고, 여러 장수들을 쳐다보며 눈을 부라렸습니다. 그러면서 그는, 전투는 병법(兵法)에 충실하여야 한다고 하면서, 다음과 같이 작전을 지시했습니다.

남쪽 맞은 편으로는 아장(亞將) 나심해와 안불인(安佛仁)이 인솔하는 기마병 300기를 배치한 뒤, 적이 나타나면 가운데 논을 돌진하여 적을 밟아 흩터 버리라고 하였고,

이종장은 2천 명을 거느리고 서쪽의 달천 강변에 포진하고 있다가 도망오는 적을 베고,

김여물과 이운룡은 3천 명을 거느리고 동쪽 마을과 풀 속, 보리밭에 숨어 있다가 그 쪽으로 도망쳐 오는 적을 베라는 것이었습니다.

그리고 중앙 탄금대 앞에는 신립 자신이 2천 명을 거느리고 허장성세(虛張聲勢)를 부려 적군으로 하여금 수만 명이 운집한 것으로 믿게 한다는 것이었습니다.

그가 이일에게 따로 내린 명령은, 적이 패하면 반드시 칠금동 야산 쪽으로 도주할 것인즉, 그곳에 잠복해 있다가 적이 도주해 오면 적장을 잡아 공을 세우라는 것이었습니다.

칠금동(七擒洞)은 '일곱 칠'(七), '잡을 금'(擒)이므로, 오늘 적의 괴수 수급 일곱 개는 틀림 없으니 놓치지 말라고 장담을 하였습니다.

신립의 명령은 마치 제갈공명이 적벽대전(赤壁大戰)을 지휘하는 듯하였습니다.

그런데 진(陣)을 다 펼치고 얼마 지나지 않아 남쪽 들 저쪽 끝에 적의 대군이 새카맣게 모습을 드러내었습니다. 그 숫자가 최소한 6천 명은 넘어 보였습니다.

신립은 즉시 아장 나심해, 안불인 등이 인솔하는 기마군에게 돌격명령을 내렸습니다. 그런데 4~50 걸음 앞으로 나아가던 기마군이 논 가운데서 멈추어 선 채 앞으로 나아갈 낌새를 보이지 않았습니다. 논바닥이 다소 질퍽했던 것도 사실이었으나, 그들은 새까맣게 보이는 적진을 향해 달려나갈 엄두가 도저히 나지 않았던 것입니다.

신립은 돌격하라고 고함고함을 지르다가 드디어 칼을 빼어 들고 논으로 뛰어들어 갔습니다. 미끌미끌거리는 논을 넘어지고 자빠지며 그가 기마군 쪽으로 달려가니, 그들은 말이 미끄러진다는 변명만 하면서 이리저리 도망을 다녔습니다.

좌우에 숨어 있던 조선군들은 들 가운데서 벌어지는 이상한 광경을 보려고 모두들 밖으로 걸어나왔고, 그리고는 다시 중앙 본진(本陣)으로 황급히 뛰어오고 있었습니다.

일본군이, 앞에 보이는 중앙뿐만 아니라 좌측에도 우측에도 수천 명씩 떼를 지어 달려오고 있었기 때문입니다.

몇 백 걸음 앞에서 일본군은 갑자기 멈추어 선 다음 3열 대오를 지었고, 곧 총성이 울리기 시작했습니다. 우왕좌왕하는 조선군이 뒤로 물러서면 일본군도 그 정도 진격하여 다시 총을 쏘았습니다.

신립이 칼을 휘두르며 몇 명을 베고 독전(督戰)을 했으나 제일 먼저 기마군이 동북쪽으로 달아나기 시작하였습니다. 요란한 총소리 속에서 여기 저기서, 앞에서 뒤에서, 동료가 쓰러지고 넘어지자, 조선군은 완전히 지휘계통을 잃고 모두가 북쪽 남한강 쪽으로 도망가기 시작하였습니다.

양군의 거리가 좁혀지자 일본군은 일제히 칼을 빼어들고 돌진해 왔습니다. 이종장은 얼굴에 총탄을 맞아 절명하였고, 이운룡은 적군 수 명을 베다가 등에서 칼을 맞고 쓰러졌습니다.

총과 칼을 맞은 김여물과 신립은 강으로 뛰어들었으나, 결국은 다친 상처 때문에 수영을 할 수가 없어 익사하고 말았습니다.

이번 전투에서 조선군은 약 2천 명 이상이 목숨을 잃었습니다.

한편, 칠금동 야산 부근에서 숨을 죽이며 잠복해 있던 이일 일행은 싸움이 채 끝나기도 전에 황급히 제천 쪽으로 도주하였습니다.」

솔라신이 말문을 열었다.

「신립에 대하여는 후세 사람들이 이구동성으로 그가 작전 미스를 범하였다고 비난하고 있는데, 이에 대해서는 본 신이 다시 거론할 필요가 없을 것입니다.

후세에서 비난하는 그의 첫번째 미스는 조령 고개를 너무 쉽게 포기하였다는 것이고, 두번째 미스는 배수진(背水陣)을 택하였다는 것이며, 세번째 미스는 기마전(騎馬戰)을 택하였다는 것입니다.

업화신, 어떻습니까?

신립이 만약 부장들의 건의대로 조령 고개에서 일본군과 싸웠다거나, 적어도 배수진이 아니었다고 한다면, 전투 결과는 달라졌을 것으로 보십니까?」

업화신이 말하였다.
「본 신은 결과가 많이 달라졌을 것으로 봅니다.

실제 그 이후 전투에서는, 조선측은 두 번 다시 배수진 따위는 고려조차 하지 아니하고, 항상 방어선을 하천에 두는 대치전(對峙戰)으로 끌고 갔습니다.

그리고 대치전은, 임진강 방어전이나 대동강 방어전을 보더라도, 나름대로 상당한 방어 성과를 올리고 있습니다. 아무리 신립의 입장을 동정하려 하여도, 그가 배수진을 택한 것은 중대한 판단 미스였습니다.

그리고 소총 앞에 기마전을 펼친 것도 시대착오적인 신립의 독단이었습니다.

조금 애매한 것은, 조령 고개에서 전투를 하였다면 방어에 보다 성과가 있었겠느냐 하는 부분입니다만, 곧 뒤에 발발하는 웅치(熊峙)와 이치(利峙)의 전투에서 조선군이 방어에 성공하고 있을 뿐 아니라, 그 당시 추풍령에서도 정기룡 장군이 게릴라전을 성공적으로 수행하고 있었음을 볼 때, 신립의 조령 포기 결정은 결국 잘못되었던 것으로 판단되고 있습니다.

특히 비변사의 방어계획이 조령 고개를 수호하는 것이었음에도 불구하고, 교만한 신립은 조정의 명령을 어겨가면서까지 독단으로 조령을 포기하였으므로, 후세의 비난을 받아 마땅할 것으로 생각합니다.」

솔라신이 다소 흥분한 어조로 다시 말문을 열었다.
「신립은 왜 첫 싸움에서 모든 것을 다 걸었습니까?
그는 평생 동안 전장터를 달린 군인 출신으로, 조선군 총사령관의 위치에 있었습니다.
그는 한나라 고조 유방(劉邦)이 항우(項羽)의 결정타를 피하기 위하여 촉나라까지 도피하면서 숨이 긴 싸움을 계속했던 고사(故事)도 모르고 있었는지요?
일본군을 전혀 알지도 못하면서 첫 싸움에 생사(生死)까지 걸다니, 그는 참으로 무모한 총사령관이 아니었습니까?」
업화신이 말하였다.
「그 점에 대하여는 신립의 영혼도 할 말이 없다는 이야기만 반복하고 있습니다.」

이일의 신립 증오

솔라신이 계속 질문을 하였다.
「이일이 칠금동 야산에 매복하고 있다가 도망하여 목숨을 건졌다는 이야기는 처음 듣는 이야긴데, 사실입니까?
그 야산은 민둥산으로 나무도 없고 바위도 없으며, 높이도 4∼50미터에 불과한 언덕인데, 어디서 매복한다는 것입니까?
더구나 칠금동은 그 위치가 탄금대 반대쪽, 즉 조령 쪽에 위치하는 곳인데, 그렇다면 일본군이 진격해 오는 쪽에서 매복하였다는 이야기가 되는데……

제일 먼저 발각되어 일본군과 싸움을 벌여야 하는 곳 아닙니까?」

업화신이 말하였다.

「칠금동 이야기는 이승세계에는 없는 이야기로, 본 신이 이일의 영혼을 직접 조사하여 들은 이야기입니다. 그 이야기를 소개해 올리겠습니다.

싸움이 일어나기 전날 밤인 4월 27일 밤, 한바탕 입씨름을 벌인 신립은 이번 기회에 일본군의 손을 빌어 이일을 죽여버리겠다고 마음을 먹고 다음 날 이일을 부르게 됩니다.

신립은 이일에게, 자신이 일본군 장수들을 칠금동 야산으로 몰고 갈 테니 매복하고 있다가 그 놈들을 잡아 죽이라고 명령하게 됩니다.

물론 신립으로서는 일본군이 설사 자기에게 패전한다 하더라도 그리로 달아날지 않을지 전혀 알지도 못했고, 그것에는 관심조차도 없었습니다.

그의 진짜 생각은, 적어도 조령을 넘은 일본군이 충주로 진격하려면 칠금동을 지나지 않고서는 다른 길이 없다는 것이었습니다.

즉, 이일을 칠금동 야산에 출동시켜 두면 일본군에 발각되어 죽음을 당할 것이라는 것이었습니다.

그런데 당사자인 이일은 그것이 묘책(妙策)인 양 박수를 치며, 그렇게 하겠노라고 찬성하고 나왔습니다.

'군사가 얼마나 필요하냐? 천 명이라도 나누어 주겠다' 는 신립의 제안에, 이일은 다음과 같이 대답하였습니다.

"군사 일곱 명과 하얀 명주포(明紬布) 일곱 필, 그리고 큰 붓,

먹, 벼루가 있으면 충분합니다. 군사 천 명은 전혀 필요가 없습니다.

소장은 노익장이라 아직도 힘이 많이 남아 있으니, 대감께서 왜장들을 칠금동으로 보내 주시기만 한다면, 단번에 소장이 그놈들의 수급을 자르고 명주포로 싼 후 이름을 적어 대감 앞으로 가져오겠소이다.”

신립은 이일의 기상천외한 이 말에 이상한 생각이 들었으나, 한편 속마음으로는 ‘네 놈이 이젠 무덤으로 가는구나’ 하고 비웃으면서, 그것을 허락하였습니다.

물건을 준비한 이일은 일곱 명의 병졸들을 데리고 빠른 속도로 칠금동으로 달려갔습니다. 그리고는 명주포를 펴서 다음과 같이 여섯 글자(字)를 쓰고는 그것을 조령 고갯길 여기저기에 내걸었습니다. 요즈음 말로는 플랭카드를 내다 건 것이지요.

‘願決戰 彈琴臺’(결전을 원한다, 탄금대에서)

그리고 그는 칠금동 야산으로 올라가 앉았습니다.

조선군의 소재를 알아낸 일본의 대군은 칠금동 야산 같은 곳은 거들떠 보지도 않고 노도와 같이 탄금대로 달려갔습니다. 이 광경을 지켜보던 이일은 옆에서 숨을 죽이고 엎드려 있는 병졸들에게 웃으며 말했습니다.

“이 봐! 싸움의 추세를 잘 지켜 봐야 해. 왜군이 지게 되면 우리도 탄금대로 달려가서 죽은 왜군의 머리 일곱 개 정도는 잘라야 하니까……”

그러나 이 이야기는 이일이 탄금대 싸움터를 탈출하면서 잠시 말 위에서 꾼 몽상이었음이 판명되었습니다. 그러나 그만큼 이일이 신립의 배수진 작전을 불신하고 증오하고 있었다는 것은 사실이었습니다.」

그때 유화여신이 코멘트하였다.
「당시 조선에서는 풍신수길(豊臣秀吉)을 평수길(平秀吉)로 불렀다는 것이 재미있군요.
조선 사람들은, 전통적으로 성(姓)을 중요시하면서, 성을 바꾸는 것을 최대의 치욕으로 생각한 민족입니다. 그런 조선 사람들이 남의 성을 바꾸어 평(平)이라 불렀다면, 거기에는 틀림없이 상당한 이유가 있었을 것이라고 생각해 왔는데, 오늘 업화신의 말씀을 들으니 충분히 이해가 갑니다.
사실 전쟁이 일어나기 3년 전인 1589년 종의지(宗義智)가 서울에 찾아와서 풍신수길의 국서를 제출하면서 그의 성이 풍신(豊臣)이라고 알려 주었는데도, 16세기 당시의 조선사람들은 굳이 평(平)이라고 썼지 않았습니까?」

이때 옆에 있던 사천신이 끼어 들었다.
「유화여신의 말씀을 들으니 본 신도 의문나는 게 있습니다.
풍신수길은 성(姓)을 네 개나 만들어 썼던 인간이었습니다. 애초에 그가 태어날 때에는 성이 없었는데, 그가 25세 때 결혼을 하면서 목하(木下: 키노시타)라는 성을 처음으로 만들었고, 그가 37세 때 장빈성(長濱城) 성주로 되면서 우시(羽柴: 하시바)라는 성으로 바꾸었다는 것에 대하여는 이미 앞에서 업화신께서 설명하신 바와 같습니다.

그리고 49세가 되던 1585년 그는 관백이 되기 위하여 임시로 등원(藤原: 후지와라)이라는 성을 쓰다가, 그 다음 해에 천황이 내려준 풍신(豊臣: 토요토미)이라는 성으로 다시 바꾸었습니다. 그는 이 풍신이라는 성(姓)을 무척 좋아했습니다. 뜻이 좋다고 해서요.

그러나 이 성은 사실은 천황(天皇) 집안에서 그를 조롱하여 작명하였다는 이야기도 있습니다. 너는 자식은 없고 신하들이나 왕창 많을 것이라는 뜻으로 조롱하였다는 것이지요.

그런데 요즈음 나온 한국의 역사논문들을 보니까, 16세기 당시 조선에서 그를 평(平)씨라 쓴 것은, 당시의 조선 사람들이 그를 평청성(平淸盛: 타이라 키요모리)의 후손이라고 잘못 알았기 때문이라고 주장하는 사람이 있더라고요.

즉, 그를 일본 역사에서 등장하는 실력자 평청성이란 사람의 후예라고 조선 사람들이 잘못 알았기 때문이라는 거예요. 업화신께서는 이 점에 대해서 어느 쪽이 맞는지 밝혀 주시면 감사하겠습니다.」

업화신이 설명하였다.

「먼저 평청성(平淸盛)이라는 사람에 대해서 잠시 설명 드리겠습니다.

이 사람이 일본 역사에 등장하는 것은 12세기입니다.

일본의 제75대 천황으로 숭덕(崇德: 스토쿠) 천황이란 사람이 있었습니다. 그는 1119년부터 1164년까지 살았던 사람이고, 1123년부터 18년간 천황으로 재위하였던 사람입니다.

이 숭덕 천황은 1141년에 아버지 조우(鳥羽: 토바) 상황(上皇)의 명령으로 천황 자리를 동생 후백하(後白河: 코시라카와) 천항에게 물려주고 자신은 상황으로 물러앉았는데, 그 아버지 조우(鳥羽) 상황이 죽자, 그 자리를 되찾고자 무사(武士)들을 모아 전쟁을 일으켰습니다.

그러나 이는 숭덕 상황의 판단 미스였습니다. 후백하 천황의 부하 무사 가운데 평청성(平淸盛)이라는 놀라운 무사가 있어, 그의 야습을 받아 숭덕 상황은 패하여 포로가 되고 만 것입니다. 이 때가 1156년입니다.

그 싸움에 이긴 후백하(後白河) 천황도 불행하게 된 것은 마찬가지였습니다. 23년 뒤인 1179년 후백하 천황도 평청성에게 모든 권력을 빼앗기고 감옥에 유폐되고 말았기 때문입니다.

그러나 이 평청성도 불과 2년 뒤인 1181년 열병으로 급사함으로써, 그는 바로 역사의 뒤안길로 사라지고, 평(平)씨라는 집안도 완전히 몰락하고 말았습니다.

이런 경력을 가지고 있는 사람이 평청성입니다.

그런데, 문제는 1156년부터 1181년까지 25년 동안 일본 역사에서 두각을 나타내었던 이 평청성(平淸盛)이란 사람이 조선에는 전혀 알려진 적이 없었다는 것입니다.

본 신이 조사해 본 바에 의하면, 신라 시대에 활발하였던 통신사 교류가 고려 시대에 들어와 완전히 중단되었다가, 조선이 건국되면서 847년 만인 1429년에 비로소 재개되었는데, 이 당시 일본의 실력자는 장군 족리(足利: 아시카가)씨라는 집안이었습니다.

즉, 15~16세기 당시의 조선은, 족리씨에 대해서는 알고 있었으나, 평(平)이라는 성을 가진 일본의 실력자에 대해서는 알고 있지 않았다는 것입니다.

더구나 풍신수길 자신도 자신이 평청성(平淸盛)의 후예라고 말한 적이 없습니다. 풍신수길은 자신의 출생이 초라한 것을 부끄러워하여, 자신을 '천황(天皇)의 사생아'라고 한 번 거짓말한 적은 있습니다.

사실 농부의 아들인 풍신수길은, 평민에게는 성(姓)이 없었던 당시 일본의 관습대로, 성이라는 것 자체가 없었고, 따라서 자신보다 4백년 전의 사람인 평청성(平淸盛)에 관해 그 후예니 뭐니 라고 주장할 여지는 전혀 없었던 것입니다.

본 신이 이렇게 장황하게 말씀드리는 것은, 지금 한국에서 행해지고 있는 해석, 즉 '16세기 당시의 조선에서 그를 평청성(平淸盛)의 후예라고 잘못 알았기 때문' 이라는 해석은 잘못되었다는 것입니다.

한마디로 말하면, 당시의 조선 사람들이 풍신수길을 평청성의 후손으로 잘못 알고 평(平)이라고 부른 것이 아니라, 다른 이유에서 일부러 평(平)이라고 불렀던 것입니다.

당시의 조선 사람들이 그를 평으로 부른 것은, 전쟁을 치르면서 폭발한 적개심 때문이었습니다. 당한 자의 입에서 터져 나온 자연스런 육두문자였던 것이지요. 당해서, 분해서, 너무나 억울해서 욕설이라도 한번 시원하게 하려고 한 것이었습니다.

당시 동양 삼국에서는 한자(漢字)를 조각조각 나누어 그 의미를 변화시키는 일종의 한자 퍼즐놀이가 크게 유행하고 있었는데, 이

것을 파자(破字)라고 합니다. '평(平)'이라는 글자를 파자하면 '十
八一'이 되고, 그래서 우리말 '시팔노무 새끼'를 평(平)으로 썼던
것은 말하자면 역파자(逆破字)인 셈이지요.

이 평(平)이라는 표기는 그대로 명 나라에게 전해졌고, 조선말의
이러한 의미를 알지 못한 채, 명 나라 황제까지도 풍신수길에게
보내는 칙서에서조차 '황제칙유 일본국왕 평수길(皇帝勅諭 日本國
王 平秀吉)'이라고 써 보내게 됩니다. 」

서기장 업화신의 보고가 끝나자 염라대왕이 자리를 바로 하면
서 입을 열었다.
「지금까지 서기장 업화신께서 개전 초기의 상황에 대하여 상세
히 보고하여 주신 데 대하여 대단히 감사하게 생각하오.
혹시 기자분이나 방청석 가운데 질문이 있는지요?」

잠시 법정에 눈길을 준 염라대왕은 말을 계속하였다.
「서기장께서 워낙 자세하게 보고해 주어서 질문이 없는 것도
당연할 것이오.
짐이 느끼기에는, 이일이 명장(名將)은 아니었으나 그렇다고
그토록 형편없는 졸장(拙將)도 아니었던 것 같은데, 그의 동료 장
수들의 평가는 상당히 다른 것 같소.
1593년 1월 평양성 싸움에서 그를 지켜본 명 나라 장수 이여송
(李如松)은 이일의 해임을 선조왕에게 요청하였고, 이순신도 1594
년 10월 25일자 그의 일기에서 다음과 같이 평가하고 있단 말이
요.
"이일은 국란을 당하여 중책을 지고 있는 몸임에도 나라의 은

혜는 갚을 생각을 하지 않고 성 밖 여염집에서 계집이나 끼고 앉아
있었다."
　이일의 일은 알다가도 모를 일 같구려.

　자아, 그건 그렇고……. 시간 관계상 오늘의 재판은 여기서 종
결하도록 하겠소. 다음 재판은 이미 공고한 일정대로 속개할 것이
오.」

　3타(打)의 대왕봉 징소리가 웅장하게 울려 퍼지는 가운데 제4
일의 재판은 막을 내렸다.

5
선조왕의 평양 피신

여느 때와 마찬가지로 붉은 법의를 입고 대왕봉을 쓰다듬고 있던 염라대왕이 대왕봉을 세 번 두드리고 천천히 입을 열었다.

「지금부터 오늘의 재판을 속개하도록 하겠소.

오늘은 임진왜란 가운데 조선 측의 서수(西狩) 결정과 서울 실함(失陷)을 중심으로 심리하도록 하겠소.

즉, 상주 싸움과 충주 싸움에서 태산처럼 믿었던 이일과 신립이 허무하게 참패함에 따라 조선 조정에서는 서북쪽으로 피신하게 되는데, 그것이 서수라고 불리는 것이오.

업화신, 먼저 왜 '서수'라고 불렀는지부터 설명해 주시오.」

이날 재판정의 모습은 전 번과 비슷했으나, 솔라신이 손부채를 들고 나와 부치고 있는 점이 여러 사람들의 시선을 끌었다.

서기장을 맡고 있는 업화신이 설명했다.

「서수(西狩)라 하면 일반 사람들은 그것을 '서쪽으로 사냥가는 것' 쯤으로 이해하기 쉬운데, 여기서 '서(西)'란 황해도와 평안도를 의미하고, '수(狩)'란 왕의 순행(巡行)을 의미합니다.

따라서 '서수'란 왕이 황해도와 평안도로 행차하는 것을 의미하고 있습니다.

물론 이번 서수는 단순한 행차는 아니며, 실제로는 황해도와 평안도 쪽으로의 도피를 의미하고 있습니다만, 위기에 처하여도 그래도 격식은 갖추려는 조선 사람의 '마음의 여유' 쯤으로 이해하고 넘어가 주시기 바랍니다.」

패전소식에 크게 동요하는 서울

업화신의 보고가 계속되었다.

「그러면 오늘의 본 설명으로 들어가도록 하겠습니다.

이일이 문경에서 올린 상주 패전의 장계가 4월 27일 도착하여 온 조정이 깜짝 놀랐습니다. 그런데 이틀 뒤인 4월 29일 밤에는 충주 싸움도 패하고, 더구나 신립마저 전사하였다는 엄청난 소식이 조선 조정에 올라왔습니다. 곧 일부의 패잔병들도 서울로 돌아왔습니다.

특히 이일을 따라 출전하여 상주와 충주에서 싸우다가 기적적으로 살아 돌아온 훈련원 아장 정유찬(丁有讚)은 바로 병조(兵曹)

에 출두하여 패전 경위를 자세히 보고하였습니다.

중신들도 정유찬을 불렀고, 선조왕도 정유찬을 직접 불러 일본군의 전력을 자세히 물었습니다.

그의 생생한 패전 이야기를 들은 사람들은 모두 사색(死色)이 되었고, 열린 입은 닫혀지질 않았습니다. 엄청난 공포가 조정을 엄습하였습니다.

소문은 꼬리에 꼬리를 물고 금방 서울 전체에 퍼졌고, 조선 전체는 이제 망하는구나! 하는 망국(亡國)의 분위기가 급속히 퍼져 나갔습니다.

많은 사람들이 피난길에 오르려고 분주했으나, 실제 어디로 가면 안전한지를 몰라 우왕좌왕하였고, 나라가 망할 징조를 보았다면서 그 황당한 증거를 제시하는 유언비어도 급속히 퍼져 나갔습니다. 당장 내일이라도 일본군이 서울에 들어닥칠 것처럼 보였습니다.

서울의 이러한 위기의식과 무질서는 백성에서 말단 관리로, 그리고 중신들 사이로, 마침내는 대궐 안에까지 파급되었습니다.

대궐에도 경비병을 배치해야 하는, 계급과 신분질서가 무너지려는 불온한 상황이 급속히 팽배해지고 있었습니다.

위기감에 젖은 선조왕이 긴급회의를 소집하였습니다.

그 당시 조선 조정은 25년간의 재위기간을 통하여 꾸준히 인재를 발탁해 온 선조왕의 그간의 피나는 노력으로 국가의 기둥이라 할 만한 인물들이 즐비하였습니다.

물론 그러한 인물들의 대부분이 문신(文臣)이었다는 한계는 있

었으나, 선조왕 이전의 시대에 비하면 참으로 경륜과 실무에 밝은
유능한 관리(官吏)들이 조정에 가득차 있었습니다.

선조왕 이전에는 외척이나 훈구대신들이 번갈아 집권하여 권력
다툼에 편할 날이 없었고, 국력은 피폐해지고, 백성들의 원성은
하늘을 찔렀던 것입니다.」

위기관리 능력이 뛰어났던 선조왕

그때 염라대왕이 웃으며 말했다.

「허허허……. 업화신, 질문이 있소이다. 나도 신분이 왕이다 보
니 이승세계의 왕들에 대하여 관심이 많소.

선조왕은 어떻게 왕이 되었소? 왕의 적자(嫡子)였나요?」

업화신이 말하였다.

「예, 폐하!

조선 11대 왕인 중종의 두 적자(嫡子)와 일곱 서자(庶子) 가운
데 일곱번째 막내 서자가 덕흥군(德興君)이라는 사람입니다만, 그
사람이 선조왕의 부친입니다.

즉, 선조왕은 중종왕의 막내 서자였던 왕자, 즉 덕흥군이라는 사
람의 아들이었습니다. 선조왕은 어릴 때에는 '하성군(河城君)' 이
라 불렸습니다.

그 시대에는 왕으로 즉위하지 못한 왕자들은 여차하면 역적으
로 몰려 죽음을 당하는 일이 많았습니다. 더구나 하성군은 그 덕
흥군의 장남도 아니었습니다. 그에게는 친형이 두 명이나 있었습
니다. 따라서 하성군이 왕위에 오른 것은 거액의 복권에 당첨되는
것만큼이나 어려운 기적같은 일이었습니다.

선조왕은 참으로 운이 좋은 사람이었습니다.

선조왕이 일곱살 때 아버지인 덕흥군이 병으로 돌아감으로써 '역적의 자손'이라는 혐의를 받을 시간적 여유가 없었다는 것이 그의 첫번째 행운이었습니다.

선조왕의 큰 아버지에 해당하는 제13대 왕 명종에게 자식이 전혀 없었다는 것이 선조왕의 두번째 행운이었습니다.

표독하기로 악명높았던 명종의 어머니, 즉 문정황후 윤씨가 어찌된 셈인지 어린 하성군만은 무척이나 좋아하였다는 것이 그의 세번째 행운이었습니다.

그래서 그는, 피비린내 나는 외척들의 권력다툼 속에서 큰 아버지인 명종(明宗)의 양자(養子)가 되는 행운을 누렸고, 1567년, 그러니까 임진왜란이 발생하기 25년 전, 명종이 돌아가자 16세의 어린 나이로 왕위에 오르게 되었습니다.

왕위에 오른 선조왕은 어린 나이에도 불구하고 바로 외척과 훈구대신들을 조정에서 몰아내고, 과거시험에 합격한 유능한 관료들로 조정을 채우기 시작했습니다.

이율곡, 이황, 유성룡, 윤두수, 이항복, 이원익, 이덕형, 정철, 권율, 이순신, 허준 등 조선시대를 빛낸 기라성 같은 명신(名臣)들은 모두 선조왕이 새로이 등용한 신진 관료들이었습니다.」

염라대왕이 웃으면서 다시 질문을 던졌다.

「허허허……. 업화신, 질문이 하나 더 있소이다. 업화신은 지금 선조왕이 훌륭한 왕이었다고 평가하였소.

그런데 이승세계의 평가는 전혀 그렇지가 않아요.

선조왕의 재임기간 중 동인(東人)과 서인(西人)이라는 당파가

생겼고, 그가 후궁 인빈 김씨(김귀인)만을 총애한 결과 그 오빠되
는 김공량(金公諒)이 권력을 이용하여 재물을 끌어모았다는 것이
오.
  업화신은 이승세계의 이러한 여론에 대해서도 그 이유를 조사
해 보셨소?」

  업화신이 대답하였다.
「조선 초기에는 세종(世宗)과 성종(成宗)과 같은 성왕(聖王)들
이 많이 등장하다 보니, 선조왕이 다소 처져서 가리워진 느낌입니
다만, 그도 유능하고 개혁적인 왕이었습니다.
  선조왕 때에 동인과 서인 간의 대립이 심했던 것은, 그들이 정
치적 신조뿐만 아니라 학문적 배경도 달라서, 서로 화합하기가 어
려웠기 때문입니다. 선조왕은 그들을 조화롭게 기용하고자 부단히
노력하였습니다.
  또한 선조왕이 인빈 김씨(김귀인)만을 총애하였다는 비난에 대
하여는, 그 자체는 사실 일고(一顧)의 가치도 없는 것입니다. 어느
왕이나 총애하는 여인은 있었으니까요.
  그런데도 이를 문제삼았던 것은 정철 등 서인파 거두(巨頭)들이
었습니다.
  왜냐하면, 정철 등이 공빈 김씨 소생인 광해군을 후계자로 미는
데 있어 인빈 김씨의 존재가 장애가 되었기 때문입니다. 선조에게
는 서로 생모(生母)가 다른 14명의 아들들이 있었는데, 선조왕은
이 가운데 누구를 후계자로 정할 것인가에 대하여 결론을 내리지
못하고 있었습니다.
  그런데도 정철 등 서인파는 공빈 김씨 소생인 광해군을 후계자

로 미는 도박을 추진하였고, 그러다 보니 이에 반발하는 인빈 김
씨가 한없이 미워보였던 것입니다.

다행히 선조왕의 결단으로 광해군이 그대로 후계자가 되었기
망정이지, 만에 하나 선조왕이 다른 아들을 후계자로 지명하였더
라면 조선에서는 또 한 번 피비린내가 진동하였을 것입니다.

그리고 김공량(金公諒)의 문제에 대해서도 조사해 보았습니다
만, 김공량은 선조왕의 외척(外戚) 배척 방침을 충분히 이해하고
있었기 때문에, 본인은 가급적 정치에 간여하지 않고 그 대신 장
사로 돈을 버는 데 주력하였습니다.

그가 얼마나 정치인과 만나는 것을 기피하였나 하면, 그를 만나
지 못한 영의정 이산해가 그를 만나러 그의 집 담을 넘어가다 붙
잡히는 사건까지 있었을 정도입니다.

그리고 김공량이 함경도에서 쌀을 사다 서울에 되팔아 엄청난
폭리를 취하였다고 비난하는 사람들도 있었는데, 그것은 상(商) 행
위의 본질로서 오히려 그의 기민한 상행위로 당시 전국의 쌀값이
상당히 안정되었던 것으로 조사되었습니다.

결론적으로, 선조왕에 대한 대부분의 비난은 터무니없는 일방적
인 악선전 때문이었습니다.」

그때 염라대왕이 계속 빙그레 웃으면서 말했다.

「허허허. 왕이 엄청난 힘을 가진 것 같아도, 왕도 백성들의 입방
아에는 이길 수가 없다는 것이 동서고금의 진리로구면……. 허허
허.

좋소, 업화신. 그 문제는 충분히 알아들었소.

자아, 풍전등화와 같은 위기에 처한 서울 이야기나 계속 들어봅시다.」

서수(西狩) 결정

업화신이 대답하였다.
「예, 폐하. 보고를 계속하겠습니다.
1592년 4월 하순.
선조왕과 중신들은 연일 밤을 새워가며 금후의 대책을 논의하였습니다. 선조왕은 몇몇 심복을 모아 놓고 허심탄회하게 국면을 토론하기도 하였습니다.
선조왕의 마음 속에는 다음과 같은 전략과 의문이 꼬리를 물었습니다.
'전국에는 약 17만 명의 동원 가능한 인적 자원이 있다. 최대한 그들을 모아야 한다. 근왕병(勤王兵)이 많이 모이면 일본군과 정면 대결을 벌이자. 근왕병이 모이지 않으면 게릴라 전(戰)이라도 펴서 일본군을 분산시키자.
그러나 그 이전에, 빠르면 삼일 안에 일본군이 서울을 공격할 것이다. 서울의 현 인력은 7천 명 정도이다. 이 인력을 전부 동원하여도 도저히 서울을 방어할 수 없다.
부득이 서울은 포기할 수밖에 없다. 그러나 시간은 벌어야 한다. 그냥 서울을 넘겨주어서는 안 된다. 한강(漢江)이 있으니, 한강을 방어선으로 하여 일본군의 발목을 잡아야 한다.

그런데 도대체 일본군의 총병력은 어느 정도나 된단 말인가?

현재는 약 5만 명이 상륙한 것 같은데, 이것이 전부인가, 아니면 추가 부대가 또 있는가? 저들의 목표는 정말 명 나라인가? 정말 명 나라를 정복하려면 적어도 50만 명은 있어야 할 텐데, 일본은 그만큼을 동원할 수 있는 큰 나라인가? 명 나라 정복 구호가 허풍이라면 저들은 왜 명 나라를 끌어넣으려 하는가?

그리고 정말 우리는 17만 명을 모두 동원할 수 있을까? 만약 동원될 병력이 부족하다면 우리 힘만으로는 일본군을 토벌할 수 없다. 외국의 도움을 받아야 한다. 명 나라뿐이지 않은가?

그런데 명 나라는 과연 우리를 지원해 줄 것인가? 우리가 어떻게 해야 명 나라로부터 조속하고 충분한 군사지원을 받을 수 있을 것인가?'

정답을 알 수 없는 의문은 꼬리에 꼬리를 물고 계속 이어졌으나, 선조왕은 급히 다음과 같은 중요한 세 가지 결정을 내리게 되었습니다.

첫째, 왕과 조정이 서북쪽으로 피난하기로 하고, 즉각 그 채비를 갖추도록 지시한다.

둘째, 그러나 서울 방위를 위해 최대한 노력해 보기로 하고 수도방위군을 편성한다.

셋째, 전국으로 중신과 왕자들을 보내어 근왕병을 모집해 보기로 한다. 특히 아직도 일본군이 침입하지 아니한 강원, 황해, 평안, 함경 4도를 주 대상지로 한다.

평안도에는 이원익(李元翼)을, 황해도에는 최흥원(崔興源)을 보내기로 하고, 첫 왕자 임해군(臨海君)을 함경도로, 세번째 왕자 순화군(順和君)을 강원도로 보내기로 한다.

이러한 세 가지 결정을 내리는 데 있어서 선조왕은 무척 애로가 많았습니다. 조정에는 뚜렷한 전략가(戰略家)가 없어, 중신들이 터무니없는 의견을 개진하였기 때문입니다.

가장 큰 이슈로 등장한 것은, 왕도 서울에 남아야 하느냐 하는 문제였습니다. 영중추 김귀영(金貴榮), 전 이조판서 유홍(兪泓), 장령 권협(權悏) 등이 서수(西狩)를 반대하고 왕의 서울 사수(死守)를 맹렬히 주장하고 나섰고, 선조왕의 집안 어른들인 종친(宗親)들도 모여 통곡하면서 서울 사수를 요구하고 나왔던 것입니다.

왕은 그들을 모두 물리쳤습니다.

'집에 큰 불이 나서 집이 몽땅 타버리고 무너지게 생겼는데, 그래도 계속 불을 끄겠다고 우리가 집안에 눌러 앉아 있어야 하겠는가?'

면서 선조왕은 종친들을 달랬습니다.

왕이 서울에 남아 있으면 일본군의 포로가 되거나 전사(戰死)할 가능성이 너무 높았습니다. 왕이 전사하거나 포로로 잡히면 그것은 거의 나라의 항복 내지 멸망을 의미하므로, 선조왕은 그런 모험을 할 마음이 없었던 것입니다.

이미 일본군의 주력이 경기도 용인을 지났다는 빗발치는 보고가 속속 들어오고 있었습니다. 더 이상은 시간이 없다는 것은 누구나 알고 있었습니다.

처음에는 은밀히 진행되던 선조왕의 서울 탈출 준비도 이젠 공개적으로 황급히 추진되었습니다.」

선조왕의 처량한 서울 탈출

업화신은 잠시 보고를 멈추고 염라대왕을 쳐다보면서 말했다.

「선조왕의 서울 탈출시의 그 긴박했던 순간에 대하여는 이승세계에 상당히 자세한 기록(김종권 편역, 『속 동국병감』)이 남아 있습니다. 그것을 좀 소개하여도 좋겠는지요?」

고개를 끄덕이는 네 신(神)들을 쳐다보고는 업화신이 보고를 계속하였다.

「4월 30일 밤이었습니다.

이미 조정의 대소 관리는 말할 것도 없고 대궐 수비병들까지도 계속 도망쳐 성문은 닫히지도 않았고, 시각을 알려주는 종소리도 이미 울리지 않았습니다.

선조왕은 인정전(仁政殿) 안의 골방에서 우산을 겸하는 초립(草笠)과 두툼한 도복을 입고 서 있었습니다. 병조좌랑 이홍로(李弘老)가 자기를 모시러 올 때까지 우두커니 서서 기다리고 있었던 것입니다.

옆에 젊은 환관 세 사람이 시립(侍立)하고 있었으나, 모두들 오들오들 떨 뿐 말이 없었습니다.

밤 자정이 된 것 같은데도 이홍로는 나타나지 않자, 초조한 선조왕은 창을 열고 바깥을 내다보았습니다. 비가 장대같이 쏟아지는 칠흑같이 어두운 밤이었습니다. 가끔 초롱불이 보이기도 하고, 어디선가 말 울음소리도 요란하게 울리는가 하면, 억수같은 비 사이로 뛰어가는 궁녀들의 뒷모습이 보였습니다. 선조왕은 '음…….' 하는 긴 신음소리를 내었습니다.

그리곤 얼마나 시간이 흘렀을까.

빠른 발걸음 소리와 점점 밝아지는 불빛이 보이고, 황급히 자기를 부르는 소리가 들렸습니다.

"전하! 이제 출발하셔야 하겠습니다. 채비가 다 되었나이다."

이홍로가 비쳐주는 초롱불을 따라 나서니 가마 8기와 다수의 말, 그리고 백여 명의 사람들이 이미 인정전 앞에서 비를 맞으며 서 있었습니다.

선조왕은 이홍로를 쳐다보고 중전(中殿)이 가마에 탔는지 물었습니다. 중전 박씨는 후덕한 여자였으나 몸이 약해 자식이 없었고, 최근 몸이 더욱 쇠약해져서 왕은 마음에 걸렸던 것입니다.

'그러하옵니다'는 이홍로의 대답을 듣고 선조왕이 말 위에 오르자 10여 명도 말 위에 오르고 가마도 따라 일어섰습니다.

종묘사직의 신주를 앞세우고 선조왕과 그 일행은 계속 쏟아지는 비를 맞으며 서대문을 나섰습니다. 동이 틀 무렵에 무악재에 도착하여 잠시 쉬는 사이에, 가마꾼들은 가마를 버리고 모두 도망을 가버렸습니다.

부득이 중전 이외의 모든 비빈들은 말에 올라 북행을 강행하였고, 그들은 날이 완전히 어두워져서야 임진강 나루터에 도착하였습니다. 이미 많은 사람들이 낙오하여 이곳까지 도착한 사람들은 반으로 줄어 있었습니다.

비는 아직도 줄기차게 내렸습니다.

'시간을 지체하면 할수록 물이 불어 도강(渡江)하기 어렵다. 지금 당장 도강하는 수밖에 없다'는 이항복의 의견을 받아들여, 일행은 잠시 쉬지도 못하고 바로 임진강을 건넜습니다.

배가 모두 여섯 척이라 두세 번 왕복하여 강을 건넜는데, 이항복이 나루터 관리사무소 건물에 불을 질러 환히 불을 밝혔으므로, 강의 북쪽이 눈에 들어왔습니다.

임진강 북편 나루는 동파역(東坡驛)이었는데, 그곳에 도착하니 이미 밤 자정이 지나 있었습니다. 모두들 꼬박 하루를 쫄쫄 굶으며 빗속을 걸어왔던 것입니다.

다행히 그곳에는 파주 목사와 장단 부사 등 지방수령들이 저녁을 준비해 놓고 마중을 나와 있었습니다.

동파역에는 방 다섯 개와 큰 창고, 마구간 등이 있어서 선조왕과 비빈, 왕자와 공주들이 방으로 들어가 몸을 닦고, 옷을 갈아입고 있는데, 갑자기 부엌에서 어수선하게 사람들이 다투는 소리가 들렸습니다.

모두들 굶주린 끝에 ‘밥’이란 소리를 듣자 너도나도 우르르 부엌으로 달려가 차려 놓은 음식을 모조리 먹어치웠던 것입니다.

당초 파주목사 등은 이백인 분 가까이 음식을 준비하였으나, 허기가 질대로 진 군사, 군부(軍夫), 궁녀들은 차례를 기다리지 못하고 마구 들어가 배가 터지게 음식을 집어넣는 바람에, 찌꺼기가 일부 남았으나, 그것은 도저히 왕의 수라상에 올릴 형편이 아니었습니다.

선조왕과 비빈, 중신들은 그날 밤을 꼬박 굶고 이튿날 아침에야 파주목사 등이 급히 새로 구해온 쌀로 간신히 밥을 해 먹을 수 있었습니다.

그날 밤 선조왕은 이항복을 불러 나루터 관리사무소 건물에 불을 질러 뱃길을 밝힌 기지(機智)를 칭찬하였는데, 이항복은 다음과 같이 대답하였습니다.

"그 건물에는 유래가 있사옵니다. 전하.

옛날 이율곡(李栗谷) 대감이 이곳 파주에 목사로 와 있을 때 그 건물을 개축하게 되었는데, 이율곡 대감은 사람들에게 꼭 소나무를 써서 개축하도록 명령을 내렸다 하옵니다.

주위 사람들이 '이곳 파주는 소나무가 귀하고 참나무가 많으니 참나무로 지어도 무방하지 않겠습니까' 하고 아뢰자, 이율곡 대감은, '아니다. 꼭 소나무라야 하느니라. 훗날 이 소나무 재목을 요긴하게 쓸 날이 오느니라'고 말씀했다 하옵니다.

신(臣)이 그 일이 생각나서 그 건물에 불을 질렀더니, 과연 그것이 소나무였기 때문에 비 속에서도 꺼지지 않고 그렇게 오랫동안 밝은 불이 계속된 것으로 사료되옵니다."

선조왕은 고개를 끄덕이며 눈물을 흘렸습니다.

8년 전에 먼저 간 이율곡이 불현듯 생각이 났던 것입니다. 이율곡은 여러 차례 국방력(國防力)의 강화를 자신에게 역설했었는데, 여러 가지 사정으로 그 일을 적극적으로 추진하지 못한 자신이 원망스러워 견딜 수가 없었습니다.

그날 밤을 뜬 눈으로 지새운 선조왕은 다음 날 귀양을 보냈던 윤두수(尹斗壽), 정철(鄭徹) 등을 사면하고 복권하는 조치를 강구하였습니다.」

솔라신이 부채를 멈추고 질문을 하였다.

「선조왕이 종묘사직의 신주를 앞세우고 서대문을 나왔다고 하셨는데, 그 신주(神主)라는 게 무엇입니까?」

업화신이 대답하였다.

「죽은 사람의 혼을 모신 위패(位牌)가 신주입니다.

그 당시에는 사람이 죽어도 혼백은 남아 위패에 붙어 있다고 생각하였습니다. 더구나 종묘사직의 신주는 역대 제왕들의 혼백을 모신 것입니다. 생명보다 소중히 다루는 것은 당연한 것이라 생각했습니다.」

솔라신이 계속 말하였다.

「혼백은 전부 이곳에 와서 심판을 받게 되는데, 어떻게 이승 사람들은 그런 것에 혼백이 붙어 있다고 믿었는지 이해하기 어렵군요. 하여튼 설명 감사합니다.」

이번에는 유화여신이 질문하였다.

「조정의 중신들도 가족이 있었을 텐데, 그 가족들은 어떻게 되었습니까? 그들도 피난을 갔나요?」

업화신이 대답하였다.

「조정 중신들은 보통 집이 두 채였습니다. 서울에 한 채, 그리고 자기 고향에 한 채. 그래서 난리가 나면 자기 고향으로 피난가는 게 보통이었습니다.

그런데 경상도와 충청도, 경기도 쪽으로는 일본군이 진격해 왔기 때문에, 그 쪽에 고향이 있는 사람들은 부득이 황해도 쪽으로 피난을 갔습니다.

해주와 남포 쪽에는 피난민들로 가득하였습니다.

중신들은 대부분 가족들을 먼저 피난보내고 자신과 늙은 종 서너 명만이 서울에 남아 있었습니다. 따라서 왕의 서수(西狩)를 수행할 때에 큰 부담은 없었습니다.」

5월 1일 개성(開城)에 도착

업화신의 보고는 계속되었다.

「다음 날 아침에는 비가 멎어 있었습니다.

그러나 어제의 강행군에 거의 모든 사람들이 녹초가 되어버려 한낮이 되어도 잠자리에서 일어날 줄을 몰랐습니다. 왕의 비서관에 해당하는 승지(承旨)들이 몇 명을 깨우고 꾸짖어도 모두들 몸살이 났다면서 도로 눈을 감아버리는 형편이었습니다.

잠을 깬 일부 사람들도 밥도 없고 쌀도 없어 배가 고파 얼굴상을 찡그리고 있었고, 이웃집 여기저기에 잠을 얻어 자러 간 군부(軍夫)며 군사들도 나타나지를 않았습니다.

그날 일정은 개성(開城)까지 가는 것이었는데, 개성까지는 반나절 거리로 가까운 편이었지만, 이미 반나절이 지나버렸습니다.

모두들 초조해하는 그때 황해감사 조인득(趙仁得), 서흥부사 남의(南嶷) 등이 군사 600명, 말 50여 필을 인솔하고 도착하였습니다. 그 당시 군의 비상식량은 누룽지와 미숫가루가 주종이었는데, 선조왕도 누룽지를 먹었고, 윤두수 등은 이빨이 썩어 없다면서 물에 미숫가루를 타 마셔 허기를 면했습니다.

선조왕 일행은 저녁 무렵 개성에 도착하였는데, 백성들이 모여서 어떤 자는 눈물을 흘렸고, 거친 자들은 욕설을 퍼붓기도 하였습니다.

개성도 곧 소란스러워졌습니다.

변란이 생겼다는 소문으로 백성들은 동요하였고, 밤에는 군인들이 소리소리 지르고, 말들은 놀라 뛰었습니다.

인사 쇄신

일단 개성에 자리잡은 선조왕은 다음 날 모든 중신들을 불러 어전회의를 개최하였습니다.

지난 3일간 서울을 탈출하면서 여기 개성까지 오는 동안, 왕은 여러 신하들의 움직임을 눈여겨 보았던 것입니다.

앞으로도 조정이 얼마나 더 산하(山河)를 헤매고 누벼야 할지는 확실히 알 수 없으나, 지난 사흘은 겨우 첫 시작일 뿐이라는 것을 선조왕은 직감하였습니다.

그런데도 일부 신하들은 벌써 탈락하고 노쇠함을 여지없이 드러내었으므로, 최소한 그들은 집에서 쉬게 하고, 부지런히 움직일 수 있는 사람들을 중용해야겠다고 생각했던 것입니다.」

그때 다시 솔라신이 질문을 하였다.

「선조왕은 인사를 너무 자주 단행하여 이를 비난하는 사람이 많습니다만, 선조왕은 무엇 때문에 그렇게 자주 개각(改閣)을 단행하였습니까?」

업화신이 주전자에서 물을 한 잔 따라 마시고 말을 하였다.

「선조왕은 상벌이 분명하고, 그것을 즉시 발동하는 타입의 임금이었습니다. 잘못이 보이면 바로 강등시키고, 잘한 것이 보이면 바로 승진시키는 타입이었습니다.

왕이 평생동안 사랑한 신하는 이항복과 유성룡이었는데, 그들에게조차도 왕은, 잘했다고 생각하면 그 다음 달에도 승진시키고, 잘 못했다고 생각하면 바로 사직하게 하여, 이항복은 무려 다섯 차례나 병조판서를 제수받을 정도였습니다.

선조왕의 이러한 상벌 운영에 대해서는 물론 후세에 비난하는 사람도 많으며, 부작용도 많았던 것이 사실입니다.

그 대표적인 부작용을 들자면 이순신의 파면이나 신각(申恪)의 사형(死刑)과 같은 것이 있는데, 한편 그 덕을 입은 좋은 예로는 권율과 이순신, 이항복 등의 급성장이라 하겠습니다.

토지나 금은(金銀) 등을 나누어 줄 수 있는 입장에 있지 않았던 선조왕으로서는, 벼슬과 상벌로써 부하들이 움직이도록 할 수밖에 없었던 것으로 생각됩니다.」

솔라신이 알겠다는 듯이 고개를 끄덕이자, 업화신이 설명을 계속하였다.

「선조왕은 그날 아침 식사 때, '밥을 같이 먹자' 면서 왕후 박씨와 후궁 2명, 즉 사이가 나쁜 인빈 김씨와 순빈 김씨를 자기 방으로 불렀습니다. 인빈 김씨는 선조왕이 가장 총애한 여자였습니다.

세 여자들이 영문을 몰라하는데 밥상이 들어왔습니다.

세 여자는 내심 깜짝 놀랐습니다.

밥상이 각각 주는 각상으로가 아니라 네 사람이 같이 식사하도록 되어 있는 겸상으로 차려져 있었기 때문입니다. 법도에 까다로운 왕후 박씨가 시녀를 부르려고 하자 선조왕이 제지하며 말했습니다.

"자아, 식사를 같이 합시다. 내가 밥상을 이렇게 차리라고 지시하였소. 자, 시작합시다."

어제 하루를 꼬박 굶은 세 비빈은 다소 어색해 하면서도 밥상으로 모여 다 같이 식사를 하였습니다. 밥을 반쯤 먹었을 때, 선조왕이 가운데 있는 김치반찬 그릇과 젓갈반찬 그릇을 들더니 세 여인에게 말했습니다.

"우리가 이렇게 한 상에서 같은 반찬그릇으로 식사를 한 적은 없었을 것이오. 그렇지요, 중전?

그러나 앞으로는 자주 이런 일이 있을 것이오…….

그런데 김 귀인, 만약 내가 이 반찬그릇을 깨어버리면 어떻게 되겠소? 우리는 아무도 김치와 젓갈을 먹을 수 없게 되겠지요?

김 숙의가 그릇을 깨도 아무도 먹지 못하고, 김 귀인이 깨도 마찬가지요.

내가 지금 말하고자 하는 것은, 이제 우리는 운명공동체라는 것이오. 우리 중에 누구라도 하나가 그릇을 깨면 우리는 전부 굶어야 한단 말이요.

지금은 전란중이오.

부디 중전을 중심으로 화목하시오. 불만이 있더라도 절대로 밖으로 드러내어서는 아니 될 것이오."

선조왕은 비빈들에게 좋은 말로 화목하도록 설교를 하였습니다.

선조왕이 아침을 먹고 동헌으로 나오자 이항복이 기다리고 있었습니다. 이항복은 바로 보고를 하였습니다.

"전하! 신(臣)이 새벽에 임진강에 달려 갔다 왔습니다만, 물이 많이 불어 동파역 밑까지 누런 도랑물이 가득하고, 나룻배도 떠내려 가버려 왕래하는 사람이 없어, 서울소식을 알기 어려웠사옵니다.”

고개를 끄덕이면서 선조왕은 이항복의 기민한 처사가 마음에 들었습니다.

'임진강이 범람했다면 한강도 범람하였을 것이다. 아직은 일본군이 서울에 들어오지는 못하였을 것이로구먼……'

그때까지 선조왕은 두 가지 문제 중 어느 것을 먼저 협의할 것인가에 대하여 마음을 정하지 못하고 있었습니다. 어느 것이 더 시급한 문제인가 하는 것이었습니다.

그 하나는 대일(對日)전략 문제였고, 다른 하나는 인사쇄신 문제였습니다. 이항복의 보고를 받고, 선조왕은 대일전략 문제는 시간이 좀 있다는 판단을 내렸습니다. 그래서 인사쇄신 문제를 먼저 논의하기로 하였습니다.

개성 관아에 차려진 임시 국무회의장에 들어가 자리에 앉자마자 선조왕은,

“오늘의 일은 누가 그 잘못의 책임을 져야 하겠는가?”

하고 중신들과 대간(臺諫)들의 의견을 물었습니다.

이정신, 구성, 김찬, 이헌국, 황붕, 최황 등 대관들과 중신들은 기다렸다는 듯이 이구동성으로, 처음에는 영의정 이산해를 탄핵하였고, 왕이 그들의 말을 들어 이산해(李山海)를 해임시키겠다고 하자, 이번에는 왕이 후궁 인빈 김씨(김귀인)만을 총애하면서 정치를 등한히 했다고 왕을 탄핵하였습니다.

그리고 어떤 자는 김 귀인의 오빠되는 김공량을 탄핵하기도 하고, 어떤 자는 유성룡을 탄핵하기도 하였습니다.

사실 선조왕은 이 국난(國難)만 극복할 수 있다면 자신을 포함한 누구에게도 책임을 물을 각오가 되어 있었습니다.

그러나 이 국난이 누구 한 사람의 책임이 아니라 총체적인 부실 때문이라는 것을 그는 잘 알고 있었습니다. 누구를 파면한다고 해서 해결될 문제라면 자기 자신부터 파면시키고 싶은 심정이었습니다.

그러나 누군가가 희생양이 되어야만 민심이 수습될 것으로 생각하여, 선조왕은 영의정과 좌의정, 우의정 등을 전원 교체하였습니다.

그러면서도 선조왕은 해임된 전 좌의정 유성룡에게 계속 자기 옆에 남아 조언을 하도록 하였고, 이번에 인재(人才)임을 확인한 이항복을 특진시켜 이조 참판, 즉 행정자치부 차관으로 임명하였습니다.

그리고 이덕형(李德馨)도 특진시켜 예조 참판, 즉 외교통상부 차관으로 임명하였습니다.

사실 7년에 걸치는 임진왜란의 전 기간을 통하여 41세의 선조왕과, 51세의 유성룡, 35세의 이항복과 32세의 이덕형, 이 네 사람이 조선의 모든 중요 사항을 결정하였으며, 그리고 실전(實戰)에서는 권율과 이순신이 맹활약을 하게 됩니다.

선조왕은 그 다음 날, 즉 5월 3일 갑자기 개성을 떠나야 했습니다. 서울에 남아 있던 유도대장(留都大將) 이양원(李陽元)으로부터 사람이 도착하였는데, 일본군이 벌써 양주를 거쳐 구리에 도착하였기 때문에, 이양원 자신이 출정하여 한강 중랑천(中浪川)에 방어선을 구축하기로 하였다는 보고가 들어왔기 때문입니다.

그 심부름을 온 사람에게 자세히 서울 사정을 들어보니, 도저히 서울이 오래 지탱될 수 있는 상황이 아니라고 판단했던 것입니다.」

서울 방위군의 한강 배치

엄화신이 보고를 계속하였다.

「다음으로 그 당시의 서울 방위군의 사정을 말씀드리도록 하겠습니다.

선조왕은 서울을 떠나기 전에 서울방위군을 편성하였습니다.

전사한 도원수 신립의 후임으로는 문관(文官) 출신인 59세의 김명원(金命元)을 임명하였습니다. 선조왕은 신립의 작전 미스에 크게 실망하여, 새 도원수에는 전략을 구사하면서 전투도 벌일 수 있는 무관(武官)을 발탁, 임명하고 싶었으나, 그러한 적임자를 찾아낼 수가 없었습니다.

왕은 부득이 좌참찬(左參贊)으로 있다가 최근 은퇴한 김명원을 불러 그를 도원수로 임명하면서도, 새로이 부원수 자리를 만들어 패기에 차고, 3년 전 훈련원에서의 활시합에서 놀라운 솜씨를 보였던 32세의 무관 출신 신각(申恪)을 임명하였습니다.

또한 선조왕은, 당시 60세로 우의정을 하고 있던 이양원을 수도방위사령관에 해당하는 유도대장(留都大將)에 임명하였고, 이전(李戩), 변언수(邊彦琇), 박충간(朴忠侃) 등을 그 부장으로 임명하였습니다.

군을 전혀 모르고 환갑의 나이에 이른 도원수와 유도대장.

선조왕은 입속이 바삭바삭 탔습니다. 왜 그동안 공맹(孔孟)만을 아는 선비들만 뽑아 키워 왔는지, 자신이 후회스러웠습니다.

　왕의 일행이 서울을 떠나기가 무섭게 서울의 여기저기에서는 큰 화재가 발생하였습니다.

　노비나 천민들이 폭도화하여 장예원(掌隷院)이라는 노비관리사무소 건물에 불을 지르고, 이어 형조(刑曹) 건물도 불지르기 시작하였습니다.

　그들은 수백 명씩 몰려다니며 왕실 창고에 난입하여 물건을 약탈하더니, 드디어는 경복궁, 창덕궁, 창경궁에도 불을 질렀고, 다른 관공서 건물에도 불을 질러 서울의 밤하늘은 온통 붉은 화염과 검은 연기로 자욱한 무법천지로 변했습니다.

　이 혼란은 아침이 되어 김명원과 이양원, 신각 등이 군사를 동원하고서야 진정되었습니다. 다행히 비가 많이 내려 화재는 민가에까지는 번지지 않았으나, 이미 대궐은 처참한 잔해만을 남기고 있었습니다.

　화재와 폭동을 진압한 김명원과 이양원 등은 바로 군사회의를 개최하였습니다. 상주에서 소서행장의 편지를 가지고 올라온 경응순의 보고를 받고, 소서행장을 만나 협상을 해 보려고 그와 함께 충주로 내려가는 이덕형의 통보에 따라, 적의 주력(主力)은 음성 - 용인 - 과천 - 노량진 - 마포 - 서울로 진격할 것이라는 데 의견의 일치를 보았습니다.

　서울 치안이 여전히 불안한 만큼 주력은 서울 성안에 남기고, 김명원과 신각 일행이 1천 명의 군사를 이끌고 성을 나가 마포와 용산 일대를 방위하기로 하였고, 일본군이 접근하면 이양원 등도 출격하여 응원하기로 하였습니다.

　김명원과 신각 일행은 즉시 한강으로 달려가, 먼저 마포에서 광나루에 이르는 모든 나루터에서 배라는 배는 전부 징발하여 북안(北岸)에 계선(繫船)하게 하고, 북안 일대에는 목책을 세워 일본군을 방어할 준비를 하느라 분주한 나날을 보내게 되었습니다.

　그러나 일본군은, 조선측의 예상과는 달리, 실제로는 두 갈래로 나뉘어 진격하고 있었습니다.

　이덕형이 말한 과천 - 노량진 - 남대문으로 올라오는 주력(主力) 부대는 가등청정이 인솔하는 일본군 제2군이었습니다.

　일본군에는 이덕형이 몰랐던 또 다른 주력 부대가 있었습니다. 그것은 충주 - 여주 - 양평 - 양주 - 구리 - 동대문으로 진격하는 소서행장의 제1군이었습니다.

　김명원과 신각 일행이 1천 명의 군사를 이끌고 용산과 마포 일대에서 한강을 지키고 있는 동안, 소서행장의 제1군이 동대문 쪽으로 접근해 왔습니다.

　남쪽으로 나간 김명원 등을 믿고 성내에서 웅크리고 있던 유도대장 이양원과 그의 부장들은, 일본군이 동쪽에서 밀려오고 있다는 피난민의 첩보를 듣자, 처음에는 응전(應戰)하고자 동대문을 나갔으나, 적의 세력이 엄청나 2만 명을 넘는다는 소식을 듣고는 그만 북동쪽으로 달아나 버렸습니다.

　또한 그러한 소식이 김명원에게도 알려지자, 그도 도주하였습니다. 서울 방어계획은 순식간에 무너지고 말았던 것입니다.」

소서행장의 충주 점령

업화신의 이야기는 계속되었다.

「이야기를 잠시 4월 27일 충주 싸움으로 되돌리겠습니다.

신립이 지휘하는 조선군을 궤멸시킨 소서행장은 전사자를 화장한 뒤 충주성에 들어가 2일간 휴식을 취하고 있었습니다.」

그 때 사천신이 잠시 말을 중단시키고 질문을 하였다.

「일본군은 전사자를 화장(火葬)하나요?」

업화신이 대답하였다.

「그렇습니다. 그 당시 일본은 화장을 하면 영혼이 천당에 간다고 하는 불교의 영향으로 매장(埋葬) 대신 화장이 널리 보급되어 있었습니다.

따라서 일본군은 항상 우군(友軍)의 전사자를 화장해 주려고 노력하고 있습니다. 그건 수군의 경우도 마찬가지였습니다.」

사천신이 알겠다는 듯이 고개를 끄덕이자, 업화신이 설명을 계속하였다.

「소서행장이 들어가 비스듬히 누워 있던 방은 충주목사가 쓰던 방이었는데, 초여름인데도 군불을 때어 방이 뜨끈뜨끈 하였습니다.

너무 오래 말을 타고 행군하여 왔기 때문인지, 그는 어제부터 왼쪽 허리가 쑤근거리며 아파, 현소의 권유로 소서행장은 온돌 찜과 한약(漢藥)으로 요양을 하고 있는 중이었습니다.

그때 방문이 열리며 종의지가 방안으로 들어왔습니다.

"사위, 술이나 좀 더 하지 왜 벌써 들어왔는가?"

종의지는 당시 25세의 대마도 영주로, 5년 전에 소서행장의 맏딸을 아내로 맞이하였기 때문에, 두 사람은 장인과 사위 사이였습니다.

종의지는 매사에 빈틈이 없고 궁금한 것이 많은 장인에게 보고할 것도 있고, 몸은 괜찮은지 문후(問候)도 올리고 싶어 들어왔던 것입니다.

소서행장은 몸을 일으키며 말했습니다.

"이 온돌이라는 게 기가 막히게 좋구먼! 몸이 완전히 가뿐해. 그리고 그 조선 의사(醫師), 이름이 뭐라고 했지? 그 사람이 지어 준 그 '대보탕'이라는 한약 말이야, 땀이 쭉 나는 게 한잠 자고 나니까 몸이 너무 가뿐해. 나를 것 같구먼.

그래 뭐 할 말이라도 있는 건가?"

오랜 만에 말을 많이 하는 장인을 쳐다보고 종의지도 기분이 좋아졌습니다. 종의지도 밝은 목소리로 말했습니다.

"오늘 낮에 포로로 잡은 조선군 놈들을 우리 통역들이 심문하였는데, 오늘 싸움의 조선측 대장은 신립이라는 자였다고 합니다.

그놈들을 시체 속으로 데리고 가서 죽은 놈들의 얼굴을 하나하나 확인하였는데, 그 시체 가운데는 신립이라는 놈은 없었습니다.

포로 몇 놈의 이야기로는, 그 신립이라는 놈이 남한강으로 뛰어들어가는 것을 보았다고 합니다. 죽기는 틀림없이 죽은 것으로 보입니다만……."

그 이야기를 듣고 있던 소서행장은 얼굴을 찡그리며 말했습니다.

"수급이 없으니, 수급이……. 쯧쯧쯧.

지난 번 상주에서도 이일이라는 놈을 놓쳐버리고 이번에도 또 대장을 놓쳐버렸으니, 태합께는 뭐라고 보고드린단 말인가. 쯧쯧쯧.

아무래도 그 의사 두 사람 말이야, 진료하는 게 특이하고 효험이 있어. 나를 봐! 몸이 완전히 나은 것 같단 말이야. 특히 그 민(閔)이란 자는 임신치료(姙娠治療)에도 뛰어난 기술이 있다고 했잖아?

태합께서 후사가 없어 고민하시니, 그 두 사람을 선물로 일본에 보내야겠어. 수급이 없으니 산 사람으로 공을 세우는 수밖에. 그래, 오늘 이곳에서는 괜찮은 물건이나 특별한 조선 사람은 찾지 못했는가?"

종의지가 머리를 긁적이다가 대답하였습니다.

"그리 많지는 않습니다. 호랑이 가죽하고, 색 양초……. 수레 10대 분입니다. 나중에 나오셔서 한 번 보시죠.

그리고 말 발굽에 철편(鐵片)을 박는 놈 하나와 칼과 활촉을 만드는 놈 둘을 잡았습니다. 이곳 조선에서는 말(馬)의 발굽에 철편을 붙이는데, 그렇게 하면 말의 수명이 길어진다고 하더군요."

소서행장이 신기해 하는 얼굴로 말했습니다.

"그래? 그렇다면 그 말발굽쟁이 그 친구에게 내일 내 말의 발굽에도 철편을 붙이도록 하게. 그 말은 태합께서 하사하신 명마(名馬)일세.

그리고 그 세 놈들도 같이 일본에 보내도록 하자고. 태합께서 좋아하시게…….

그리고, 조선군은 어떻다든가? 다음에는 어떤 놈이 온다는 정보는 못 얻었나?"

종의지가 대답하였습니다.

"포로 가운데 하급장교인 아장(亞將)이 한 놈 있었습니다. 그놈은 서울 병조(兵曹) 소속인데, 그 놈의 진술로는 '더 이상의 군사는 서울에 남아 있지 않다'고 했습니다. 저도 직접 가서 조선말로 그 놈을 다시 심문하였는데, 거짓말은 아닌 것 같았습니다.

제가 볼 때는 우리가 재빨리 진격을 하여 저들에게 손을 쓸 시간을 주지 않는다면, 선조왕을 생포할 수도 있을 것 같습니다만……."

소서행장은 한숨을 쉬고는 다시 말을 하였습니다.

"그런데, 우리가 상주에서 경응순이라는 조선인 통역을 놓아주지 않았던가. 더구나 우리측 편지까지 지참시켜서 말이야……. 그자가 서울까지 갔다 오려면 며칠이나 걸릴 것 같은가?"

"우리가 그 자를 상주에서 풀어준 것이 불과 삼일 전입니다.

우리가 말까지 두 필을 주어 보냈지만, 아무리 빨라도 그 자가 돌아오는 데는 앞으로 이삼일은 더 소요될 것입니다. 그러니 차라리 서울로 바로 올라가 선조왕을 생포하는 편이 더 빠를 것으로 생각됩니다."

소서행장이 고개를 갸웃거리며 말했습니다.

"이 쪽에서 급히 달려가면 저 쪽에서도 재빨리 달아날 터인데, 조선도 일본 만큼이나 큰 나라인데, 어디까지 쫓아간다는 말인가?"

"어차피 우리가 명 나라까지 갈 것인데, 왕이 도망간들 어디로 가겠습니까? 더구나 조선에서는 왕과 왕비는 항상 가마를 타고 이동하므로, 하루에 20리 길도 못 갑니다."

소서행장은 더욱 어두운 표정을 지으며 말했습니다.

"명 나라 이야기는 아직 꺼내질 말게. 시기상조일세.

좀 더 두고 보면서 다른 대장들과 협의하여 정해야 할 중대사안일세…… 그리고 포로는 또 다 죽였는가, 아니면 살려 주었는가?"

종의지가 대답하였습니다.

"말씀하신 대로 부상한 놈이나 늙은 놈들은 다 풀어 주었고, 젊고 괜찮은 놈으로서 항복하는 놈들은 인부(人夫)로 잡아두고 쓰기로 했습니다. 세 놈은 끝까지 죽여 달라고 해서 그 소원을 들어주었습니다만……."

"잘 했네, 잘 했어. 가능한 한 살려주어서 우리도 인심(人心)을 얻어야 하네. 앞으로 우리가 다스리려면 조선 사람도 있어야 할 게 아닌가. 태합께서도 그런 뜻에서 무모한 살육은 하지 말라고 하신 걸세.

그래! 자네, 수고했네. 그만 가서 쉬도록 하게!

너무 내 눈치만 보지 말고. 나도 사나이네. 내 말 뜻 알아듣겠나?"

"예, 그럼……" 하면서 방을 나가는 종의지를 보고 소서행장은 참으로 마음 뿌듯하였습니다.

이 난세(亂世)에 저런 훌륭한 사위를 얻은 것이 참으로 다행이라고 생각하였습니다.」

종의지(宗義智)의 여인

유화여신이 싱글거리며 조그만 소리로 물었다.

「종의지는 장인 소서행장의 눈치 때문에 조선 여자를 안기도 조심스러웠겠습니다.」

업화신이 말하였다.

「종의지는 소서행장의 사위이자 군(軍)의 편제상으로는 부하였으나, 다른 한편으로는 그와 맞먹는 정도의 직계부하를 거느린 중견급 영주였습니다.

제1군 1만8천 명의 내역은 소서행장 직계가 7천 명, 종의지 직계가 5천 명, 기타 6천 명으로 구성되어 있었기 때문에, 종의지가 늘 장인의 눈치만 보고 있었던 것은 아닙니다.

사실 종의지는 그때 한 조선 여인의 행방을 찾고 있었습니다.

그는 전에 조선을 여러 차례 오가면서 부산에서 한 여인을 사귀었던 것입니다.

그가 그토록 그리워하는 조선 여인은 평양 출신의 계월향(桂月香)이란 여자였는데, 이 여자는 이목구비가 뚜렷하고 다리가 긴 늘씬한 여자였습니다. 특히 그녀가 웃을 때는 가지런한 치아가 입술 사이로 드러났는데, 종의지는 어쩌면 치열(齒列)이 저리도 고울 수가 있을까 하고 감탄해 마지 않았습니다.

일본 여자들은 모두 뻐드렁니가 있는데, 그녀는 하얀 보석을 늘어놓은 듯한 하얀 이와 도톰한 입술을 갖고 있었습니다.

뿐만 아니라, 그녀는 일본어에 능통하고 가야금, 비파, 호적(胡笛), 그리고 '샤미센'이라는 일본악기, 조선 민요, 일본 민요, 탈춤,

장구춤, 궁중무용, 일본무용, 서예, 그림 등 모든 것에 뛰어났습니다.

2년 전 종의지가 부산에 왔을 때, 그는 그녀에게 흑진주 목걸이와 산호반지를 선물하였습니다.

그가 서울로 갔다가 다시 부산으로 돌아오자, 그녀는 종의지에게 장구춤을 추고 있는 그녀의 모습을 그린 그림 1점과 빨간 모란과 노랑나비를 수놓은 비단 손수건 1점을 선물하였고, 옥(玉) 쌍가락지를 하나씩 나누어 손가락에 끼워주었습니다.

헤어지던 날.

둘은 바닷가에 있는 부산 용두산 기슭에 앉았습니다.

항상 웃음을 잃지 않던 그녀가 그날은 입을 다물고 달을 쳐다보고 조용히 입을 열었습니다.

"나으리! 대마도에서는 몸을 버린 여자도, 남편이 죽어버린 청상과부도, 관아에 매인 천한 기생도 사랑하는 사람을 만나면 새로 시집도 가고 아이도 낳을 수 있다고 하던데, 그게 사실인가요?"

종의지가 달을 보며 대답하였습니다.

"그래요, 낭자. 그런 것들이 무엇이 문제란 말이요? 사랑하면 결혼하는 거지."

"나으리, 소첩은 조선이 싫습니다.

여기서는 여자는 한 번 몸을 버리면 다시는 시집을 갈 수 없어요. 혼례 날짜를 받아 놓고 신랑될 사람이 죽어버려도 평생을 청상과부로 혼자 살아가야 하는 곳입니다.

기생이나 종년이 아이를 나으면, 그 아이는 비록 아버지가 고관대신이라도 종놈 신세를 면하지 못합니다.

나으리, 저랑 너무나 처지가 같은 옥비(玉非)라는 한(恨)많은 여
인의 이야기를 말씀드릴께요.”
하면서 그녀가 눈물을 흘리며 들려준 이야기는 다음과 같았습니다.

약 100년 전, 함경도에 이주를 해 가서 살면 천민 신세를 면해
준다는 왕의 지시에 따라, 옥비라는 한 여자 종이 그곳으로 이사
를 가서 평민신분을 얻고, 뒤에 평민 남자와 결혼해서 아들 딸을
많이 낳고 행복하게 살다 죽었습니다.
　그 아들 딸, 손자 손녀들이 결혼을 하여 또 많은 아이를 낳았는
데, 어느 딸 어느 손녀는 양반집 아들들과 결혼하여, 남편들을 따
라 함경도를 벗어나 살게 되었다고 합니다.
　그런데 어느날 갑자기 ‘옥비 후손인 주제에 함경도를 벗어났
다’고 하여 포도청에서 그 딸 그 손녀, 그리고 그들이 낳은 자식
200여 명을 전부 잡아다가 도로 종의 신분으로 만들어 버렸다고
합니다.

　계월향은 한없이 눈물을 흘리며, 자신의 할머니가 바로 옥비의
딸이었다고 했습니다.
　종의지도 눈시울이 뜨거워졌습니다. 다음에는 돈을 주고 사서라
도 종의 신분을 풀어주고 그녀를 꼭 대마도로 데려 가려고 다짐을
하였었습니다.

　그런데 그가 이번에 부산에 상륙하여 들은 이야기는, 작년 말
동래부사 송상현의 전임자였던 이모(李某)라는 자가 서울로 전임
가면서 억지로 그녀를 끌고 갔다는 것이었습니다. 그래서 종의지

는 서울에 가서 그녀를 꼭 만나기를 고대하고 있었습니다.

물론 종의지는 서울에서도 그녀를 찾을 수 없게 됩니다. 그는 결국 그녀의 고향 평양에서 그녀와 다시 만나게 됩니다만, 그건 몇 달 뒤의 일입니다.」

유화여신이 동정어린 눈빛으로 몸을 앞으로 당기고 계속 물었다.

「미안하지만 그 계월향의 이야기를 조금만 더 해 주시죠.

그 여자가 어떻게 해서 평양까지 가게 됩니까?」

업화신이 말하였다.

「예, 유화여신님!

종의지가 말한 이모(李某)라는 사람은 바로 전 동래부사 이우민(李愚民)이었습니다. 이우민은 서울에 도착하기도 전에 일본 사신의 접대에 문제가 있었다는 이유로 탄핵을 받아, 서울에 도착하자마자 감옥에 갇히고 말았습니다.

그의 집은 가택수색을 당했고, 그가 데려온 계월향은 신분이 관기(官妓)라는 이유로 예조 장악(掌樂) 소속 '기쁨조'에 배치되고 말았습니다.

그래서 계월향은 그 이후 약 2개월 동안 궁중음악회나 경회루 연회에 출연하게 되었고, 그러는 동안 그녀는 춘심청(春心淸)과 연심청(硏心淸)이라는 쌍둥이 자매 기생과 알게 되어 서로를 위로하며 지내고 있었습니다.

그러던 중 4월, 일본군의 공격이 알려지면서 계월향의 마음은 동요하기 시작합니다. 계월향은 꿈에서도 그리던 종의지가 반드시 그 일본군에 들어 있을 것으로 믿어 의심치 않게 됩니다.

한때는 도주하여 남쪽으로 내려갈까 생각도 하다가, 길이 어긋

날 수도 있다는 생각이 들자, 계월향은 서울에 그대로 남아 있으면서 종의지를 기다리기로 마음먹었습니다.

4월 말이 가까와지면서 '일본군 공격 임박'이라는 소문이 꼬리에 꼬리를 무는 가운데 많은 기생들도 서울을 탈주하였으나, 계월향은 예조 장악(掌樂) 건물 주변을 맴돌면서 '하루 빨리 서울이 일본군에게 함락되기를' 학수고대하게 됩니다.

서울을 떠나지 못하는 또다른 사람은 춘심청과 연심청 자매였습니다. 동갑 동생 연심청이 적리병(赤痢病)이라는 설사병에 걸려 기동을 못하고 있어, 그녀를 간병해야 하는 언니 춘심청도 부득이 서울에 같이 남아 있게 되었던 것입니다.

4월의 마지막 날, 억수같이 비가 내리던 그날 밤.

이 밤만 새면 일본군이 들어올지도 모른다는 부푼 기대를 안고 계월향은 예조 장악(掌樂) 건물의 한 쪽 끝 방에 웅크리고 앉아 있었습니다. 밖에는 무섭게 비가 내리고 있어서, 밖에서는 숨어 있기조차 곤란하였기 때문입니다.

밤 10시가 지났을까? 갑자기 방문이 열리면서 병조(兵曹)의 병졸들이 들이닥쳤습니다. 울며 몸부림쳐도 병졸들은 계월향과 춘심청을 끌고 인정전 앞뜰로 끌고 갔습니다.

궁녀들이 대거 도망가버려 비빈들의 시중을 들 여자들이 부족하자, 병조정랑 이홍로가 병졸들에게 아무 여자나 닥치는 대로 잡아오라고 명령하였던 것입니다.

계월향과 춘심청이 울며 몸부림치자, 한 아장이 칼 등으로 두 여자를 내리치면서 '울음을 그치지 않는다면 다음에는 칼날로 칠 것'이라고 겁을 주었습니다.

이리하여 계월향과 춘심청은 임시 궁녀가 되어 비빈을 수행하면서 개성으로, 그리고 평양으로 끌려가게 되었던 것입니다. 물론 병으로 신음하는 연심청은 서울에 남겨졌습니다.」

유화여신이 눈물을 닦고는 다시 물었다.

「도중에 도망가지는 못했나요?」

업화신이 말했다.

「물론 계월향과 춘심청은 도중에 몰래 도망가기로 약속을 하였습니다. 그런데 갑자기 끌려나오다 보니 짚신 준비가 안 되어, 헝겊신을 신은 채로 출발하게 되었습니다.

돌길을 걷다 보니 무학재를 넘기도 전에 계월향은 발이 아프기 시작하였습니다. 그녀는 겉옷을 벗어 신발을 감싸매고 걸어갔습니다. 물론 비가 내려 옷을 많이 입었었고, 또한 약간의 옷보따리도 메고 있었기 때문에, 옷에는 조금 여유가 있었습니다.

그 당시에는 신발이 변변치 못했기 때문에, 그렇게 헌 옷이나 새끼줄을 신발에 감고 먼 길을 가는 것이 보통이었습니다.

그러나 겉옷을 벗고 보니, 비에 젖은 속옷이 몸에 달라붙었고, 주위에 따라오던 남자들의 눈길이 자꾸만 자기들에게 모이는 것만 같아, 계월향과 춘심청은 다른 사람의 눈을 피하기가 쉽지 않았습니다. 군부(軍夫) 몇 사람은 계월향과 춘심청 뒤에 다가와 노골적으로 야비한 말들을 늘어놓았습니다.

고양군 벽제 부근에 왔을 때, 선조왕의 일곱번째 부인인 정빈 홍씨라는 후실이 발이 부릅터져 피가 나 길에 주저앉았습니다.

내의원 허준이 달려와 치료를 하고, 붕대를 감고, 요란을 떤 다음 정빈 홍씨는 계월향과 춘심청의 부축을 받아 겨우 걸어갈 수 있게 되었습니다. 상궁 윤씨라는 여인이 계월향과 춘심청에게 정빈 홍씨를 부축하라는 엄명을 내렸던 것입니다.

이렇게 되어 두 사람의 탈출은 쉽게 이루어지지 않았습니다.

그들은 이런저런 사유로 평양에까지 가게 되었던 것입니다.」

소서행장과 가등청정의 선두(先頭) 경쟁

알겠다며 눈시울을 적시는 유화여신을 보고, 업화신의 보고는 다시 계속되었다.

「다시 충주성으로 이야기를 돌리도록 하겠습니다.

소서행장이 몸조리를 하며 충주성에서 잠시 쉬고 있노라니, 그다음 날 가등청정이 인솔하는 제2군이 도착하였다는 소식이 있었고, 곧 가등청정과 그의 부장 과도직무(鍋島直茂: 나베지마 나오시게) 등이 소서행장을 만나러 찾아왔습니다.

가등청정이 나타난 것은 제1군과 제2군 부하들 간에 벌어진 입씨움 때문이었습니다.」

그때 솔라신이 질문을 하였다.

「가등청정과 소서행장이 사이가 나빴다는 것은 이미 들었습니다. 그렇지만 지금은 전시(戰時)입니다. 같은 우군(友軍)끼리 싸움을 벌였다니, 이해하기 어렵군요…….」

업화신이 대답하였다.

「정말 칼부림이 나기 직전까지 갔습니다.

싸움의 동기는, 뒤에 도착한 가등청정의 부하들이 소서행장의 부하들에게,

'1군만 공을 세워서는 안 된다. 이제부터는 2군이 선봉이 되겠
으니 자리를 비켜 달라.'
고 요구하였고, 소서행장의 부하들은,
'상주와 충주 싸움에서는 꼴도 안 보이다가 이제 서울점령을
눈앞에 두고 있으니까 자리를 비켜 달라고 하느냐. 비켜 줄 수 없
다.'
고 하여 서로 싸움이 붙었는데, 처음에는 고성이 오고가다가 나중
에는 칼까지 서로 뽑아들었습니다.
다행히 과도직무가 나서서 칼부림을 간신히 막았습니다.

물론 그들이 선두를 다투게 된 진짜 속셈은 전리품(戰利品)에
있었습니다.
부산과 동래를 점령한 소서행장 군은 성내와 주변을 샅샅이 수
색하여 생활도구며 장식품이며 군수물자를 모았습니다. 전리품은
수레 500대 분이 넘었고, 여자들도 600명이 넘었습니다.
소서행장은 그것을 5등분하여 하나는 풍신수길에게 보냈고, 하
나는 자기가, 또 하나는 부장들, 또 하나는 다른 부대에, 나머지는
군사들에게 나누어 주었습니다.
여자들의 경우에는 괜찮다고 보이는 20명만 풍신수길에게 보내
고, 나머지는 자기들이 바로 나누어 가졌습니다.
소서행장은 군사 300명을 동원하여 풍신수길에게 그 물건을 보
냈고, 다시 900명에게 고향에 보낼 물건을 운반하도록 하였습니
다.
소서행장보다 늦게 부산에 도착한 가등청정 군과 흑전장정(黑田
長政: 쿠로다 나가마사) 군은 그 모습을 보고 열불이 올랐습니다. 자

기들도 다른 길로 가서 전리품을 차지해야겠다고 각각 다른 길을 택하여 서울로 진격하였습니다.

그런데 가등청정 군은 운(運)이 없었습니다. 유명한 경주에 들어가도 쓸 물건이 별로 보이지 않았습니다. 화가 난 가등청정은 경주 불국사에 불을 질렀습니다.

조령 고개 때문에 소서행장 군과 만나게 된 가등청정군이 선봉을 내어 달라고 요구했던 것은 어찌 보면 당연한 일이었습니다.」

계속해도 좋다는 부채 신호를 보고, 업화신은 보고를 계속하였다.

「가등청정과 소서행장 두 사람은 어색한 인사를 나눈 후, 그 문제를 포함하여 금후의 작전분담을 같이 협의하기로 하였습니다. 그래서 종의지가 조선 지도(地圖)를 가져와 펼쳤습니다.

모두들 둘러앉아 지도를 보고 있는데, 갑자기 가등청정이 동대문 바깥에 있는 '경동시장 약방골목' 이라는 지명을 가리키며 소서행장에게 말했습니다.

"귀공(貴公)은 이 길로 공격해 보는 것이 어떻겠소?"

그것을 흘깃 보던 소서행장의 눈에는 순간 분노의 불길이 번쩍하였습니다.

'이놈이 내가 한약(漢藥) 상인 출신이라고 또 나를 놀리는구나' 고 생각하면서 독기를 뿜고 대꾸하였습니다.

"무사(武士)에게 출신이 무슨 문제가 된단 말이요?"

가등청정도 지지 않고 톤을 높이며 고함을 질렀습니다.

"선봉의 자리는 태합께서 하루씩 바꾸라고 말씀하셨소.

그런데도 귀공(貴公)은 무슨 이유로 계속 선봉을 독점한단 말이요? 내일부터라도 선봉을 교대하기로 합시다!"

가등청정이 지적한 태합 풍신수길의 지시는 소서행장도 익히 알고 있었습니다. 그러나 이제 와서 그것을 제기하는 가등청정이 얄미웠고, 그러고 싶지도 않았습니다.

상인 출신인 그는 서울에 있을 전리품이 눈에 아롱거렸습니다.

소서행장은 시뻘개진 얼굴로 응수하였습니다.

"흥! 귀공이 그렇게 자신이 있으면 각자가 서로 다른 길로 가서, 누가 먼저 서울을 점령하나 내기를 합시다. 여기 길이 두 개가 있질 않소."

"내기라……. 과연 그 마음속이 장사꾼이로구면."

"뭐라고? 장사꾼이라니! 이놈이. 나를 능멸하는 놈은 살려 두지 않겠다."

화가 난 소서행장이 칼을 뽑자 양쪽 부장들이 우르르 일어서서 싸움을 말렸습니다.

결국 부장들이 간신히 협의하여 용인 - 마포 - 남대문 쪽 길은 가등청정의 제2군이, 그리고 양평 - 구리 - 동대문 쪽 길은 소서행장의 제1군이 진격하기로 하고, 하룻밤을 더 지내고 그 다음날인 4월 30일 똑같이 출발하기로 합의하였습니다.

소서행장의 서울 점령

다음 날 아침, 무섭게 비가 내리는 가운데 소서행장이 출발을 준비하고 있으려니, 부장 하나가 달려 와서 가등청정 군이 이미 어젯밤에 출발하였다고 보고하였습니다.

입맛을 다시고 있는 소서행장에게 종의지가 소곤소곤 무언가를 말했습니다.

종의지의 묘책을 들은 소서행장은 곧 부장 하나를 불러 지도(地圖)를 주고는 다음과 같이 지시하였습니다.

"가등청정은 이 길을 통하여 서울로 갈 것이다. 그대는 수하 100명을 거느리고 급히 출발하여 이 사잇길로 달려가 가등청정군을 앞질러라."

종의지가 말을 덧붙였습니다.

"여기를 보아라! 여기가 경안천이란 하천인데, 이 지점에 나무 다리가 있느니라. 그대는 이 다리를 불질러야 한다.

이곳 탄천에 있는 나무다리도 마찬가지로 불을 질러라. 배도 없애 버리고 인근 민가(民家)에도 불을 질러 가등청정이 진격하기 어렵게 만들어라.

조선말을 잘 하는 통역 한 명을 데리고 가고, 조선군 군복을 위에 껴입어 조선군처럼 위장을 하도록 하라.

조선군은 거의 보이지 않을 것이다. 그러나 매사 조심하고.

임무가 끝나면 이곳 동대문 쪽으로 오너라."

그 특별임무를 띤 별동대를 떠나보내고, 소서행장도 장대같은 빗속을 뚫고 바로 출발하였습니다. 제1군은 그날 오후 늦게 여주(驪州)에 도착하였습니다.

그곳에서 바로 남한강을 건너 가려고 했으나, 하루종일 내린 비로 강물이 불어나 있었고, 강 건너편 북쪽에는 조선군의 강원도 조방장 원호(元豪)가 수백 명의 군사를 거느리고 방위에 임하고 있어서 하룻밤을 그곳에서 보내게 되었습니다.

다음 날인 5월 1일 아침, 원호 군은 보이지 않았으나 매복하고 있을지도 모른다는 생각도 들고, 잠시 도강을 시도해 보았으나 물살이 세어, 소서행장은 도강(渡江)을 포기하고 그대로 남한강 남안(南岸)을 따라 북진을 하였습니다.

그날 소서행장은 팔당에 도착하여 그날 밤은 그곳에서 자고, 다음 날 5월 2일 민가 집을 헐어 뗏목을 엮어서 한강을 도강, 양주로 건너간 다음, 구리까지 가서 다시 하룻밤을 잤습니다.

서울이 눈앞이라, 다음 날 5월 3일에는 정찰병을 앞세우면서 천천히 서진(西進)하여 그날 오후 동대문에 도착하였습니다.

동대문의 철문은 굳게 닫혀 있었으나, 수비병이 없음을 확인하고 소서행장은 마침내 서울에 입성하게 되었습니다.

소서행장은 곧바로 부장들을 4대문 요소요소에 배치하였습니다.

물론 패잔병 수색과 전리품 수집을 위해서였습니다.

그런 다음 그는, 그간 여러 차례 서울을 방문한 적이 있는 현소(玄蘇)의 안내로 서울 시내를 돌아보았습니다.

종의지는 '급히 알아 볼 일이 있다'는 말을 하고 양해를 얻어 어디론지 사라졌습니다.

소서행장은 먼저 남대문을 구경하였는데, 기초는 사각형 돌로 쌓여져 있었고, 그 위에는 2층짜리 목조 건물이 서 있었습니다.

그 건물에 들어가 보니, 청홍(靑紅)의 채색으로 너무나 현란하게 단장되어 있고, 천장의 서까래도 정교하기 그지없이 얽혀져 있어서 그는 감탄해 마지 않았습니다.

'이놈을 통째로 일본에 가져갈 길은 없을까?'

크레인이 발명되지 아니한 것을 한탄하면서, 그는 다시 남대문 바깥으로 나와 그 문을 감상하였습니다.

문의 입구 위쪽이 동그랗고 그 바로 옆에는 크기가 약 다섯 아름
이 될 법한 큰 종(鐘)이 달려 있었습니다. 옆에 있던 현소는 서울
에는 이런 문이 모두 일곱 개가 있다고 설명해 주었습니다.
'저 종은 꼭 내것으로 해야겠다'고 생각하면서 소서행장 일행
은 대궐 쪽으로 천천히 말을 몰았습니다. 아직도 불에 탄 재냄새
가 코를 찌르는 가운데 폐허 속을 가노라니, 종각인 작은 건물이
그래도 멀쩡히 남아 있었습니다.

모두들 말에서 내려 그 건물에 다가가 보니, 문기둥과 문지방에
는 화려한 무늬를 새겨 넣은 철판이 붙어 있었습니다. 그 무늬는
봉황과 백로, 모란과 백학 등이었습니다.
그 건물 천장에는 하늘을 날으는 천룡(天龍)이 그려져 있었는데,
마치 살아 움직이는 듯하여 보는 사람들이 무서움을 느낄 정도였
고, 바로 그 아래에 큰 종과 북이 매달려 있었습니다.
조금 더 안쪽으로 들어가니 호수가 하나 보이고, 그 가운데 조
그만 섬 같은 것이 있었는데, 갑자기 현소가 탄식을 하였습니다.
소서행장이 그 까닭을 물어보니, 현소는 '이 호수는 연지(蓮池)
라 부르고, 가운데 섬에는 경회루(慶會樓)라고 하는 외국 사신 접
대용 아름다운 건물이 있었는데, 너무 아깝다' 는 것이었습니다.
가까이 다가가서 보니, 그 건물이 불타다 무너진 것을 확연히
알 수 있었는데, 몇 개 기둥은 그대로 서 있었습니다.
그 동쪽에는 무지개 모양의 돌다리가 놓여 있었는데, 난간도 돌
로 되어 있었습니다. 그리고 길 옆에는 코끼리, 사자 등 여러 가지
동물 모양의 석조상(石造像)들이 세워져 있었고, 호수 속에는 스
무 명 가까이 탈 수 있는 배가 두 척 매여 있었습니다.

소서행장은 대궐이 소실되어 버린 데 대하여 애석해 하면서 본
진(本陣)으로 돌아왔습니다. 주위에는 완전히 어둠이 내리고 있었
습니다.

가등청정의 북상(北上)

4월 29일 밤, 충주를 출발한 가등청정의 제2군은 진격에 의외로
고생을 하고 있었습니다. 조선군의 저항 때문이 아니라 자연(自然)
과의 싸움 때문이었습니다.

최근 내린 많은 비로 하천은 물이 많이 불어나 있었는데, 가는
곳마다 다리가 유실되거나 소실되어 있었습니다.

그러나 가등청정은 풍신수길의 수제자(首弟子)였습니다. 그는
'전투는 토목공사로부터'라는 풍신수길의 교시(敎示)를 높이 받들
고 악착같이 부하들을 독려하였습니다.

사상자가 났으나 그는 더욱 독려에 독려를 가하였습니다.

'이번 서울 점령만은 내가 먼저 해야 돼. 태합의 큰 은혜에 보
답하고, 물건도 챙기고, 공명도 세우고, 특히 소서행장의 코를 납
작하게 만들어 줘야 돼…….'
라고 중얼거리며, 그는 잠은 달리는 마상(馬上)에서 잤습니다.

부하들도 몽유병 환자처럼 몽롱해진 상태에서 발걸음을 옮기고
있었습니다.

그가 안성군 죽산에 다다르니 웬 사람이 홀로 길을 막고 앞에
서 있는 것이 보였습니다. 병사들이 우르르 달려가 그 사람을 붙
잡았는데, 부장 상량장매(相良長每: 사가라 나가츠네)가 달려가 그 사

람과 이야기하더니, 그 사람을 데리고 가등청정 앞으로 왔습니다.

"이놈은 조선놈인데, 일본말도 좀 하고……. 이상하게 종의지와 현소를 만나게 해 달라고 조르고 있습니다."

가등청정은 50대 초로(初老)의 이 이상한 사람을 뚫어지게 쳐다보았습니다.

'종의지와 현소……. 그놈들은 소서행장 놈의 부하들이 아니냐. 이 놈은 도대체 뭣하는 놈이란 말이냐?'
하고, 수상한 생각이 들어 그 사람을 취조하기 시작하였습니다.

그 사람은 통역 경응순이었습니다.

그는 지난 상주 싸움에서 소서행장 군에 포로가 되었으나, 안면이 있는 종의지가 그를 살려 주면서 조선 조정에 서신을 전해달라고 부탁하였기에, 조선 조정에다 그 서신을 전해 주었는데, 이번에는 조정에서 그에게 이덕형을 안내하여 이곳으로 내려가라고 하여 되돌아왔던 것입니다.

경응순은 이 일본군 부대가 소서행장의 부대라고 생각하고 길을 막았었으나, 잡혀 와서 자세히 보니 군기(軍旗)도 다르고, 문장(紋章)도 다르고, 자신이 아는 사람도 없는 일본군의 또 다른 부대라는 것을 알게 되었습니다.

그러나 경응순은 당황하지 않았습니다.

이미 현소 등으로부터 일본군이 11개 부대로 나뉘어 있다는 이야기를 들은 적이 있었기 때문입니다. 불행이라면, 그는 가등청정과 소서행장의 관계까지는 듣지 못했다는 것이었습니다.

경응순은 그간의 경위를 설명하고, 이제 조선 조정에서 교섭차

대신(大臣)이 내려온 만큼 소서행장을 만나게 해 달라고 말했습니다.

이야기를 듣고 난 가등청정은 바로 경응순을 베어 죽이게 했습니다. 그리고는 코웃음을 쳤습니다.

'소서행장 이노무 새끼! 제 놈만 공을 세우려고 뒷공작을 하고 있어? 교섭은 무슨 놈의 교섭이야! 잡아서 항복을 받으면 그만인 걸 가지고…….'

그리고는 더욱 빠른 속도로 북상을 재개하였습니다.

이 광경을 멀리 숲속에서 지켜보던 이덕형 일행은 깜짝 놀랐습니다.

뭐라뭐라고 이야기하던 경응순이 갑자기 길가로 끌려가더니 그만 두 토막이 되어 넘어졌기 때문입니다. 이덕형은 혼비백산하여 샛길로 숨어 서울로 달아났습니다.

가등청정 군이 한강 남쪽에 도착한 것도 소서행장과 비슷한 5월 3일이었습니다. 그러나 배가 한 척도 없어 언덕에 올라 정찰을 하니, 건너편 북안(北岸)에는 배가 많이 매여 있는 것이 보였습니다.

수영을 잘하는 군사 한 명이 헤엄을 쳐서 한강을 건너가 그 배를 가져온 다음, 이번에는 15명이 그 배를 타고 건너가 배 15척을 가져와 바로 도강을 시작하였습니다.

북안에 도착하여 알아보니, 조선군 수비는 모두 고양군 쪽으로 달아났다는 것이었습니다. 가등청정 군은 도하(渡河)가 완료되자 이미 칠흑같은 밤이었음에도 불구하고 다시 북상하여 용산을 거쳐 남대문으로 진격하였습니다.

가등청정 군이 남대문에 도착하였을 때에는 이미 새벽이 밝아 오려 하고 있었습니다. 그리고 이미 성문에는 소서행장 군의 군기 (軍旗)가 펄럭이고 있었습니다.

낙담한 가등청정은 입에 거품을 뿜으며 욕을 해댔습니다.

"소서행장 이놈, 언제 쥐새끼처럼 왔단 말인가!

그래……. 경응순 그 놈이 말한 이덕형이란 놈이 소서행장 이놈 에게 항복해 버린 모양이야. 내 이덕형이란 놈을 만나면 두 토막 을 내버리고 말겠어."

하며 분을 삭이지 못하였습니다.

물론 이덕형뿐만 아니라 조선 측의 어느 누구도 일본군에 항복 한 일이 없었으나, 그 당시 가등청정은 소서행장의 서울 선점(先 占)이 조선측의 항복 때문이라고 오해했던 것입니다.

물론 그 오해는 날이 밝자 저절로 풀렸습니다.」

서울 수비군의 자멸(自滅)

업화신의 보고는 계속되었다.

「다음은 계속하여 그 당시의 서울 수비군의 동향을 보고해 드 리겠습니다.

5월 1일, 일본군이 동쪽에서 밀려오고 있다는 피난민들의 첩보 를 듣자, 유도대장 이양원은 즉시 그 소식을 도원수 김명원에게 연락하고 지원을 요청하였습니다.

마포 제천정(濟川亭)에 있던 도원수 사령부에 그 소식이 도달될 무렵, 파발선 한 척도 제천정 입구에 닿았습니다.

남안(南岸)으로 정찰을 나갔던 아장(亞將) 오신기가 황급히 돌아온 것입니다. '적의 대군이 오늘 중에 남안에 도착할 것' 이라는 내용이었습니다.

도원수 사령부에서는 모두들 얼굴에 핏기가 사라졌습니다.

적은 동쪽에서도 오고 남쪽에서도 다가오고 있음을 비로소 알게 되었습니다.

김명원과 신각, 그리고 심우정(沈友正) 등은 긴급히 군사회의를 개최하였습니다.

그리고 당면한 주적(主敵)은 동쪽이라고 판단, 신각이 우선 300명을 이끌고 동쪽으로 달려가 유도대장 이양원 군을 지원하기로 결정하였습니다.

신각은 바로 출발하여 서울 성내로 들어가 유도대장 이양원에게 김명원의 뜻을 전하였고, 이양원, 이전, 변언수, 박충간 등과 함께 군사 3천여 명으로 동대문을 나가 중랑천 앞에다 진을 쳤습니다.

그런데 다음 날이 되자, 밤 사이에 겁을 집어먹은 군사의 반이 달아나 버린 것을 알게 되었을 뿐 아니라, 더욱 놀라운 소식이 이양원의 귀에 들어왔습니다.

이양원 군이 출동한 이후 서울 성내에서 다시 폭동이 일어나 약탈과 살인극이 벌어지고, 노비 등이 무장하여 '이양원을 붙잡아 일본군에 넘기자' 고 소리치고 있다는 것이었습니다.

이양원은 혼비백산하였습니다.

신각이 안심을 시키려 하자 '네 이놈, 네 놈도 날 죽이려고 하느냐?'고 소리를 지르고는 간신히 말 위에 오르더니 바로 북쪽으로 달아나기 시작하였습니다.

이전, 변언수, 박충간 등도 달아나고 군사들도 달아났습니다.

별수 없이 신각도 병영에 불을 지른 뒤 그들을 따라 달아났습니다.

그때 마포에 남아 있던 도원수 김명원도 5월 2일 아침 서울에서 다시 폭동이 일어났다는 소식을 들었습니다. 그리고 한강 남쪽에 일본군이 포진하고 있는 것도 목격하게 되었습니다.

김명원은 마음이 초조해지면서 신각을 기다렸습니다. 옆에 있던 부장 심우정이 말했습니다.

"대감! 더 이상 한강을 지키는 것은 불가능할 것으로 사료됩니다. 빨리 후퇴하여 임진강을 지킴이 최상일 것으로 생각합니다. 빨리 결단을 내리십시오!"

그러나 김명원은 계속 머뭇거리며 신각을 기다려야 한다고 말했습니다. 그러다 몇 시간이 다시 흐르고, 참다 못한 심우정이 다시 말했습니다.

"대감, 결단을 내리십시오! 시간이 없습니다.

대감께서는 노구(老軀)로 말을 타시기도 어렵지 않습니까? 계속 이러시면, 소장은 정말 먼저 가버릴지도 모릅니다."

김명원은 입술을 깨물며 말했습니다.

"신각 이놈, 내가 그토록 일렀거늘⋯⋯, 뭐라고? 동쪽을 깨고 다시 돌아와 남쪽을 지키겠다고? 천하의 거짓말쟁이, 신의없는 놈!"

김명원은 신각을 원망하면서 심우정의 손에 이끌려 제천정을 나갔고, 말에 태워졌습니다. 이미 대부분의 군사들도 다 도망가고, 남은 군사는 100여 명뿐이었습니다. 심우정은 김명원을 안내하여 고양군 원당 쪽으로 달아났습니다.

자존심이 강한 김명원은 자기가 방어하는 이곳만이라도 꼭 지켜내고 싶었습니다. 일본군에게 돌파당하더라도, '적어도 이양원보다는 더 오래 버텼다'는 조정의 평가를 받고 싶었는데……, 신각이 그 소망을 깨뜨려버렸던 것입니다.

신각(申恪)을 미워하게 된 김명원(金命元)

김명원이 신각을 기다리다가 미워하게 된 데에는 사연이 있었습니다.

그러니까 그 전날, 즉 5월 1일.

일본군이 동쪽에서 밀려오고 있다는 첩보를 들은 이양원이 김명원에게 병력 지원을 요청했을 때의 일입니다.

같은 시간, 남쪽에서도 적의 대군이 밀려오고 있다고 보고를 받은 김명원은 이양원의 지원요청을 묵살하려고 했습니다. 그런데 신각은 동쪽이 더 화급하다는 주장을 늘어놓고 기어이 달려가겠다고 고집을 피웠던 것입니다.

김명원은 '이미 남쪽에서 적이 나타났는데, 왜 우리 군사를 쪼개어 이양원 방어구역으로 가려 하느냐. 이곳이나 잘 지키자'하고 몇 번이나 달랬으나, 신각은, '이곳은 한강이 가로막혀 있어 군사가 적어도 지킬 수 있습니다. 이양원 쪽은 적이 육지를 따라 공격해 오고 있으니 더 화급합니다'고 하면서 자신의 주장을 굽히지 않았던 것입니다.

　　이치로야 신각의 주장이 옳은 것이라, 마침내 그렇게 하기로 허락하면서, 김명원은 신신당부를 하였습니다

　　"장군, 정 그렇게 말씀하시니, 보내드리기는 보내드리겠소.

　　그러나, 이기든 지든 이쪽으로 꼭 돌아오시오. 이곳도 이 병력으로는 며칠을 버틸지……. 난 자신이 없소. 믿는 곳은 부원수(副元帥) 당신 뿐이요."

　　"그렇게 하겠습니다. 꼭 돌아오겠습니다."

하고 신각은 떠나갔습니다.

　　그러나 신각은 그 약속을 지킬 수가 없었습니다. 성내에 반란이 일어나 길이 도중에 막혀 버렸기 때문입니다.

　　이 사건으로 인하여 그토록 용감하고 장래가 촉망되던 신각은 어이없게도 목숨을 잃어버리게 됩니다.」

선조왕 다시 평양으로 피신

　　업화신의 보고는 계속되었다.

　　「지난 5월 1일 밤, 개성에 도착하여 겨우 이틀간 숨을 돌린 조선 조정은 5월 3일부터 또다시 피난길에 올랐습니다.

　　그리하여 5월 4일에는 금교, 5월 5일에는 평산, 5월 6일에는 용천, 5월 7일에는 황주, 마침내 5월 8일에는 평양에 도착하게 됩니다.

　　서수(西狩)를 재개하기 전에 선조왕은 이항복을 불러서 평양으로 피난하지 않을 수 없게 되었다는 방침을 알리고, 이항복에게 먼저 출발하여 식사와 잠자리 등을 미리 점검해 보라고 지시하였습니다.

그리고 왕후와 비빈들을 먼저 보냄으로써 일행의 수(數)를 줄여 식사나 잠자리의 수요량을 줄이도록 하였습니다.

그 결과 이번 피신에서는 지난 번과 같은 혼란이 거의 없었을 뿐 아니라, 왕 일행이 평양에 도착해 보니 성 안이 웅장하고 견실하여 서울에 버금갔으므로, 비로소 모두들 안도의 한숨을 쉴 수 있었습니다.

그런데, 선조왕 일행이 금교를 지나던 5월 4일 급보가 날아들었습니다. 그 급보는 도원수 김명원이 올린 장계였는데, 그 내용은 다음과 같았습니다.

첫째, 신(臣)이 패전하여 부득이 군사를 한강 북안(北岸)에서 임진강 북안으로 이동하였는데, 사세가 위급하므로 조속히 증원군을 보내주시고,

둘째, 이번 패전은 부원수 신각이 주장(主將)인 신(臣)의 명령을 어기고 마음대로 다른 부대로 간 후 불러도 돌아오지 아니하여 패전하였으니, 그를 죄로 다스려 주소서.

선조왕은 그것을 듣는 순간 피식 웃고 말았습니다.

'무슨 도원수가 자기 책임은 말하지 아니하고 부하 탓만 한단 말이냐' 하는 표정이었습니다.

선조왕의 그러한 감정을 재빨리 읽은 대간(臺諫)들은 김명원을 문책하자고 건의하였습니다.

이 건의에 대하여도 선조왕은,

"군사가 없었는데 부득이한 일이 아니냐? 한강 철퇴에 대하여는 누구에게도 책임을 물어서는 안 된다."

고 단호하게 잘라 말했습니다.

그리고 선조왕은 임진강 방어선을 보강하기 위하여 즉각 조치를 강구하였습니다.

그 무렵 군사를 이끌고 평양으로 오고 있던 함경도 남병사 유극량(劉克良)과 신할(申硈) 등을 임진강으로 출동시켜 김명원의 지휘를 받게 했던 것입니다.

이렇게 되어 김명원의 장계는 마치 아무 일도 없이 무사히 넘어가는 것처럼 보였습니다. 그러나 일은 그렇게 되지만은 않았습니다.

생사람 잡는 엉터리 한문(漢文)

평양에 도착하여 며칠이 흘러 자리가 잡히자, 선조왕에게는 한 가지 궁금한 것이 있었습니다.

그것은 유도대장 이양원과 부원수 신각이 어떻게 되었느냐, 하는 것이었습니다. 죽었는지 살았는지, 일주일이 지났는데도 연락이 전혀 없었습니다. 한때는 죽었는가보다 하고 후임자를 임명하려고까지 하였습니다.

그런데, 서울이 함락된 지 10일이 지난 5월 13일, 이양원으로부터 놀라운 소식이 날아왔습니다.

"신 유도대장 이양원과 남병사 이혼은 양주 해현 고개에서 왜적 70명을 베고, 왜적의 앞잡이 3명과 부원수 신각을 잡았나이다."
(臣留都大將李陽元 及南兵使李渾 於楊州蟹峴 斬倭七十 捕假倭三與 副元帥申恪)

조정에서는 기쁨과 분노의 흥분이 교차하였습니다.

기쁨의 흥분은 처음으로 일본군에게 승리하였다는 것이었습니다. 그간 생사를 몰랐던 이양원이 드디어 한 건을 했구나 하는 찬탄이었습니다.

분노의 흥분은 신각에 대해서였습니다.

군자감 직장, 사복시 주부, 영흥 부사 등을 거치면서 그 실력을 발휘했고, 최근에는 왕의 특별 발탁으로 부원수로까지 승진된 신각이었습니다.

효성이 뛰어났고, 동료간에 의리의 사나이로 통했던 그가 왜적과 같이 있었다니, 왜적의 앞잡이가 되었다니, 모두들 처음에는 믿기지 않았으나, 바로 분노하였습니다.

유성룡도 장계를 읽고 또 읽어 보았으나, 믿기지 않아 멍하니 앉아 있었습니다.

누군가가, 지난 번 도원수 김명원의 장계를 찾아 가지고 와서 떠들었습니다.

"이 도원수 김명원 대감의 장계를 보십시오.

신각은 도원수의 명령도 어기고 한강 방위선을 벗어나 제멋대로 놀아난 놈입니다. 그때 도망가 왜적에게 붙은 게 틀림없습니다."

대간들과 우의정 유홍이 나서서 선조왕에게 신각을 사형시키자고 요구하였고, 선조왕도 손을 부르르 떨면서 그것을 재가하였습니다. '신각을 바로 처형하라'는 명령을 받은 사자는 바로 양주로 달려갔습니다.

선조왕의 심부름으로 황주에 갔던 이항복이 돌아온 것은 그 다음 날이었습니다.

이항복도 신각의 소문을 듣고 깜짝 놀랐습니다. 둘은 과거시험 동기생이었고, 늘 단짝으로 술도 같이 먹으러 다녀 신각의 사람됨을 잘 알고 있었습니다.

그는 바로 임시 승정원(비서실)으로 달려가 이양원의 장계를 보았습니다.

그 장계를 자세히 살펴보던 그는 곧바로 선조왕을 찾아갔습니다. 그때 선조왕은 한 후궁의 방에 들어가 쉬면서 낮술을 마시고 있었으므로, 법도(法度)로는 면회를 요청하여서는 안 되는 케이스였으나, 그는 문 밖에서 통곡하며 외쳤습니다.

"전하, 전하! 신각을 살려주시옵소서. 전하! 신각을 살려주시옵소서!"

깜짝 놀란 왕이 옷을 입고 밖으로 나왔습니다. 왕이 나오자 이항복은 달려가 장계를 내밀며 말했습니다.

"전하, 전하! 이 장계의 해석이 잘못되었나이다. 신각은 무죄이옵니다. 그의 목숨을 살려 주시옵소서."

영문을 몰라하는 선조왕에게 이항복이 설명하였습니다.

이항복의 말은, '臣留都大將李陽元 及南兵使李渾, 於楊州蟹峴 斬倭七十 捕假倭三 與副元帥 申恪'이라는 장계 가운데 뒤의 여섯 자(字), 즉 '與副元帥 申恪'이 앞의 다른 글자와 모양도 다르고 크기도 다른데, 거기에는 까닭이 있을 것으로 보이니, 사형을 중지하고 조사를 먼저 해야 한다는 것이었습니다.

즉, '부원수 신각과(與副元帥 申恪)'라는 문구가 '남병사 이혼(南兵使 李渾)'이란 글자에 붙는지, '왜적의 앞잡이 3명(假倭三)'

에 붙는지가 불분명하다는 것이었습니다.

선조왕은 금방 그 말 뜻을 알아차렸습니다.

다급해하는 왕에게 이항복은 '신(臣)이 바로 양주로 출발하겠습니다'고 말하여, 왕의 승낙을 받고 교지(敎旨)를 바로 작성하였습니다.

그 길로 이항복은 두 명의 종자를 데리고 하루 반이 걸리는 산속을 미친 듯이 달려갔습니다. 그는 가면서 부디 신각이 무사하기를 빌고 또 빌었습니다.」

결국 신각(申恪)의 목은 떨어지고

업화신이 잠시 고개를 들고 세 신을 보더니 말을 계속했다.

「여기서 신각의 승전에 대하여 잠시 말씀드리도록 하겠습니다.

지난 5월 3일, 동대문 앞 중랑천에서 양주로 도망가는 이양원을 따라 신각도 행동을 같이 하고 있었습니다. 이양원은, 처음에는 개성을 목표로 퇴각하고 있던 중 우연히 남병사 이혼을 만났는데, 이혼으로부터,

'강원도 원호가 상당한 군사를 거느리고 있으니, 그와 합류하여 왜적의 뒤를 치자'

는 제의를 받아 강원도 회양을 목표로 다시 남하하게 되었습니다.

그리고 이러한 내용을 장계에 적어 개성에 사람을 보냈으나, 그 사람이 도중에 일본군에게 잡혀 죽어버려, 그 장계는 선조왕에게 전달되지 못했습니다.

어쨌든 이양원, 신각, 이혼 등 1천여 명은 보무도 당당하게 남진을 하고 있었는데, 양평 부근에서 수상한 한 농부를 만나게 되었습니다. 군사들이 그 사람을 붙잡으려 하는 것을, 신각은 군사들을 물리치고 그 사람에게 조용히 물었습니다.

"그대는 어디를 가는 길이오? 왜 처음에 우리를 보고 도망가려 하였소?"

그 농부는 잠시 머뭇머뭇 하다가 신각의 진실됨을 보고 사실을 털어놓았습니다.

그 농부의 이야기는, 새벽에 이상한 사람 백여 명이 자기 집으로 찾아왔는데, 처음에는 군졸인 줄 알았으나 곧 이상한 느낌이 들었다고 하였습니다.

하여튼 한 사람은 경상도 사투리를 쓰는 조선 사람이 틀림없었으나, 나머지 사람들은 조선 사람이 아닌 것 같았다고 했습니다.

돈을 주면서 밥을 해달라고 해서 큰 가마솥에 보리밥을 해주었는데, 그 사람들은 어디서 잡아 왔는지 잡아 온 노루 다섯 마리를 불에 구워 먹고 있었다고 했습니다.

그러면서 그들은 은자(銀子)를 또 주면서, 이번에는 누룽지를 해 달라고 해서 누룽지를 만들고 있는데, 그 경상도 말을 쓰는 사람이 또 돈을 주면서, 어디 가서 쌀을 좀 구해 오라고 해서 길을 나왔다고 했습니다.

처음에는 아랫마을로 갔는데, 가다가 가만히 생각해 보니 이 쪽 선각사(先覺寺)에 오면 쌀이 있을 것 같아 이리로 왔다는 것이었습니다.

신각이 '선각사가 어디 있느냐?'고 묻자, 오던 길을 조금 되돌아가면 산기슭에 있다고 하면서, 길에서는 보이지 않는다고 했습니다.

그 선각사에는 여승이 약 4~50명이 있는데, 지금 피난을 갔는지 그대로 남아 있는지 모르겠지만, 하여튼 찾아가보는 길이었다고 했습니다.

농부네 동네에 집은 몇 채 있으며, 그 집에는 누가 있느냐고 물었더니, 집은 외딴집인데 부모님과 처, 아이들 모두 일곱이 있다는 것이었습니다.

신각의 눈에는 광채가 돌았습니다.

신각은 속으로, '이놈들을 모조리 다 잡아야겠다'고 생각하면서도 시치미를 떼며 말했습니다.

"그놈들은 일본놈들이다. 당신이 쌀을 구해 가든 못 구해 가든 그놈들이 떠날 때에는 당신의 가족을 모조리 죽일 것이다. 그들은 당신 가족의 입을 막으려 할 것이거든……."

순간 농부의 얼굴은 사색(死色)이 되어 죽어가는 목소리로 말했습니다.

"저도 사실 그들이 일본 사람들인 줄 금방 알아보았습니다. 그러나 아는 체하면 무슨 해를 당할 것 같아서, 그래서 아까 도망가려고 했습니다. 나으리, 어떡하면 좋겠습니까? 우리 식구를 살려주세요, 나으리!"

매달리는 농부에게 신각은 말했습니다.

"우리가 쳐들어 가도 저 놈들은 그대 가족을 그냥 두지 않을 것이다. 그대가 관아에 신고한 것으로 생각할 것이거든……."

신각은 잠시 이양원, 이혼 등에게로 가서 협의한 후 그 농부에게 말했습니다.

"그대가 그대 가족을 살릴 수 있는 길이 단 한 가지 있네. 그건 말이야, 우리가 주는 쌀을 가져다 주고, 그놈들이 묻거든 선각사에서 구했다고 하란 말일세.

그리고 선각사에는 여승(女僧)이 30여 명 있는데 피난갈 준비가 한창이더라고만 하게. 여승 30여 명이 말이야.

그 놈들은 반드시 자네 가족을 살려줄 것이네.

자연스럽게, 그리고 침착하게……. 당황하거나 수상해 보이면 자네는 끝장이야!"

그 농부를 보내고 신각 등은 곧 나뉘어 매복에 들어갔습니다.

적이 해령 고개를 넘어 왔을 때 이양원, 박충간 팀이 머리를 공격하고 신각 팀이 중간을 공격하며, 꼬리는 변언수 팀이 공격하기로 하고, 이전 팀은 뒷산을 돌아 그 농부의 집을 멀리서 포위하기로 하였습니다.

신각의 예상은 들어맞았습니다.

과연 두 시간이 채 되지 않아 일본병들이 헐떡거리며 뛰듯이 빠른 걸음으로 고개를 넘어왔습니다. 그들은 대오도 없이 킬킬거리면서 숨어 있는 변언수 앞을 지나고, 신각 앞을 지나갔습니다.

꽝! 하고 울리는 징소리와 함께 조선군은 일제히 활을 쏘았고 곧 검과 창을 들고 일제히 달려나갔습니다.

신각은 눈앞에 있는 몇 놈을 칼로 힘껏 후려쳐 베었습니다. 불과 20여분. 피바다 속에 적의 시체가 즐비하게 늘어져 있었습니다.

그 외중에도 몇 놈은 골짜기 쪽으로 뛰어내려 총알같이 사라져 갔습니다. 신각이 다시 그 농부의 집 쪽으로 달려갔더니, 그곳에서도 이미 낮잠을 자고 있던 몇 놈이 죽었고, 몇 놈은 용케도 벌써 달아나 버렸습니다.

모두 70명을 베었고, 경상도 사투리를 쓰는 조선 사람까지 포함해서 세 명을 사로잡았습니다.

다른 사람들은 그 농부의 집으로 내려가 식사를 하고 휴식을 취하였으나, 신각은 300여 명의 부하들을 데리고 다시 산으로 올라와, 일본군 시체를 점검하면서 옷을 벗기고 소지품을 조사하면서 무기를 수거하도록 하였습니다.

이유를 묻는 부하들에게 신각이 말했습니다.

"이 자들을 봐라. 조선군 군복을 위에 입고 돌아다녔다.

우리도 이 일본군 군복을 가지고 있어야 한다. 훗날 이 옷을 사용할 날이 반드시 있을 것이다."

신각 일행이 일본군 시체를 동굴 속에 집어던지고 무기와 군복 등 노획물을 지고 그 농부 집으로 돌아오니, 농부의 가족도 무사하였고, 유도대장 이양원 일행은 이미 식사를 마친 상태였습니다. 한 쪽 구석에서는 이전이 포로 세 명을 심문하고 있었습니다.

대승을 서로 축하하면서 신각 일행도 식사를 하고 술도 몇 잔 하였는데, 식사가 끝날 무렵, 이양원은 신각에게 조정에 올릴 장계를 보여 주었습니다.

그 장계에는,

'신 유도대장 이양원과 남병사 이혼은 양주 해현 고개에서 왜적 70명을 베고 왜놈의 앞잡이 3명을 잡았나이다.'

(臣留都大將李陽元 及南兵使李渾 於楊州蟹峴 斬倭七十捕假倭三)

라고 되어 있었습니다.

신각은 웃으면서, 자기 이름이 빠져 있으니 같이 넣어 달라고 이양원에게 부탁을 하였습니다. 이양원은 바로 사과를 하면서 그렇게 하겠노라고 대답하였습니다.

술에 취기가 오르고 피곤을 느낀 신각은 마루에 누워 바로 잠이 들었습니다. 참으로 통쾌하고 멋진 하루였다고 생각하면서…….

한편 이양원은 붓을 가져오게 하여 그 장계에다 바로 몇 자를 추가하였는데, 지난 5월 13일 조정에 도착한 장계가 바로 그 장계였던 것입니다.

'신 유도대장 이양원과 남병사 이혼은 양주 해현 고개에서 왜적 70명을 베고 그 앞잡이 3명을 부원수 신각과 함께 잡았나이다.

(臣留都大將李陽元 及南兵使李渾 於楊州蟹峴 斬倭七十捕 假倭三 與副元帥申恪)'

다음 날 아침, 식사를 한 후 이양원과 이혼은 먼저 출발하여 강원도 회양으로 향하였습니다. 포로 세 명은 새끼줄로 꽁꽁 묶어 데리고 갔습니다.

신각은 군졸 100명과 같이 남아, 어제 노획한 일본군 복장을 세탁하고 그것이 마르는 대로 뒤따라 가기로 하였습니다.

신각은 일본군의 역습 공격을 우려하여 해령 고개 곳곳에다 보초를 세우고, 자신은 그 농부 집에서 어제 노획한 일본군의 소지품을 검사하고 있었습니다.

오후 4시경, 부하들이 빨래를 거두기 시작하였습니다. 초여름의 뜨거운 날씨에 빨래는 금방 말랐던 것입니다.

바로 그때 선조왕이 보낸 사자가 병졸 세 명을 거느리고 보초들의 안내를 받아 신각에게로 들이닥쳤습니다.

"신각은 어명을 받으라!"

어명이란 소리를 들은 신각은, 왕이 상을 주려나보다고 생각하고 얼른 마당으로 내려갔습니다.

"왜적에게 부역한 역적 신각을 참수형에 처한다!"

신각이 말귀를 알아듣지 못하고 있는 사이에 병졸 한 명이 앞으로 달려나와 큰 칼을 들고 바로 신각을 내리쳤습니다.

신각은 '악' 소리도 못하고 그냥 피를 흘리며 쓰러지고 말았습니다.

주위에 있던 신각의 부하들은 이 놀라운 사건에 망연자실하였습니다. 사자는 얼른 어명을 보여주고 위엄을 부렸습니다.

신각의 부하 중 김응서(金應瑞)라는 자가 칼을 들고 사자와 병졸들을 죽이려고 하는 것을 다른 사람들이 만류하고……. 욕설과 소란이 계속되었습니다.

그때 이항복 일행이 도착하였던 것입니다.

마당에 쓰러져 있는 한 사람의 시체를 보고 이항복은 통곡하며 쓰러졌습니다. 불철주야 달려온 것이 무위로 된 순간이었습니다.

이리하여 신각은 어이없이 가고 말았습니다.

신각을 장사지낸 이항복은 신각이 모아둔 노획품과 일본군 군복을 들고 김응서 등 신각의 수하 10명을 인솔하여 힘없이 평양으로 돌아갔습니다.

물론 이항복은 사람을 보내, 강원도 회양으로 내려가고 있는 이
양원과 이혼에 대하여, 조속히 진로를 바꾸어 임진강으로 가서 일
본군을 방위하라는 조정의 방침을 전하였습니다.

선조왕은 신각의 허망한 죽음에 울고 또 울었습니다.
조정 전체가 상복을 입고 신각의 영혼에 사죄하였습니다. 선조
왕은 다음 날 중신에 대하여는 현지 참수형을 금한다는 방침을 발
표하였습니다.
신각의 소식을 듣고 임진강변에 있던 김명원도 울었고, 임진강
으로 발걸음을 돌리고 있던 이양원도 울었습니다.
김명원은 이미 신각의 사정을 이해하고 그를 조정에 고발한 것
을 미안하게 생각하고 있던 터에, 그러한 비극적인 연락을 받았던
것입니다
신각은 억울하게 죽었지만, 그 죽음이 완전히 헛되지는 않았습
니다. 훗날 이순신이 .대역죄의 혐의를 쓰고도 현지에서 참수되지
않고 서울로 송환되었던 것은 이 신각의 억울한 죽음이 그 밑거름
이 되었던 것입니다.」

열심히 귀를 기울이고 있던 솔라신이 부채를 멈추고 업화신에
게 질문을 하였다.
「신각에게 거의 몰살당한 일본군은 누구의 부대였습니까?」
업화신이 대답하였다.
「그들은 소서행장으로부터 가등청정의 진격을 방해하게 다리를
불사르라는 명령을 받은 제1군 별동대였습니다. 일을 끝낸 후 소
서행장을 찾아가다가 길을 잘못 들어 그곳 양평까지 흘러갔던 것

입니다.」

솔라신이 다시 업화신에게 질문하였다.

「어떤 의미에서는 일본군의 군복 때문에 신각이 죽음을 당했다
고 보아야 할 것 같습니다.

왜냐하면, 왕의 사신이라도 보통 대장(大將)에게 먼저 용무를
보고하고 난 뒤 죄인의 형을 집행하게 되어 있으므로, 만약 신각
이 일본군의 군복을 빨아 말리느라 뒤처지지 않고 이양원이나 이
혼과 함께 갔었더라면, 그 형의 집행은 중지되었을 것이라 생각됩
니다.

자기의 목숨과 바꾼 그 군복이 나중에 실제로 어떤 역할을 하게
됩니까?」

업화신이 대답하였다.

「그 군복은 이항복의 손에서 이덕형의 손으로 넘겨졌다가, 두
달 뒤 명 나라 신종(神宗) 황제의 눈에까지 들어가서 명군의 참전
결정에 중요한 역할을 하게 됩니다.」

서기장 업화신의 보고가 끝나자 염라대왕이 자리를 바로 하면
서 입을 열었다.

「지금까지 서기장 업화신께서 서울 실함(失陷)을 중심으로 상세
히 보고하여 주신 데 대하여 대단히 감사하게 생각하오.

혹시 기자분이나 방청석 가운데 질문이 있는지요?」

잠시 법정에 눈길을 준 염라대왕은 말을 계속하였다.

「서기장께서 워낙 상세하게 보고해 주어서 질문이 없는 것도
당연할 것이오.

짐이 느끼기에는, 전쟁이란 참 가혹한 것 같소. 그 중에서도 가장 심각한 문제는 신각과 같은 억울한 죽음을 피할 수 없다는 것이오. 평시라면 절대로 그런 일은 없을 것 아니오?

자아, 그건 그렇고……. 시간 관계상 오늘 재판은 여기에서 종결하도록 하겠소. 다음 재판은 이미 공고한 일정대로 속개할 것이오.」

3타(打)의 대왕봉 징소리가 웅장하게 울려 퍼지는 가운데 제5일의 재판은 막을 내렸다.

6
총사령관 우희다수가와 4번 타자 윤두수

2001년 1월 24일 수요일 오전 10시.
같은 장소인 저승나라 대법원 제444호실 특별법정 공판실

재판부에는 이날도 재판장 염라대왕을 필두로 좌우에 유화여신과 사천신, 솔라신이 정좌해 있고, 서기장 업화신과 검사장 이수신도 자기 자리에 앉아 있었다.

그리고 이날도 1백 명이 넘는 피고인들이 출두하고, 수백 명의 방청인과 수십 명의 카메라 기자와 신문기자들이 취재에 열을 올리고 있었다.

붉은 법의를 입은 염라대왕이 대왕봉을 세 번 두드리고 천천히 입을 열었다.

「지금부터 오늘의 재판을 속개하도록 하겠소.

검찰측과 본 재판부측이 이미 합의한 바에 따라, 오늘은 임진왜란 가운데 조선측의 임진강 패전과 평양 실함(失陷)을 중심으로 심리하도록 하겠소.

즉, 오늘은 그해 5월, 일본군 총사령관 우희다수가(宇喜多秀家: 우키다 히데이에)가 서울에 도착하여 조선점령이 시작되었는데, 그 무렵 임진강 방어선이 무너지고, 6월에는 대동강 방어선까지 무너지자, 선조왕은 또 다시 의주로 피신을 가게 되오.

선조왕은 한때 자포자기에 빠져 조선을 버리고 명 나라로 망명할 결심을 굳히지만, 윤두수(尹斗壽)의 간언을 듣고 마침내 마음을 돌려 다시 대일(對日)항전을 지휘하고, 명 나라에 구원군 파견을 요청하게 되는 것이오.

오늘은 이러한 과정을 검토하려는 것인데, 늘 고생이 많으신 업화신께서 또 수고해 주시기 바라오.」

이덕형(李德馨)의 귀환

업화신이 설명하기 시작하였다.

「조정이 신각의 억울한 죽음 때문에 실의에 빠져 있던 5월 중순, 소서행장을 만나 담판을 지으려고 충주로 내려갔던 이덕형이 충주에 가지도 못하고 안성군 죽산에서 평양으로 되돌아 왔습니다.

그는 조정에 나가, 일본군은 교섭의 의향이 전혀 없었으며, 오히려 위계(僞計)를 써서 자신을 붙잡으려 하였다고 보고하고, 아울러 경응순이 무참히 살해되었음도 보고하였습니다.

'경기 지방의 인심이 어떠하였던가?'라고 묻는 윤두수의 질문에, 이덕형은, 인심이 흉흉하고 유언비어가 난무하여 큰 변란이 우려된다는 형식적인 보고를 하였습니다.

그러나 그는 그날 틈을 보아 선조왕에게 독대(獨對)를 요청하였습니다. 사전에 유성룡과 이항복에게도 연락해 두었기 때문에, 이항복이 저녁 무렵 부벽루(浮碧樓)로 왕을 모시고 나왔습니다.

울창한 버드나무가 바람결에 휘날리고, 부벽루 앞에서 부서지는 대동강은 전쟁의 긴박함과 백성의 참상을 아는지 모르는지 유유히 굽이치고 있었습니다.

다른 사람은 아무도 입시(入侍)하지 않은, 네 사람만의 밀담이었습니다. 이런 자리는 좀처럼 없는 일이었습니다.

이덕형은 먼저, 이렇게 은밀히 자리를 만들어 왕을 모시게 되어 송구스럽다는 인사를 한 다음, 자신이 오늘 보고할 내용이 너무나 중대한 사항이라 많은 사람들에게 알리기 곤란하여 부득이 이런 자리를 마련했다고 양해를 구하였습니다.

그날 이덕형이 보고한 정보는 다음과 같은 과정을 통해 입수된 것이었습니다.

지난 4월, 경응순은 상주 싸움에서 일본군에 붙잡혀 25일과 26일 이틀을 그들과 함께 지낸 적이 있었는데, 그는 그때 일본 승려 현소 등으로부터 일본의 정세에 대하여 많은 것을 들었습니다.

이러한 정보를 들은 경응순은 그것을 다시, 지난 29일과 30일 함께 충주로 내려가면서 이덕형에게 자세히 전해 주었던 것입니다.

일본말에 유창한 경응순의 정보는 대단히 정확한 것이었습니다.

이덕형의 상황보고 요지는 다음과 같았습니다.

첫째, 현재 일본군은 10만 명이 상륙해 있으며, 6월 초에 10만
명이 더 상륙한다. 일본군은 총 11개 부대로 편성되어 있
으며 총대장은 우희다수가라는 자이다.

둘째, 일본왕 풍신수길(豊臣秀吉)이 7월 경 또 다시 10만 명을
거느리고 조선으로 건너와, 일본군은 총 30만 명으로 조
선과 명 나라를 정벌하려 하고 있다.

셋째, 일본군은 조선과는 달리 군대라는 것이 각 부대장의 사병
(私兵)에 불과하여, 만약 풍신수길만 죽여버리면 각 부대
끼리 서로 싸움을 하게 될 수도 있다.

특히 제4군 도진의홍(島津義弘: 시마츠 요시히로), 제6군 소조천
융경(小早川隆景: 코바야카와 타카카게), 제7군 모리휘원(毛利輝元:
모오리 테루모토) 군은 풍신수길과의 싸움에서 패배하여 최근 그
에게 항복은 하였으나, 언제라도 풍신수길을 배반할 수 있는 부대
들이다.

일본 국내에도 덕천가강(德川家康)이라는 강력한 영주가 있어, 풍
신수길만 죽여버리면 일본은 내란에 빠질 것이다.

이러한 상황에 따른 금후 대일(對日)전략으로서 이덕형은 다음
과 같은 세 가지 대책을 선조왕에게 보고하였습니다.

첫째, 조속히 명 나라에 연락하여 구원군을 지원받아야 한다. 조
선군은 총 12만 내지 17만 명이지만, 무기로나 병력상으
로나 독자적인 방위가 불가능하다.

둘째, 평수길(平秀吉)이 조선에 도착하면 반드시 그를 암살하여
일본군을 분열시켜야 한다. 평수길만 살해하면 일본군은

저절로 퇴각하게 된다.

셋째, 조정을 명 나라에 가까운 의주나 강계로 곧바로 옮겨야
　　　한다. 일본군의 세력이 어마어마하여 평양에서도 항전은
　　　불가능하다.

이덕형의 어마어마한 보고에 세 사람은 몸서리를 쳤습니다.

정보가 확인되지는 않았으나, 세 사람은 이덕형의 정보보고를
바탕으로 그 위에서 대일(對日)전략을 세우기로 하였습니다.

다만, 조정을 의주나 강계로 바로 옮기는 문제에 대하여는 유성
룡이 강력히 반대하였습니다.

비록 경상도, 충청도, 경기도와 서울은 상실하였으나, 아직도 5
개 도가 남아 있을 뿐 아니라 백성의 사기에 미치는 영향이 매우
큰 만큼, 의주로의 피난 문제는 추후에 따로 논의하자는 것이었습
니다.

따라서 현재로서는 임진강 방어선을 끝까지 지키면서 명 나라의
지원군을 기다려야 한다고 말하였습니다.

의주로의 피난 문제에 대하여는 유성룡의 말이 옳다는 결론을
내리고, 선조왕은 핵심인 명 나라에 대한 구원요청과 평수길의 암
살 문제를 구체적으로 실행하는 세부대책을 협의하자고 말하였습
니다.

먼저 평수길의 암살에 대하여 협의하였는데, 이덕형은 자신이
이번 죽산에서 돌아오면서 데리고 온 김상건(金象乾)이라는 놀라
운 용사가 있다고 말하였습니다.

이항복도 자신이 최근 양주에서 데리고 온 김응서(金應瑞)라는

용사가 있다고 하면서, 자신은 만약 평수길이 조선에 온다면 그를 죽일 묘안도 갖고 있다고 말하였습니다.

다음은 명 나라에 구원을 요청하는 문제를 협의하였는데, 유성룡은 공식외교와 비공식 인간관계 양면으로 접근하여 조기에 대군이 구원차 달려오도록 해야 한다고 하면서, 이덕형과 통역 홍순원(洪順源)을 파견할 것을 주장하였습니다.

결국 선조왕은 세 사람의 임무를 나누어, 대명(對明) 교섭은 이덕형이 맡아서 하고, 평수길의 암살은 이항복이 맡아서 하며, 유성룡은 임진강 방어 등 당면사항을 담당하기로 결정하였습니다.

여기서 평수길이라 함은 풍신수길을 지칭한다는 것은 두말할 필요가 없을 것입니다.」

솔라신이 물었다.

「임진왜란 7년을 크게 보면 일본 침략, 국내 항전, 명 나라 지원, 일본과 교섭, 교섭 결렬과 일본재침, 풍신수길 사망 및 일본군 철수…… 이렇게 6개 파트로 나누어진다고 생각합니다.

그런데 조선측이 풍신수길을 암살할 계획을 세웠다는 것은 처음 듣는 이야기입니다.

풍신수길 암살 추진이 사실이었는지요?」

업화신이 대답하였다.

「이항복은 모든 준비를 완료하고 용사 김상건에게 기다리도록 했습니다. 그러나 풍신수길이 바다를 건너오지 않아 풍신수길은 죽이지 못하였고, 대신 다른 일본 고관(高官)을 암살하는 데는 성공하게 됩니다.」

솔라신이 말하였다.

「20세기에 이름을 날렸던 조선의 김구, 윤봉길, 이봉창 같은 사람들이 그 시대에도 있었다니, 놀라운 일이군요. 자세한 이야기는 다음에 듣기로 하고……. 그럼 말씀을 계속하시죠.」

용사 김상건(金象乾)과 김응서(金應瑞)

업화신의 보고는 계속되었다.

「그 다음 날 밤 이항복이 이덕형의 생환을 축하한다면서 초청하여, 네 사람이 옥류관에 모였습니다.

그 당시 옥류관은 평양성의 북동쪽 문에 해당하는 장경문(長慶門) 바깥의 모란봉 산기슭에 있었습니다.

35세의 이항복과 32세의 이덕형, 20대 후반의 김상건과 20대 후반의 김응서 모두 네 사람이었습니다.

이항복과 이덕형도 보통 체격은 되었으나, 금강역사와 같은 김상건과 김응서가 옆에 앉아 있으니, 둘은 왜소하기 짝이 없어 보였습니다.

마담으로 보이는 머리를 감아올린 한 여자와, 노브라, 노팬티의 얇은 분홍치마 노란 홑저고리의 아가씨 네 명도 옆에 앉아 있었습니다.

먼저 이항복이 이덕형에게 말을 꺼냈습니다.

"자네, 참으로 담도 크네.

왜군의 대군 속으로 대담하게 걸어 들어가다니……. 살아온 게 기적이지. 난 자네가 죽으면 초상이나 치러 주려고 돈을 준비해 두었더니, 용케도 살아 돌아왔구먼 그래.

오늘 우리 신세대끼리 그 돈으로 실컷 먹어보자고.

신각을 봐. 죽으니까 허무하더라고. 살아 있을 때 한 잔 더하고……. 옆의 아가씨도 예쁘잖아?"

이덕형이 말했습니다.

"나도 정말 죽는 줄 알았소.

왜놈들이 경응순을 두 동강으로 만들어 버리더라고요. 바로 용인으로 달아났는데, 김상건 이 친구가 나를 살려주었소."

그러면서 시작된 이덕형의 생환극은 다음과 같았습니다.

안성 죽산에서 몰래 숨어서 지켜보고 있는데, 저들이 경응순을 베는지라, 깜짝 놀란 이덕형은 종자 두 명을 데리고 은밀한 산길을 택해 용인으로 올라왔다고 하였습니다.

다음 날 새벽, 용인에 와 보니 그 일본군이 이미 용인에 진을 치고 있어서 급히 길을 서쪽으로 바꾸어 화성군 송교로 갔는데, 그곳에서 김천일(金千鎰), 즉 김상건의 아버지를 만났다고 하였습니다.

김천일은 이덕형이 5년 전 승문원 정자(正字) 벼슬을 하고 있을 때 여러 번 만난 대 선배였습니다.

이덕형이 인사를 올리고 그곳까지 온 사연을 말하자, 김천일은, 자기는 대일(對日)작전에 관한 상소를 올리고자 아들을 데리고 나주에서 서울로 올라가는 중으로, 이틀 전에는 용인에서 잤는데, 일본군이 올라온다고 하여 모두 피난을 가기에 자신도 지금 이곳까지 피신을 왔다고 하였습니다.

그러면서 김천일은 '자기들은 배로 서울로 들어갈 생각인데, 지금 아들이 배를 구하러 갔다' 고 하였습니다.

이덕형은, 서울 사정과 왜군이 30만이 넘는 대군임을 설명하면서, '지금은 상소가 문제가 아니라, 우리 쪽이 얼마나 군사를 모으느냐가 중요하다'고 역설하였습니다.

이 말을 들은 김천일은, 자신은 나주로 되돌아가서 군사를 모을 테니, 자신의 상소문을 왕에게 전해 달라고 부탁하면서, 배와 아들을 붙여주겠다고 제안하였습니다.

그러면서 김천일은, 자신의 아들 김상건은 항우(項羽)에 뒤지지 않는 천하장사라는 것이었습니다.

둘은 그렇게 하기로 하여 김천일은 도로 전라도로 내려가고, 이덕형은 덩치가 자신의 세 배가 넘어 보이는 김상건과 같이 배를 타고 한강으로 올라왔는데, 배가 행주성에 왔을 때 갑자기 배 세 척이 자기들 배 쪽으로 달려왔다고 하였습니다.

일본군 십여 명이 정지하라는 신호를 보내는 것을 보고 김상건은 사공을 대신하여 노를 잡았는데, 노를 젓는 속도가 바람개비 돌리듯 하여 배가 쏜살같이 달아나 일본군의 배 세 척을 유유히 떨쳐버렸다고 하였습니다.

그리고 임진강으로 들어가 황해도 개풍군 정관에서 배를 내려 평양으로 올라오는데, 자신이 발을 삐어 걷기가 어려워지자, 김상건이 지게를 얻어와 자신을 지고는 백리 길을 단숨에 뛰어왔다고 하였습니다.

이덕형의 이야기를 듣고 있던 이항복과 김응서는 고개를 끄덕이며 감탄해 마지않았습니다.

이번에는 이항복이 김응서를 소개하였습니다.

자신이 신각의 일로 최근 양주를 다녀왔는데, 전리품(戰利品)을

실은 수레가 도랑에 빠졌기로, 황소와 군졸 10명이 달려들어 당겨
도 당겨도 수레는 꼼짝도 하지 아니하였습니다.

그때 앞에서 정찰을 맡아 가던 김응서가 되돌아와서는 혼자서
그 수레를 끌어당겼는데, 꼼짝도 하지 않던 수레가 단숨에 올라와
서 모두들 탄복하였습니다.

또한 자신이 김응서에게 고금의 병법을 물었던바, 그는 손자, 오
자, 한비자, 육도삼략 등 고금의 모든 병서(兵書)에 통달하고, 진법
과 전투 그리고 공작과 암살의 오묘한 이치들까지 모두 터득하고
있어서 꼭 죽은 신각을 보는 듯했다고 하였습니다.

이러한 두 사람의 칭찬을 듣고 있던 김상건과 김응서는 얼굴을
붉히고 몸둘 바를 몰라했습니다.

이항복이 다시 말했습니다.

"오늘은 사실 이덕형 자네를 위해서가 아니라 이 두 용사를 위
하여 단단히 한 턱을 사라고 전하께서 특별히 하사금을 주셨다네.

어디 근육 힘만 좋은지, 육봉(肉棒)도 좋은지, 그걸 알아봐야겠
네. 사내가 그걸 못하면 반푼이 아닌가, 허허허.

그런데 이곳 평양은 서울과 다른 것 같애.

서울에서는 먼저 아가씨들부터 자기 소개를 하는데, 이곳 평양
에서는 손님들부터 먼저 소개를 하는 모양이야. 아가씨들이 모두
술도 안 주고 남의 이야기만 듣고 앉아 있으니 말이야, 허허허. 팁
은 우리가 받아야겠어."

"예이, 대가암. 나으리들께서 워낙 중요한 말씀을 나누시는 것
같아서 소녀들은 그저 입을 다물고 있었사와요, 호호호.

자아, 평양기생 수청 올리나이다.

이 쪽은, 오늘도 봄처녀 마음도 청순(淸純)쿠나에 춘심청(春心淸)!

다음 이 쪽은, 부벽루라 능라도 이 강산 좋구나에 모란봉!

다음 이 쪽은, 황진이 뺨친 진짜 황진이에 한진희(韓眞姬)!

다음 이 쪽은, 기생이라 깔보지 마소, 나도 불사이부(不事二夫)에 계월향(桂月香)!

끝으로 소녀는 언제나 영계, 언제나 미소에 청춘정(靑春情)이라 하옵니다. 호호호……."

호들갑스런 마담의 소개에 이항복은 하나씩 하나씩 관상을 보고는 춘심청을 김상건 옆에, 계월향을 김응서 옆에 각각 앉히고, 이덕형더러 나머지에서 하나를 고르라고 하였습니다.

이덕형이 여자들더러 남자를 고르라고 하자, 한진희와 청춘정은 서로 이덕형을 고르겠다고 장난을 치고, 모란봉은 이항복 옆에 앉았습니다.

이항복이 놀리며 말했습니다.

"남남북녀라 하더니, 그 말도 거짓말이군. 평양 아가씨들이 이렇게 얌전해서야 총각들이 어디 눈요기나 하겠나?

어이 계월향 아씨. 어디 평양기생 솜씨 좀 보여주시와요옹……."

그러자 마담이,

"그래 우리 향이 오늘 저 아저씨 숫총각 딱지 좀 떼 줘라! 호호호……."

하고 농을 늘어놓자, 생글거리던 계월향이 김응서의 손을 잡아 자신의 가슴으로 끌고 갔습니다.

깜짝 놀라며 손을 뿌리치는 김응서를 보고, 계월향과 마담이 자
지러지게 웃었습니다.

"와아, 이 아저씨 진짜 총각인가봐."

그날 네 사람은 술과 노래로 밤늦게까지 놀았습니다.

마침내 오줌을 누러 가는 척하고 밖으로 나온 이항복은 마담을
불러 뭐라뭐라 소근거렸고, 청춘정은 '네에, 네에, 나으리 걱정마
세요. 저애들은 저에게 맡겨주세요. 호호호……' 하고 이항복을
배웅하였습니다.

곧 이덕형도 오줌을 누러 가는 척하고 밖으로 나오더니 어둠 속
으로 사라졌습니다.」

업화신의 이야기가 한 단락을 끝내고 다음 단락으로 넘어가려
고 하자, 유화여신이 재빨리 질문을 하였다.

「잠깐, 잠깐만요!

계월향과 춘심청은 서울에 있던 그 처녀들 같군요.

그 처녀들은 선조왕을 억지로 수행하여 평양까지 오게 되었다
고 하셨는데, 어떻게 궁궐에 있지 않고. 옥류관이라 하셨나요? 어
찌 기생집에 있는 겁니까?」

업화신이 설명하였다.

「예. 유화여신님!

이야기가 많이 생략되어버려 죄송합니다.

4월 30일, 장대같은 비를 맞으며 개성을 향해 떠나갈 때 계월향
과 춘심청의 미모와 몸매에 반한 것은 남자들뿐만이 아니었습니
다.

처음에는 선조왕의 일곱번째 부인인 정빈 홍씨가 낌새를 알아차리고 둘을 자세히 살펴보았습니다.

그리고 속으로 깜짝 놀랐습니다. 연적(戀敵)을 알아보는 여자의 놀라운 직감이 곧바로 발동한 것입니다.

'비상! 긴급사태 발령!'

정빈 홍씨로서는 살벌한 전쟁보다도, 모진 피난길보다도, 이 젊은 두 여자의 등장이 더 무서워졌습니다.

개성에서 이틀을 지내는 동안, 그녀는 세번째 부인 인빈 김씨, 여섯번째 부인 정빈 민씨, 여덟번째 부인 온빈 한씨를 찾아갔습니다.

"왠 그런 불여우들을 데리고 다녀요?"

"내 평생 그렇게 꼬리치는 년들은 처음 보았소."

"고년들은 옷을 입은 거요? 벗은 거요?"

모두들 죄없는 정빈 홍씨를 사정없이 공격하였습니다.

평양에 도착하자마자 선조왕 즉위 이후 처음으로 비빈(妃嬪)회의에서 만장일치의 결정이 내려졌습니다.

고런 발칙한 년들을 당장 궁궐에서 추방하여 평양부(平壤府) 소속으로 좌천시킨다는 것이었습니다. 그리고 그 다음 날 다시 비빈회의가 열려 두번째 만장일치의 결정이 내려졌습니다.

고런 년들은 평양부 소속으로 놓아두기도 곤란하니, 도망치지 못하는 곳 아무데나 주어버리자는 것이었습니다.

그 전날 밤, 인빈 김씨는 쾌씸해서 잠을 못 이루던 중 '평양부에도 가끔 왕이 행차할 수 있다'고 판단하여, 다음 날 긴급 비빈회의를 소집하였던 것입니다.

이렇게 하여 계월향과 춘심청은 평양성에서 제일 외진 모란봉 옥류관에 가게 되었던 것입니다.」

소서행장의 서울 수색

업화신이 말했다.
「다음은 계속해서 서울을 점령한 일본군의 동향에 대해 말씀드리겠습니다.
5월 3일, 소서행장의 제1군이 서울을 선점하자 그 다음 날인 5월 4일 새벽 가등청정의 제2군이 서울에 도착하였습니다.
소서행장 군은 가등청정 군의 성내 진입을 거부하고 자기 부대만으로 성내를 속속들이 조사하여 귀중품, 골동품, 가재도구 등을 모조리 압수하고, 성 안에 남아 있던 남녀노소 전원에 대하여 신분을 확인, 분류하였습니다.

처음에는 빈 집과 고관대신(高官大臣)들의 집을 중심으로 수색하다가, 나중에는 백성들과 노비의 집까지 전부 수색하였고, 마침내 불타버린 대궐 잔해도 전부 파뒤집어 샅샅이 수색하였습니다.
의아해하는 조선 사람들에게 소서행장은, '먼 훗날 발명될 지뢰의 제거작업 시범을 미리 보이고 있는 중'이라고 변명하였습니다. 모아진 물품이 수레 1만 대 분이 넘는 방대한 물량이었습니다.
다른 물품들은 모두 모아 가져 가던 소서행장도 조선의 옷에 대해서는 저항감을 나타냈습니다. 현소(玄蘇)가 '조선에는 이가 많다'고 했기 때문입니다.
몸을 근질거리던 소서행장은 압수된 옷은 전부 불지르라고 명령하여, 서울 하늘은 벌써 세번째로 검은 연기로 그득하였습니다.

언젠가는 이 명령이 자신의 군(軍)을 얼어죽게 만드리라고는 꿈에도 생각지 못한 소서행장이었습니다.

한편, 소서행장의 사위 겸 부장인 종의지는 전리품 챙기기에는 별로 관심이 없었습니다. 그는 그간 여러 차례 서울을 다녀갔을 뿐 아니라, 대마도에는 조선 물건이 흔했기 때문입니다.

더구나 그는 계월향의 행방을 알아내는 데 실패하고 있었습니다. 그는 며칠 동안 만나는 조선 사람들마다 계월향의 사진그림을 보여주고 그녀의 행방을 물었으나, 아는 사람이 아무도 없었습니다.

한성부(漢城府)와 형조(刑曹) 등 그녀가 소속될 만한 곳에 근무한 적이 있는 자를 붙잡고 물어보아도 그녀의 이름조차 아는 사람이 없었습니다.

마침내 그는, 그녀가 서울에 오지 않았거나, 설사 왔더라도 체류 기간이 짧아 행방을 찾기가 불가능하다고 생각하게 되었습니다.

한편, 성밖으로 밀려났던 가등청정 군들도 전리품에 노나기는 마찬가지였습니다. 용산, 마포, 동대문 앞은 말할 것도 없고, 칠패 거리, 남대문, 남산골은 노다지 밭이었습니다.

"죽을래 살래?"

이 한 마디에 금, 은, 홍옥, 청옥, 서각, 샤향, 비단, 향단, 모시, 주단, 꿀, 인삼, 호골, 호피, 웅담, 자개, 보도(寶刀), 패도(佩刀), 자기, 청자, 단자, 금실, 자수, …… 왜 이리도 많이 모이는지, 그 이유를 모를 정도였습니다.

조선에는 왜 이리도 금두꺼비가 많은지, 가등청정은 그 이유를 알아보려고 들에 나가 두꺼비를 잡아 해부도 해보았고, 군가(軍

歌)까지 "죽을래, 살래"로 바꾸었습니다.

가등청정 군에게 불만이 있었다면, 왜 조선에는 할아버지 할머니만 많고 젊은 여자들이 적은지 그것이 잘 이해가 되질 않아, 성내를 기웃기웃 하였습니다.

5월 8일에는 흑전장정이 인솔하는 제3군이 간신히 서울에 도착하였습니다. 경상도에서 김성일과 정기룡에게 상당한 병력 손상을 입고 이제서야 겨우 서울에 입성하게 되었던 것입니다.

총대장 우희다수가(宇喜多秀家)의 서울 입성

다음 날에는 총대장 우희다수가가, 전리품 관리를 철저히 하고 금후의 작전을 협의하라는 풍신수길의 명령에 따라, 석전삼성, 증전장성, 대곡길계 및 길전중승 등의 보좌를 받으면서, 직계 2천 명만을 인솔하고 서둘러 서울에 입성하였습니다.

석전삼성(石田三成: 이시다 미츠나리) 등 네 사람은 군 기율을 감독하고 작전을 자문하는 감독관으로 풍신수길이 직접 임명한 자들이어서, 다른 대장들도 괄시할 수 없는 지위에 있는 자들이었습니다.

또한 우희다수가를 따라 온 사람들 가운데는, 그의 절친한 친구이자 풍신수길이 애지중지하는 3공자(公子)의 하나인 중천수정(中川秀政: 나카가와 히데마사)이라는 청년도 있었습니다.

이 중천수정이라는 청년은, 그의 아버지 중천청수(中川淸秀: 나카가와 키요히데)가 수년 전에 있었던 일본 국내통일 전쟁에서 풍신수길에게 날아오는 화살을 대신 맞고 전사하였기 때문에, 풍신수길은 그를 생명의 은인으로 생각하여 그의 아들을 친아들처럼 귀여워하고 있었습니다.

이번 전쟁에서도 이 청년을 출전시키면 대(代)가 끊어질까 두려워하여, 풍신수길은 일부러 그를 출전 명단에서 빼주었는데, 그는 풍신수길에게 졸라서 '전방에 가지 않는다'는 약속을 하고 조선에 건너왔던 것입니다.

그는 당시 24살이었는데, 당시 일본 최고의 전략가이자 흑전장정의 아버지였던 흑전효고(黑田孝高: 쿠로다 요시타카)로부터 전쟁에 대해 배웠습니다.

그러나 그는 사생활이 문란했습니다. 그래서 사람들은 중천수정을 '악동(惡童)'이라 불렀습니다.

서울에 입성한 총대장 우희다수가는 잠시 실망하였습니다. 화려하고 웅장하다는 대궐은 자취도 없고 잿더미만 가득하였기 때문입니다.

소서행장이 그를 위하여 잠자리를 준비한 곳은 그나마 대궐 풍미가 좀 나는 미니 대궐이었는데, 회를 새로 발랐는지 회 냄새가 그득하였습니다. 흰색의 회 아래를 자세히 보니, 이전에는 검은 색을 칠했던 곳이었습니다.

그곳에서 그날 밤 소서행장의 주최로 환영회가 개최되었고, 우희다수가와 그의 친구 중천수정, 그리고 석전삼성 등이 모여 조선 기생들의 술시중을 받으면서 밤늦도록 마셨습니다.

소서행장은 몸이 아프다고 핑계대고, 석전삼성은 여독이 남았다고 핑계를 대고는 먼저 자리를 떴는데, 나머지 사람들은 끝까지 남아 자정을 훨씬 넘겨서야 술자리를 파했습니다.

우희다수가는 옆자리에 앉아 있던 청순하기 그지없는 조선 여자를 데리고 자기 방으로 갔습니다.

그녀는 상당한 수준의 일본말을 구사하였고, 모든 것이 귀엽고 품위가 있는 여자였습니다. 그는 그녀와 정식으로 결혼을 해야겠다고 마음 먹고, 만족해 하는 얼굴로 이 이국 여자의 품에서 잠이 들었습니다.

그런데, 갑자기 13명의 거한(巨漢)들이 자기에게 달려 오더니 불문곡직하고 자기 팔을 자르고 다리를 잘랐습니다. 깜짝 놀라 비명을 지르다가 깨어 보니 꿈이었습니다. 옆에서 잠을 자고 있던 그 여자도 비명소리에 놀라 잠을 깨었습니다.

우희다수가는 어둠 속을 살펴보았습니다. 그랬더니 왠 도깨비 같은 것들이 어둠 속을 빙빙 돌면서 활을 겨누는 것, 도끼를 들고 흔드는 것, 피묻은 칼을 들고 달려오는 것……, 가지가지 모습으로 자기를 해치려 하고 있었습니다.

기겁을 한 우희다수가는 비명을 지르면서 밖으로 달려나갔습니다.

영문을 모르는 여자도 따라나왔습니다.

경비병 몇 명이 달려와서 방안을 뒤지고……, 소란이 일어난 뒤 경비병이 방 안에는 아무 것도 없다고 하여도, 그는 마당에 불을 켜고 방으로는 되돌아가지 않으려고 했습니다.

그 여자는 그곳이 열세 분의 역대 조선왕의 영혼을 모시고 있는 종묘라고 알려 주었습니다. 그 말을 들은 우희다수가는 기겁을 하며 즉시 다른 집을 물색하라고 부하에게 지시하였습니다.

그러면서 그는 ‘날이 새면 저 따위 건물은 불살라 버려라’고 명령하였습니다.

서울 점령 공식 퍼레이드

5월 12일 오후는 일본군으로서는 최대의 경사스런 날이었습니다. 일본 역사상 처음으로 외국의 수도(首都)에서 공식 점령식을 거행하는 날이었기 때문입니다.

총대장 우희다수가는, 자기 키보다 두 배나 긴 검은 예복과 높다란 검은 '까마귀 모자'를 쓰고 있었습니다.

그는 바로 옆에 일본 기모노를 겹겹이 차려입은 연심전(研心殿)이라는 여자를 대동하고, 좌우에 20여 명의 대장(大將)과 문관(文官)들을 이끌고 서울 종로를 행진하였습니다.

그 뒤에는 약 3천 명의 각종 부대가 깃발을 휘날리며 행진하였습니다. 기마부대, 총포부대, 창 부대, 도검부대 순으로 지나갔습니다.

연심전이란 여자는, 병으로 서울에 버려졌던 연심청이었는데, 그녀가 우희다수가 옆에 서 있게 된 경위는 다음과 같습니다.

종묘에서 나온 우희다수가는, 소서행장이 백 배 사죄를 하면서 새로 마련해 준 남별궁(南別宮)이라는 곳으로 들어갔는데, 그곳에 들어가자마자 그는 연심청에게 청혼을 하였습니다.

21살 청년의 23살 처녀에 대한 번갯불 사랑이었습니다.

그는 바로 친구 중천수정을 불러 결혼 증인으로 세웠고, 그녀를 연심전이라 이름지었던 것입니다.」

풍신수길의 조선 도해(渡海) 문제

업화신의 보고는 계속되었다.

「종로 행진이 끝난 후 그들은 바로 남별궁에 모였습니다.

부장급을 포함하여 150여 명이 좁은 실내를 가득 메웠습니다. 의자가 30개 가량 놓여져 있었는데, 가운데에는 우희다수가와 연심전이 앉았고, 좌우에는 대장급, 고관급들이 착석하였습니다.

"다른 모든 것은 이미 보고를 통하여 서로 잘 알고 있으니, 그런 건 생략하기로 하더라도, 한 가지는 군감(軍監)께서 꼭 설명해 주셔야 하겠습니다."

본국으로부터 막 서울에 도착한 군감 석전삼성에게 소서행장이 물은 것은, '태합께서는 언제 조선에 도착하느냐' 하는 것이었습니다.

소서행장 등이 다섯 달 전인 1월 초 풍신수길을 직접 만났을 때, 풍신수길이 '곧바로 건너가겠다' 는 확실한 도해(渡海) 의사를 밝히는 것을 들은 적이 있기 때문입니다.

그리고 지난 3월 26일 풍신수길이 천황을 배알하고 명 나라와 조선을 정벌하러 출정하겠다고 고하자, 천황은 문무백관을 거느리고 송영(送迎)을 하였는데, 수십만의 인파가 거리를 꽉 매워 구경하는 가운데 풍신수길은 금포(錦袍)를 두르고 큰 칼을 차고 금갑마(金甲馬)에 올라 장수 100명과 군사 3만 명을 이끌고 경도(京都)를 출발하였다는 것도 들었습니다.

풍신수길이 구주 명호옥까지의 600킬로미터의 길을 천천히 이동하여 마침내 4월 25일에는 명호옥(名護屋: 나고야)에 도착하였다는 소식까지도 들었습니다. 풍신수길이 타게 될 초대형선 '일본환(日本丸)' 이란 배도 건조가 완료되어 명호옥 포구에 정박하고 있다고 들었습니다.

그런데 최근 그 배가 풍신수길을 태우지 않고 조선으로 출발하였다는 소식이 들려 왔던 것입니다.

풍신수길이 조선으로 건너 오느냐 않느냐, 온다면 언제 명호옥을 출발하느냐 하는 정보는 소서행장 등으로서는 그 준비상 대단히 중요한 일이었습니다.

군감 석전삼성의 설명에 의하면, 20만 도해 예정병력 중 아직도 반이 도해하지 못하였으므로, 그것이 완료되는 6월 말이나 7월 초에 태합은 조선으로 건너올 예정이라는 것이었습니다. 이번에 자신을 보내면서도 그 점을 소서행장 등에게 분명히 전하라고 했다는 것입니다.

풍신수길의 도해(渡海)계획이 아직 확정되지 아니하였다는 석전삼성의 설명을 들은 대부분의 원정군 장수들은 일단 안도했습니다. 이들은 명 나라 원정에는 사실 극히 자신이 없었습니다.

그들은 이번 전쟁을 조선으로 한정시키고 싶었습니다. 그들은 풍신수길이 조선에 오지 않기를 바라고 있었습니다.

군감 석전삼성도 풍신수길의 조선 도해(渡海)를 내심 강력히 반대하고 있었습니다.

그래서 그는 소서행장 등이 적당한 스피드로 진격해 줄 것을 바라고 있었습니다. 그는 일본군이 조선을 점령한들 바다가 막혀 있어 장기적으로는 어차피 유지관리가 안 되는 땅이라고 생각하고 있었습니다.

풍신수길의 성격상, 스피드가 너무 느리면 자신이 직접 바다를 건너와 작전을 지휘하겠다고 펄펄 뛸 것이고, 스피드가 너무 빠르면 풍신수길은 원정군을 명 나라로 진격시키라고 할 것입니다.
  소서행장과 석전삼성 등의 고민은 여기에 있었습니다.
  '적당한 스피드…….'

  석전삼성이 말했습니다.
  "하여튼 태합 전하의 도해는 현재로는 확실치 않습니다.
  그러나 오실 것으로 보고, 서울까지 오시는 길 도중에 주무실 성곽(城郭)을 수축하는 일에 우선 힘을 모아봅시다. 즉, 평안도, 함경도에 배당받은 군은 조심스레 진격을 하고, 나머지 군은 성곽수리 공사에 힘을 쏟자는 것입니다."
  즉, 평안도 함경도를 점령함으로써 풍신수길에게는 진격하는 것처럼 보이게 하고, 나머지 군은 소강상태로 들어가자는 것이었습니다.

  그렇게 하기로 중론(衆論)이 모아졌으므로, 이어서 부대별 점령지 분담에 대한 협의로 들어갔습니다.
  그러자 석전삼성이, 서울 및 경기도를 제외한 모든 지역을 '추첨으로 정하자' 고 주장하였습니다. 그러면서 아직 서울에 도착하지 아니한 부대에 대하여는 대리인이 추첨하면 된다는 것이었습니다.
  우희다수가와 가등청정은 영문도 모르고 그렇게 하는 데 동의하였는데, 그 추첨 결과는 다음과 같았습니다.
  서울및경기도: 우희다수가(宇喜多秀家: 우키타 히데이에) 제8군
  평안도: 소서행장(小西行長: 코니시 유키나가) 제1군
  함경도: 가등청정(加藤淸正: 카토오 키요마사) 제2군

황해도: 흑전장정(黑田長政: 쿠로다 나가마사) 제3군
강원도: 도진의홍(島津義弘: 시마츠 요시히로) 제4군
충청도: 복도정칙(福島正則: 후쿠시마 마사노리) 제5군
전라도: 소조천융경(小早川隆景: 코바야카와 타카카게) 제6군
경상도: 모리휘원(毛利輝元: 모오리 테루모토) 제7군
부산: 우시수승(羽柴秀勝: 우시바 히데카츠) 제9군

  1군 소서행장이 맨 먼저 나가 추첨이 든 밀봉 봉투를 뽑아 들어 석전삼성에게 주었습니다. 2군 가등청정이 두번째로 나가 추첨이 든 밀봉 봉투를 뽑아 들어 석전삼성에게 주었습니다.
  이런 식으로 밀봉봉투를 뽑아 준 후 대장들은 밖에서 대기하였는데, 나중에 발표하는 것을 들으니, 그 결과가 그렇게 나왔다는 것이었습니다.
  제9군까지 모두 조선 지명의 순(順)이었습니다.
  조선 지명의 순(順)과 일본 공격군의 순번(順番)이 완전히 일치하는 추첨 결과란 있을 수 없는 일이었습니다. 이것은 말할 것도 없이 지명(指名)이었습니다.
  그래도 석전삼성은 추첨으로 정했다고 빡빡 우겼습니다.

  그 내막은 이러했습니다.
  풍신수길의 전(前) 비서실장인 석전삼성이 실권을 쥐고 있음을 너무나도 잘 알고 있는 소서행장은, 어제 술자리에서 그에게 암시를 주고는 일찍 자리를 떴습니다.
  눈치가 빠른 석전삼성도 뒤따라 자기 숙소로 돌아오자, 그곳에는 이미 소서행장이 와서 기다리고 있었습니다. 그리고는 엄청난

보물이 손에 쥐어졌습니다.

소서행장은 석전삼성에게, 조선왕이 도망간 평안도로 자기를 보내 달라, 제발 가등청정과는 떼어 달라고 부탁하였습니다.

석전삼성은 그러기로 약속을 하였고, 오늘 오전 우희다수가가 소꿉장난을 하고 있을 때, 그는 다른 대장과 고관들을 돌며 사전에 상기 방안에 대한 지지를 받아두었던 것입니다.

한편, 가등청정은 이번에야말로 평안도로 선봉을 받아서 공을 세우고 싶어했습니다.

그런데 '추첨을 하자'고 해서 그는 무심코 동의했습니다.

하루씩 교대하라는 풍신수길의 명령을 무의미하게 만들기 위하여 소서행장과 석전삼성이 추첨이란 '말'로 장난을 치고 있는 것을 그는 알아채지 못하였던 것입니다.

그러나 일주일이 지나자 그는 소서행장과 석전삼성이 짜고 고스톱을 쳤다는 사실을 알고나서는 분통이 터지게 되었습니다.

가등청정은 곧 그 분풀이를 조선 사람들에게 하였습니다.

그리고 8년 뒤, 즉 1600년 일본 전체가 동서로 나뉘어져 큰 전쟁을 벌이게 되었을 때, 동군(東軍)에 속했던 가등청정은 서군(西軍)에 속했던 소서행장과 석전삼성을 잡아 난도질을 하게 됩니다.

하여튼, 이날 소서행장은 통쾌하였습니다. 그는 완승하였다고 생각하고 웃음이 얼굴에서 떠나질 않았습니다.

전리품의 수송

다음에는 전리품을 일본으로 수송하는 문제에 대한 협의로 들어갔습니다.

우희다수가는 '대신 말해 달라'는 표정으로 석전삼성의 얼굴을 쳐다보았습니다.

석전삼성은, '물량이 1만 5천 대의 수레 분에 달하는 만큼, 현재 서울도착 병력의 3분의 1에 해당하는 인원, 즉 2만 명의 차출이 필요하다'고 말했습니다.

소서행장은 이미 수레 약 500대 분의 전리품을 일본으로 보낸 바가 있었습니다. 부하들을 20명, 50명 정도의 소대 규모로 편성하여, 다른 부대에서 눈치채지 못하게 샛길로 부산 부근까지 가서, 일본에 몰래 갔다 오도록 하였습니다. 이번 서울 물량만으로도 그 차출이 이미 1천 명을 넘어섰습니다.

그럼에도 소서행장은 이번에 다시 기꺼이 6천 명을 차출하는 데 동의하였습니다. 석전삼성과 잘 사귀어 두는 것이 무엇보다 중요하다고 보았기 때문이었습니다.

일본군의 경축파티

이로써 모든 공식일정은 끝나고 연회로 들어갔습니다.

그날 밤 연회는 성대하였습니다.

남별궁 주변은 빨강 노랑 초롱으로 불야성을 이루었고, 실내뿐만 아니라 마당과 바깥까지 일본군 장교와 고관들이 득실득실하였으며, 동원된 조선 사람도 500명이 넘었습니다.

산해진미가 그득하게 차려지고 구석에는 30명 정도의 조선 사람들로 구성된 악단(樂團)이 아악(雅樂)을 연주하고 있었습니다.

종의지는 1군 부장의 자격이 아니라 대마도 영주의 자격으로 주빈 테이블에 앉았습니다. 우희다수가가 20대인 만큼 20대들끼리 한 자리에 앉으라는 배려도 있었습니다.

종의지는 우희다수가가 왠 조선 여자와 결혼을 하여 옆에 데리고 다니는 것을 낮부터 지켜보았습니다. 자기도 20대이지만 우희다수가는 정말 튀는 신세대(新世代)라고 생각하였습니다.

종의지는 자신도 계월향을 찾으면 저렇게 결혼을 하겠노라고 마음먹고 있었습니다.

우희다수가가 연심전을 대동하고 입장함으로써 연회가 시작되었습니다. 종의지 옆에는 중천수정이 앉았는데, 그는 통술을 들이키면서 자꾸 종의지에게 동래 싸움, 상주 싸움, 충주 싸움 이야기와 조선여자 이야기를 해 달라고 졸랐습니다.

종의지는 건성으로 이야기를 하면서도 머리 속에는 한 가지 의문이 남아 있었습니다.

이제 가까이서 보게 된 연심전이라는 저 여자는 분명히 어디선가 본 적이 있는데, 어디서일까 라는 것이었습니다.

돌아가면서 노래도 부르고 춤도 추었는데, 여러 사람들이 우희다수가에게 결혼을 했으니 노래를 한 곡 하라고 권하였고, 마침내 우희다수가가 연심전을 데리고 무대로 나갔습니다.

둘은 '오오사카 부시(大阪節)'라는 일본 민요를 합창하였는데, 그 순간 종의지는 그가 서울에 들어온 날 처음 달려갔던 예조 장악(掌樂) 건물, 반은 이미 소실되어 버렸던 그 건물 안에서 무척 아파하면서 누워 있던 그 여자임을 알게 되었습니다.

그녀는 당시 큰 병을 앓고 있는 듯하여, 부하에게 명령하여 그녀를 민가로 내보내도록 지시하였던 일이 생각났던 것입니다.

'그래, 저 여자라면 계월향을 알지도 몰라……. 그때 저 여자에게는 물어 보지 않았어.'

종의지는 유창한 한국말로 자기 파트너로 앉아 있는 여자에게 계월향의 사진 그림을 주고 이름도 가리켜 주면서 연심전이 이 여자를 아는지 물어보고 오라고 부탁했습니다. 이리하여 마침내 종의지는 계월향이 평양으로 끌려갔다는 사실을 알게 되었습니다.

협상 돌파구 찾기에 고심하는 소서행장

종의지는 소서행장에게 조기 북진을 강력히 건의하기 시작했습니다. 소서행장은 종의지에게 3천 명을 이끌고 먼저 출발하도록 하여, 종의지는 5월 13일 임진강 남안에 진을 쳤습니다.

소서행장이 서울에 잠시 더 머물렀던 것은 석전삼성과 아직도 협의할 것이 많이 남아 있었기 때문입니다.

두 사람은, 협의에 협의를 거듭하여 대체로 다음과 같이 일을 추진하기로 합의하였습니다.

첫째, 조건을 부드럽게 하여 조선으로부터는 항복을 받자.
둘째, 명 나라 침공은 불가능하다.
셋째, 명 나라의 군사 개입도 어떻게든 피해야 한다.
넷째, 그러나 명 나라와의 사이에도 어떤 연결고리든 만들어야
   한다.

그래야 풍신수길의 주문, 즉 명 나라로부터 항복을 받아내라는 주문을 어떻게 해 볼 수가 있다.

그래서 둘은, 제1군은 가능한 한 더 이상 북상하지 않고 협상 테이블에 조선을 끌어내는 데 주력하기로 합의하였습니다.

소서행장과 석전삼성은 풍신수길의 세계 정복욕에 혀를 내두르고 있었습니다.

어린이 동화책에 나오는, 달을 따 달라고 떼쓰는 아기 공주로밖에는 생각할 수 없었습니다. 달을 따 달라는 아기공주에게는 달이 무엇인지를 물어보는 수밖에 없습니다.

명 나라 사신이 풍신수길에게 찾아가서, '세계 정복이란 무엇이오?' 하고 묻도록 하는 것이 해결책이라고 생각하였습니다.

소서행장은, 5월 14일 종군 승려를 통하여 조선군 측에 '평화 협상을 하자. 즉, 항복협상을 하자' 고 하는 내용의 서신을 보냈습니다.

그 서신을 들고 간 사람은 일본 승려 천형(天荊: 텐케이)이란 사람이었습니다.

천형은 일본측이 포로로 잡고 있었던 통역 방인준(房仁俊)을 통하여 조선측의 윤(尹)이라는 한 아장(亞將)에게 연락을 하였고, 윤 아장은 천형을 바로 도원수 김명원에게 소개하여 만나게 해 주었습니다.

그 날이 5월 16일이었습니다.

조선군의 임진강 방어

한편, 임진강을 지키는 조선군은 크게 두 군데로 나누어 진을 치고 있었습니다. 그것은 지난 5월 3일 서울을 빼앗겼을 때 일본군이 두 갈래로 나뉘어 왔던 경험을 살린 것입니다.

문산 – 파주를 잇는 동파나루 쪽은 주 동맥이므로 도원수 김명원을 대장으로 이빈, 유극량 등 부장 20명과 군사 7천 명으로 방위벽을 구축하고 있었습니다.

다른 한 곳은, 그곳에서 약 20킬로 상류로 올라간 동두천 – 연천을 잇는 대탄 나루로서 유도대장 이양원이 이혼, 이일, 김우고 등 부장 10여 명과 군사 5천 명으로 방위벽을 구축하고 있었습니다.

이일은 지난 충주싸움에서 목숨을 건진 뒤 강원도로 들어갔다가, 마침 그곳을 지나던 이양원을 만나 합류하게 된 것입니다.

합계 1만 2천 명.

이 병력은 조선군이 임진왜란 발발 이후 한 곳에 모인 것으로는 최대의 병력이었는데, 이러한 대군이 포진하였다는 소식은 조정을 흥분시키게 되었습니다.

윤두수 같은 사람은 명 나라에 원군 요청 없이 독자적으로 일본군을 토벌하자고까지 주장하였습니다.

심지어 황해도 감사 권징(權徵)같은 사람은 평양으로 올라와서 임진강 수비군에게 '서울을 공격하여 탈환하라'는 명령을 내려야 한다고 주장하였습니다. 더구나 그는 김명원과 이양원이 구경만 하고 있다면서 그 두 사람을 문책해야 한다고까지 주장하였습니다.

물론 이항복, 유성룡 등은 '지금은 수비가 최선'이라고 변호하였으나, 강경파들은 말을 듣지 않았습니다.

결국 조정의 공론은, 사람을 보내어 김명원 등이 무엇을 하고 있는지 알아나 보자고 타협하기에 이르렀습니다.

물론 김명원은 놀고 있지 않았습니다. 그는 이미 제2의 이일이 되어 있었습니다.

그는 이일을 불러 일본군의 전투방법을 듣고, 첩자를 내어 일본군의 동향을 파악하였으며, 통역들을 모아 일본군에 대한 정보를 파악하고 있었습니다.

'현재 서울에 6만, 전국에 약 15만명 와 있고, 앞으로 10만 명 정도 더 상륙할 예정'

이것이 김명원이 파악한 첩보였습니다.

그러나 김명원은, 이 첩보가 너무나 엄청난 내용이기 때문에, 만약 누설되면 조선군의 사기에 큰 영향을 미칠 것이라고 우려하였습니다.

지난 번 한강 방어전에서도 '일본군 4만 명 두 갈래로 진격'이란 한마디에 군사들이 대부분 도망가버린 쓰라린 경험이 있었습니다.

김명원은 조정에 장계를 올리려고 준비하던 중 윤(尹) 아장으로부터 일본측 사신의 면회 신청이 있다는 보고를 받았던 것입니다.

김명원은 바로 천형(天荊)을 불러들이고 소서행장의 편지를 읽어보았습니다.

'우리 일본군은 태합의 명령으로 서울까지 진격해 왔지만, 여기서 수천 리를 더 행군하여 명 나라에까지 들어가고 싶지는 않다.

　그러므로 조선은 이러한 일본의 뜻을 명 나라에 전달해 주기 바란다. 조선의 중개로 평화가 성립된다면, 세 나라가 모두 평안하게 되니, 이보다 더 좋은 것이 있겠는가?'

김명원은 고개를 끄덕였습니다.

그는 이 편지의 의미를 충분히 알지는 못했습니다. 그러나 그가 소서행장의 편지 중에서 관심이 간 부분은, '서울에서 더는 진격하고 싶지 않다'는 부분과, '조선이 일본의 뜻을 명 나라에 전해 달라'는 부분이었습니다.

그 요청을 받아들여 주면 임진강 방어선을 유지할 수 있고, 상당한 기간은 휴전을 할 수 있을 것이라는 것이 김명원의 판단이었습니다.

'3일을 주면 평양에 보고해서 회신하겠다. 본인이 직접 평양을 다녀오겠다. 그리고 그 기간 동안은 일본측이 공격을 하지 않는다는 징표로서 일본군의 진(陣)을 뒤로 물려 달라.'

김명원은 천형에게 이렇게 대답하였습니다.

김명원은 이 문제를 가급적 부장들에게 알리지 않고 혼자서 추진해야겠다고 생각하였습니다. 그래서 이 문제는 김명원 자신이 직접 평양에 가서 조정에 보고하는 수밖에 없다고 생각하였던 것입니다.

그런데 일은 꼬이기 시작하였습니다.

그가 평양을 갈 채비를 하고 있는데, 뜻밖에도 평양으로부터 전선 시찰관이 도착하였습니다. 최근 김명원 등이 무엇을 하고 있는지 알아나 보자고 조정에서 보낸 이성임(李聖任) 일행이었습니다.

김명원은 이성임에게, '자신이 지금 평양을 다녀와야 겠다'는 뜻을 말하자, 이성임은 깜짝 놀라며, 조정에서는 지금 '도원수가 너무 신중하여 공격 타이밍을 놓치고 있다'는 비난이 높아가고 있는데, 지금 평양을 가서는 안 된다고 만류하였습니다.

즉, 이성임은 김명원에게, 권징과 윤두수 등이 도원수를 탄핵해야 한다는 여론을 일으키고 있는데, 지금 평양으로 가면 바로 자살행위가 된다는 것이었습니다.

그 말을 들은 김명원은 참으로 답답했습니다.

'왜 조정에서는 이리도 일본군을 모른단 말인가? 날더러 일본군을 공격하라니……. 몰라도 너무 모른다.'

사실 옛날이나 지금이나 관리들의 입장이라는 것은 별로 달라진 것이 없습니다. 현지에서 전쟁을 지휘하면서도 실제로는 조정의 움직임에 더 신경을 써야 하는 것입니다.

이것을 잘못하면 싸움에 이기더라도 내부의 탄핵과 자신의 실각을 면할 수 없는 것입니다.

어쨌든 이제 김명원은 소서행장의 편지 따위는 도저히 꺼낼 형편이 되지 못하고 말았습니다.

설상가상으로 다음 날에는 한응인(韓應寅), 신할(申硈)이 이끄는 추가 응원군 천여 명이 동파나루에 있는 방위사령부에 도착하였습니다.

한응인은 군(軍)을 잘 모르는 문관이지만, 왕에게는 절대 맹종

하는 강경파로 악명높은 사람이었습니다. 그는 아무것도 아닌 일
도 반역이니 모반이니 하며 조정에 고발하는 인간이었습니다.

수년 전에는 정여립(鄭汝立)이 모반하였다고 고발하여 수천 명
이 조사를 받고 200여 명이 떼죽음을 당하게 만든 바로 그 장본인
이었습니다.

한편 신할은 전사한 신립의 동생으로, 복수심에 불타 있었습니다.
이러한 한응인과 신할의 도착으로 김명원의 입장은 더욱 어렵게
되어버렸습니다.

군 근무 경력이 없는 한응인과 복수심에 불타는 신할은 전선을
둘러보고는 일본군 부대가 허술하니, 강을 건너 일본군을 공격하
자고 주장하였습니다.

이론(異論)을 말하는 장교들에 대하여 한응인은 매질을 하는가
하면, 바로 붓을 들어 조정에 고발하는 고발장을 작성하겠다고 협
박했습니다. 노장 유극량은 무관(武官)의 입장을 대변하여 분노하
였습니다.

"네 놈과 이 세상이 더러워서 일본놈 총에 죽으리라!"

참으로 '붓이 칼보다 강한' 순간이었습니다.

김명원은 도원수이면서도 지휘권을 행사하기가 곤란해진 순간
이었습니다. 전선 시찰관 이성임이 지켜보고 있는데다, 또한 상대
는 수많은 사람들에게 옥사(獄事)를 일으킨 한응인이었습니다.

5월 19일 새벽. 한응인, 신할, 유극량, 홍봉상이 이끄는 4천 명
의 특공대는 일본군 진지를 기습하였습니다.

그 전날 소서행장은 서울을 떠나 임진강에 도착해 있었습니다.
김명원의 회답을 받기 위해서였습니다.

소서행장은 엄청 기대에 부풀어 있었습니다. 매사에 꼼꼼하고 빈틈이 없었던 소서행장도 이때에는 김명원의 긍정적인 대답을 기대하고, 가슴이 부풀어, 서울에 앉아서 기다릴 수가 없었던 것입니다.

이 기습이 있자 소서행장은 기대만큼이나 당황하였습니다.

그는 조선군의 내부 사정을 알 길이 없었고, 당연히 사흘은 휴전기간이라고 생각하였으며, 김명원의 요청을 백분 받아들여 상당한 병력을 뒤로 철수시켰던 것입니다.

일본군 400명이 죽었습니다.

그러나 일본군은 알몸을 드러낸 채 칼을 휘두르며 달려나왔고, 곧 총으로 응사하면서부터는 전세가 조선 쪽에 불리하게 되었는데, 종의지의 응원군까지 달려와서 조선군은 참패하게 되었습니다.

결국에는 신할, 유극량, 홍봉상 등이 전사하고, 뒤에 있던 한응인만 기적같이 살아왔습니다.

강 건너편에서 이 꼴을 지켜보던 김명원은 바로 총퇴각을 명령했습니다. 일본군의 반응을 예견할 수 있었기 때문입니다.

박충간 등은 퇴각명령이 떨어지기도 전에 달아났습니다. 다소 떨어진 곳에 있던 이양원, 이빈, 이일 부대도 마찬가지였습니다.

그들은 바로 평양을 향해 후퇴하였습니다.

공격을 요란하게 주장하던 권징(權徵)은 경기도 가평으로 달아나 자취를 감추어 버렸습니다.

국지적인 전투만 보고 대국적인 전략이 없었던 한응인 등이 만들어낸 또 하나의 비극이었습니다.

'김명원이 위계(僞計)를 썼다' 고 분노한 소서행장은 다른 부대의 지원을 요청하였고, 곧 모여든 일본군 4만의 대병이 임진강을 향해 달려 왔습니다.

5월 28일. 일본군은 텅 빈 개성을 점령하였고, 그곳에서 길을 나누어 소서행장의 1군은 평안도로, 가등청정의 2군은 함경도로 가고, 흑전장정의 3군은 황해도에 남아 있었습니다.

소서행장의 제1군이 대동강 남안(南岸)에 도착한 것은 6월 10일이었습니다.」

솔라신이 질문하였다.

「처음에 소서행장은 김명원이 위계(僞計)를 썼다고 오해하였다고 하셨는데, 위계도 그 당시에는 합법적인 전투방법의 하나였던 게 아닙니까?」

업화신이 대답하였다.

「그렇습니다. 전쟁에서 위계(僞計)는 완전한 합법입니다.

김명원에게 미흡한 점이 있었다면, 그가 어정쩡하게 처신했다는 부분입니다. 도원수로서 그는 두 가지 중 하나를 확실하게 선택해야 했습니다.

싸움을 하지 않겠다면 어떡하든 한응인의 도하(渡河)공격을 막았어야 했습니다. 도하공격을 막지 못할 형편이라면, 전군(全軍)을 총동원하여 공격을 했어야 했습니다. 그랬더라면 소서행장을 생포할 수 있었을지도 모릅니다.

그러나 유교적 양심에 젖은 김명원은 방관적인 태도를 취하고 말았고, 결과적으로 전황을 악화시켰습니다.」

업화신이 말했습니다.

「이어서 평양의 모란봉 옥류관에 있던 계월향의 동정에 대하여 말씀드리겠습니다.

그녀는 그 무렵, 지난 5월 중순 이항복 등과 같이 놀러와서 알게 된 김응서 때문에 속을 무척 끓이고 있었습니다.

처음에 그녀는, '흐흥! 어디 너희들, 조정의 고관 도둑놈들, 어디 혼 좀 나 봐라' 하는 식으로, 온갖 애교를 떤 다음 로얄 스트레이트 등 비싼 특주들과 고급 안주들을 듬뿍 시키고, 한잔하는 체하면서 김응서 등의 눈을 피해 그 술들을 전부 바닥에 쏟아버렸습니다.

매상이 엄청 오르자 신바람이 난 마담 청춘정은 고급양주 두 병을 더 서비스하였고, 마담의 눈치를 알아채고 그녀는 그날 밤 김응서를 따라 러브호텔까지 가 주었습니다.

새벽 4시에 헤어졌는데, 그녀는 김응서에게 다음에 꼭 한 번 더 들러달라고 교태를 부리고, 볼에 키스도 하며, 마치 정말 사랑을 하게 된 양 온갖 연극을 늘어놓았습니다.

그 다음 날, 김응서는 김상건과 둘이서 또 옥류관에 나타나 계월향과 춘심청을 찾았습니다.

계월향은, '어쭈…… 얘가 돈이 좀 있네. 그래 오늘은 집 한 채를 날려 주마' 하고 그날도 온갖 애교와 매상작전을 펴고, 그날도 그녀는 김응서를 따라 러브호텔까지 가 주었습니다.

그리고 그날도 새벽 4시에 헤어졌는데, 그때도 그녀는 김응서에게 다음에 꼭 한 번 더 들러달라고 교태를 부리고, 볼에 키스도 하며, 마치 정말 사랑을 하게 된 양 온갖 연극을 다 늘어놓았습니다.

그런데 그 다음 날도, 그 다음 날도 김응서는, 김상건 아니면 방주열(方周烈)이라는 친구와 둘 혹은 셋이서, 심지어는 혼자서도 옥류관에 나타나 계월향을 찾았습니다.

계월향은 슬슬 질리기 시작했습니다.

'야아, 첫사랑을 알게 된 총각의 순정도 겁나는구나. 얘가 장난이 아니네' 하고는 슬슬 피하게 되었습니다. 마담 청춘정도 문제를 심각하게 보기 시작했습니다.

그런 걸 아는지 모르는지, 김응서는 또 옥류관에 나타나 계월향을 찾았습니다.

하루 이틀을 더 상대해 주던 계월향은 이제는 뭔가를 확실하게 선을 그어야겠다고 마음을 먹었습니다. 호칭도 바꾸기로 했습니다.

그래서 소주 한 병에 김치 안주만 달랑 들고 김응서에게로 갔습니다.

"아이, 오빠. 왜 이래? 이러지마. 난 너하고 안 어울려……. 왜, 본전 생각 나서 그래?"

김응서는 아랑곳없다는 듯이 사랑합네, 진정입네, 결혼합세 하는 소리만 늘어놓았습니다.

계월향은 문을 박차고 나가버렸습니다.

김응서는 그래도 가지 않고 버티고 있었습니다. 이항복의 안면이 캥긴 마담의 주선으로 다시 계월향이 들어왔습니다만, 계월향은 독기가 올라 있었습니다.

"그래, 너 정말 나랑 결혼하고 싶어? 정말이야? 정말이야?"

몇 번을 묻고, 그때마다 김응서가 그렇다고 대답하자, 계월향이 말했습니다.

"좋아, 조건이 있어. 오빠가 그 조건만 들어줘."

김응서가 그게 뭐냐고 물어도 그녀는 대답을 하지 않더니, 그가 몇 번을 더 캐묻자, 그녀는 그럼 내일 낮 세 시쯤 모란봉 산자락 옆에 있는 영명사(永明寺) 탈속암으로 나오라고 했습니다.

그녀는 망설였습니다. 김응서 그 사람에게 자기 속을 드러내도 좋을 것인가, 고민에 고민을 하다가 마침내 그녀는 탈속암으로 갔습니다. 김응서는 이미 와서 기다리고 있었습니다.

그녀를 만나자 김응서는 또 사랑합네, 진정입네, 결혼합세 하는 소리를 늘어놓기 시작했습니다. 계월향은 김응서를 데리고 점점 산 속으로 올라가 사람이 없는 곳을 찾아갔습니다.

주위에 사람이 아무도 없는 것을 확인하고, 마침내 그녀는 입을 열었습니다.

"오빠, 나를 서울로 데려다 줘! 오빠는 천하장사잖아? 나를 서울로 말야. 나 돈 많아. 수고비 넉넉히 줄께……. 정말이야, 오빠, 난 몸 파는 여자야. 그곳에 가서도 오빠가 나 좋다면, 나 오빠랑 결혼할께."

김응서는 그녀를 가만히 쳐다보더니,

"좋아! 그럼 서울에서 결혼하고 신혼여행은 여기 평양으로 오는 거지?"

하면서 그녀를 감싸 안았습니다.

그녀가 농담이 아니라고 하자, 김응서도 농담이 아니라고 대답하면서, 정말 서울에서 결혼하고 평양으로 신혼여행 올 것이라고 하였습니다.

엄청나게 억센 김응서의 팔에서 간신히 몸을 빼낸 후 그녀는 김응서의 뺨을 힘껏 후려갈겼습니다.

"나쁜 자식, 난 농담 아냐!"

김응서는 계월향의 두 손을 꽉 잡아 쥐더니, 그녀를 풀 위로 쓰러 넘어뜨렸습니다.

"나도 절대로 농담 아니야. 신혼 예행 연습이나 좀 하자."

계월향은 다급하게 말했습니다.

"오늘은 안 돼, 정말 안 돼! 정말이야, 타임이야."

손으로 더듬던 김응서는 "아니네, 뭐… 너 거짓말 잘하는 거 아냐?" 하면서 마침내 돌격을 하고 말았습니다.

계월향은 눈물이 펑펑 쏟아졌습니다.

순식간에 욕심을 채운 김응서는 햇살에 반짝이는 그녀의 눈물을 닦아주면서 말했습니다.

"나 정말이야, 너를 서울로 데리고 갈 거야. 왜놈이 많아도 걱정 안 해. 모조리 죽여버리면 되지 뭐. 그곳에서 결혼도 하고 평양에 신혼여행 올꺼야……. 정말이야, 울지마!"

계월향은 몸이 자유롭게 풀려나자 벌떡 일어나 김응서의 뺨을 수십 차례 후려갈겼습니다. 아무런 반응도 없는 김응서를 보자, 그녀는 눈물을 펑펑 쏟으며 땅에 쓰러져 엉엉 울었습니다.

"안 돼! 안 된단 말야. 임신 타임이야. 싫어, 정말 싫어, 종놈 아이는 정말로 낳기 싫어……. 엉엉엉."

김응서가 다시 나타난 것은 나흘 뒤 오후 세 시 경이었습니다.

옥류관에 한 아이를 심부름 보내 바로 옆 골목에서 기다린다고 알려온 것입니다.

계월향이 조심스레 그쪽으로 다가갔더니, 그는 인적이 없는 길 모퉁이에 앉아 있었습니다. 그녀가 옆에 앉자 그는 큰 봉투를 하나 내밀었습니다. 김응서는 먼 산을 보며 입을 열었습니다.

"너, 내가 뭐 하는 사람인 줄 아니? 나 며칠간 너에 대해 많이 알아 봤어.

이게 노비면제증이야. 넌 이제 노비가 아니야. 자유야. 상감마마의 친필로 되어 있어.

나 내일이면 나주로 내려가야 해. 니가 지금도 서울에 가고싶다면, 내일 내가 데리고 갈께.

그런데. 넌 종의지라는 일본장군을 좋아한다며? 춘심청한테 들었어. 그 복많은 친구는 지금 서울이 아니라 며칠 전에 개성 부근에 와 있다던데. 지금은 황주쯤 왔는지도 몰라. 곧 이곳 평양으로 온대."

계월향은 그 봉투 속에서 꺼낸 종이를 보는 순간 눈물이 핑 돌았습니다. 그 경위를 감추려는 김응서에게 그녀가 캐물어 들은 풀 스토리는 다음과 같았습니다.

김응서는 무언가 대단히 위험한 임무를 맡기 위하여 특수훈련을 받고 있었습니다. 그 훈련이 끝나면 왕에게 소원을 하나 말할 수 있게 되어 있으며, 그 임무를 잘 해내면 또 다시 소원을 말할 수 있게 되어 있다고 했습니다.

그가 이틀 전에 그 훈련을 끝내고 왕 앞에 가서 말한 소원은,

'계월향의 환량(還良), 즉 노비신분을 면하게 해 달라'는 것이
었다고 했습니다.

그녀의 눈에서는 다시 눈물이 펑펑 쏟아졌습니다.

한참 말이 없던 그는 그녀에게 조용히 말했습니다.

"난 벼슬 따위에는 관심이 없어. 내가 맡은 임무를 성공하면 난
너의 친척 전부, 그러니까 옥비(玉非) 사건에 관련된 모든 사람들
을 환량(還良)시킬 꺼야.

이항복 대감도 약속했어. 그 어른도 그 사건이 잘못된 거라고하
시면서, 곧 상감께 아뢰어 그 문제를 해결하겠다고 약속했어.

내가 임무를 완성했을 때 그 문제가 해결되어 있으면 내 소원은
뭘로 하지? 난 그게 고민이야. 하하하"

다음 날 둘은 헤어졌습니다. 김응서는 김상건과 같이 나주로 내
려갔고, 환량(還良)이 되었으나 당장 갈 곳이 없는 계월향은 당분
간 옥류관에 그대로 남았습니다.

선조왕의 평양 탈출 결정

임진강 방어선이 무너졌다는 소식이 5월 21일 평양의 선조왕에
게 보고되었습니다. 임진강 방어선은 지켜질 것이라고 생각하고
있었던 많은 조정 중신들은 사색이 되었습니다.

6월 2일이 되자 임진강에서 철퇴한 김명원, 한응인, 이성임, 이
일 등이 평양으로 돌아왔습니다.

갑자기 고향에 변이 생겼다면서 고향으로 돌아가겠다는 중신들
이 줄을 이었습니다.

대사간 김찬, 부제학 홍인상, 집의 권협, 종묘령 권희, 이조정랑 박동현, 봉교 강준, 대사성 임국로 등등 수많은 사람들이 평양에서 사라지고 있었습니다.

쩝쩝해 하는 왕에게 유성룡, 이항복 등이 '보내주시라'고 간하여 왕이 허가했던 것입니다.

유성룡 등이 볼 때에는, 항상 엉터리 논리와 반대만을 위한 반대를 하는 사람들인지라, 차라리 사라져 주는 게 속편하다고 생각했던 것입니다.

선조왕 시대의 3대 거물은 이율곡, 윤두수, 유성룡이었습니다.

사람들은 당시 이율곡을 4번 타자, 유성룡을 3번 타자, 윤두수를 5번 타자로 불렀습니다.

8년 전, 이율곡이 죽음으로써 윤두수가 4번 타자를 하고 있었습니다. 그런 윤두수는 4번 타자가 되고부터는 최근 매번 병살타만 때렸습니다.

사람들은 60세의 윤두수가 노망하기 시작했다고 했습니다.

일을 꼬이게만 만들어 주위에서는 차라리 그가 은퇴해 주었으면 좋겠다고 생각하는 중신들이 많았습니다. 유성룡도, 윤두수는 이제 한물 갔다고 생각하고 있었습니다.

그러나 윤두수는 왕 옆에 남아서 이유징(李幼澄) 등과 함께 아직도 엉뚱한 소리를 계속하였습니다.

"불가하옵니다. 평양성밖에 없습니다. 여기서 한 발이라도 떠나신다면 나라는 망하고 말 것입니다."

그들은 이제 선조왕도 평양에 같이 남아서 죽든 살든 일본군과 결판을 내자는 것이었습니다.

선조왕은 어제부터 벌써 의주로 피난할 것을 시사하고 중신들의 의견을 묻고 있었는데, 하루가 지나도 윤두수 등 서너 명은 평양 사수(死守)를 계속 고집하고 있었습니다.

선조왕도 드디어 약이 올랐습니다.

"경의 말은 참으로 답답하오. 그럼 경이 남아서 왜적을 막아 보도록 하시오!"

하고 말했습니다. 이렇게 하여 윤두수는 평양 방위사령관을 맡게 되었습니다.

윤두수의 평양 잔류를 보자, 중신들은 아무도 더 이상 평양 사수 주장을 펴지 않았습니다. 말을 꺼내면 평양에 남으라고 할 것이 두려웠기 때문입니다.

다행히 선조왕을 기쁘게 하고 자신감을 주는 소식도 일부 들어오기 시작하였습니다.

4월 말부터 경상도에서 곽재우, 김면, 정인홍, 윤탁, 권세춘, 허국주 등이 의병을 일으키고, 거의 동시에 전라도에서 김천일, 고경명, 김덕령, 최경회, 양대박, 류팽로, 양산숙 등이, 그리고 충청도에서 조헌, 황박 등이 의병을 일으켜 일본군의 보급로를 차단하거나 점령작전을 방해하고 있었습니다.

선조왕은 그들에게 벼슬을 내려 그들의 공로를 평가하는 데 게을리하지 않았습니다.

이덕형과 현소(玄蘇)의 대동강 회담

선조왕이 평양을 버리고 떠날 준비를 한다는 것이 백성들에게 알려지고, 이러한 소식은 첩자를 통하여 바로 소서행장에게 알려졌습니다. 그는 누구보다도 당황하였습니다.

그는 지난 번 임진강에서 협상(協商)을 추진하다가 조선군의 기습공격을 받았음에도 불구하고, 뒤에 분을 풀고 다시 대국적으로 문제를 보기 시작하였던 것입니다.

'이렇게 계속 올라가다간 틀림없이 명 나라를 자극하게 될 텐데…….

그런데 심부름 보낸 친구들은 왜 안 돌아오는 거야?

그리고 왜 일본 수군과 보급품은 도착하지 않는 거야?'

그는 심부름 보낸 자기 부하들과 보급품을 가져오던 일본 수송대가 조선 의병에게 당하여 까마귀밥이 되고, 서해를 돌아오려던 일본 수군이 조선의 수군에 걸려 고기밥이 되고 있음을 조금씩 듣고 있었습니다.

그는 자신의 병력이 불충분하다고 보고, 흑전장정의 제3군과 연합군을 편성하여, 북진 속도를 최소한으로 낮추고 천천히 평양으로 다가갔습니다.

그는 김명원으로부터 평화회담에 관한 어떤 연락이 오지 않을까 하고 무척 기다렸습니다. 그러나 20일이 지나도록 소식이 없자 그는 답답해졌습니다.

'조선에는 말이 통하는 놈이 없는가?'

그는 현소, 종의지 등과 협의를 한 후 이덕형을 지목하게 되었습니다. 이덕형은 지난 해 종의지 일행이 서울에 왔을 때 동평관에서 그들을 접대한 적이 있었기 때문에 서로 안면이 있었습니다.

그런데 그때 선조왕이 도주할 준비를 하고 있다는 소식이 들려 온 것입니다. 소서행장은 일을 서둘렀습니다.

같은 편지를 두 통 만들어 포로로 잡은 조선사람 둘에게 쥐어주고 은자(銀子)도 쥐어 주면서 꼭 조선 조정에 전해 달라고 부탁했습니다.

6월 8일, 조선 조정에 도착한 이 편지는 현소가 쓴 것으로, '내일 정오 대동강 한복판에서 이덕형과 꼭 만나고 싶소' 라는 내용이었습니다.

이 소식을 들은 윤두수는 이번에도 강경 발언을 시작했습니다. 매복계(埋伏計)를 써서 일본놈을 베어버리자는 것이었습니다.

이항복과 유성룡은, '제발 가만히 계십시오. 매복계는 평수길을 죽일 때 쓸 것입니다' 하고 달래었습니다.

다음 날 이덕형이 작은 배를 타고 대동강으로 나갔습니다.

일본측에는 류천조신과 현소가 나왔습니다.

일본측이 이덕형이 탄 배로 옮겨와 회의가 시작되었으나, 네 시간을 끈 회담은 결렬되었습니다.

이덕형은 조정에 돌아와 보고하였습니다. 물론 알맹이를 뺀 형식적인 보고였습니다.

일본측은 여전히 '명 나라에 조공을 가고자 하니 길을 빌려달라' 고 한다고 했습니다.

이덕형이 '그렇다면 군사를 조선에서 철수시켜라. 30명 정도의 조공 사절이 지나갈 수 있도록 길을 내주겠다' 고 말해도, 일본측은 '이 군대로 가겠다' 고 고집하여, 진전이 없었다는 것이었습니다.

대부분의 신료(臣僚)들은 실망하여 돌아갔습니다.

그날 밤, 다시 4인 비밀회의가 개최되었습니다.

선조왕과 유성룡, 이항복, 이덕형 네 사람이 왕의 침전에서 머리를 맞대었습니다.

이 자리에서 이덕형은 그날 현소와 나눈 대동강 회담의 진실을 보고하였습니다.

일본측의 진짜 요구 조건은,

첫째, 조선 왕자를 인질로 보내고 일본에 항복할 용의는 없는가? 그렇게 하겠다면 일본군을 대동강에서 바로 서울로 퇴각시킬 수 있다.

둘째, 명 나라에 연락하여 평수길에게 명 나라 정승 벼슬을 내리도록 할 길은 없겠는가?

라는 두 가지였다고 하였습니다.

그러면서 류천조신 등은, '조선왕이 도망갈 곳은 없다. 곧 10만 대병이 배를 타고 대동강과 압록강을 메울 것인즉, 조선왕이 어디로 간단 말이냐? 항복 시간이 늦어지면 항복조건도 까다로워질 것이다.'

라고 협박을 했다고 하였습니다.

이에 이덕형이, '일본군이 조선에서 완전히 철수하고 일본왕도 조선에 왕자를 인질로 보낸다면 수교문제는 협의할 수 있다.

명 나라는 이미 백만 대군을 파병하기로 하였으며, 곧 장수 3백 명과 군사 10만이 압록강을 건너오게 되어 있다. 명 나라의 벼슬이라니 무슨 소리냐?'

고 강하게 나갔더니, 일본측이 크게 당황했다고 하였습니다.

이덕형의 보고를 들은 선조왕은 이덕형의 배짱과 기지(機智)를 칭찬하면서도, 수심어린 표정으로 말했습니다.

"그러고 보니, 우리는 아직 명 나라에 군사파견을 요청하지도 않았구면. 명 나라에 내일 당장이라도 사신을 보내어 대군 파견을 요청해야 겠소.

그리고, 저들이 정말 수군으로 우리 대동강과 압록강을 메운다면 의주도 안전하다고 할 수 없지 않소? 차라리 함흥으로 가거나 만주(滿洲)로 도망가는 수밖에 없질 않겠소?"

그때 유성룡이 말했습니다.

"일본 수군이 대동강으로 올라오려면 전라도를 경유해야 하는데, 전라도의 두 수사(水使) 이억기와 이순신은 훌륭한 장수들이오니 왜적이 그리 쉽게 통과하지 못할 것으로 생각됩니다.

그리고 왜적이 정말 그럴 선박이 있다면, 그들은 곧바로 양자강이나 황하로 명 나라에 가지 굳이 우리 조선을 거칠 리가 없습니다. 간사한 무리들의 허풍으로 판단됩니다."

이덕형도 말을 덧붙였습니다.

"일전에 말씀드린 바와 같이, 일본 수군은 1만 명 정도라 알고 있습니다. 10만은 허풍으로 보이니, 너무 걱정할 일은 아니라고 생각됩니다."

두 사람의 이야기를 듣고도 선조왕의 얼굴은 여전히 어두웠습니다.

이항복이 나서서,

"명 나라에서 군사가 나오면 의주를 통하여 나올 것인즉, 전하께서 의주(義州)에 가 계시어 친히 영접을 해야 하오며, 함경도는 길이 외길이라 도망갈 곳이 없습니다."

고 하여 간신히 선조왕의 마음을 돌려놓았습니다.

선조왕의 침전에서 나온 세 사람은 다시 이야기를 나누었습니다.

이항복은 이덕형에게, '명 나라로 하여금 평수길에게 명 나라 정승 벼슬을 내리게 해 달라니', 그게 무슨 말이냐고 물었습니다.

이덕형은, 현소 등이 '평수길은 조공에 관심이 있는 게 아니라 명 나라 벼슬을 받는 데 관심이 있다'고 했다고 설명했습니다.

이항복은 다시,

"명 나라에서 정승벼슬을 받으려면 명 나라를 위하여 큰 공을 세워야 하는데, 평수길이 명 나라를 위하여 공을 세운 일이 없는데, 그게 어림이나 있는 소리인가?"

하고 물었습니다. 세 사람은 서로 고개를 갸웃하며 일본측의 진의를 몰라 했습니다.

그러자 유성룡이 말했습니다.

"하여튼 내일은 명 나라에 갈 사신을 선정하여야 할 것이오."

이덕형이 말했습니다.

"그건 소생이 가기로 이미 우리끼리 정하지 않습니까?"

유성룡이 다시 말했습니다.

"그래서 하는 말인데, 조정에서 그 사신을 선정하는 회의를 열면, 다른 사람이 자기가 가겠다고 나설지도 모르는 일 아니겠소?"

이항복이 빙긋이 웃으며 말했습니다.

"그래서 소생더러 '제가 가겠습니다' 하고 나서라는 건가요? 결국 이덕형과 소생 두 사람만을 후보로 한 뒤 이덕형을 보내기로 정하게요?"

그러자 유성룡이 말했습니다.

"그렇소. 바로 그것이오. 이항복 대감은 참으로 사람 말을 잘 알아들으시는군."

세 사람은 껄껄껄 웃으며 헤어졌습니다.

명 나라에 군사지원 요청

다음 날 아침, 조정에서는 명 나라에 군사지원을 요청하는 문제를 협의하게 되었습니다.

선조왕이 그 문제를 제기하자마자 모든 중신들은 우의정 윤두수를 쳐다보았습니다. 그간 윤두수는 '자주국방'을 강력히 주장하면서 명 나라에 군사지원을 요청하는 것을 지금까지 반대해 왔기 때문입니다.

이번에도 딴 소리를 하면 일전을 불사하겠다고 마음먹은 유성룡이 목을 가다듬었습니다.

그런데 놀랍게도 윤두수도 명 나라에 구원 요청이 불가피하게 되었다는 의견을 말했습니다. 후유, 하고 유성룡은 안도의 한숨을 크게 내쉬었습니다.

선조왕이 '그러면 누구를 보내야 하는가' 하고 물었습니다.

기다렸다는 듯이 이덕형과 이항복이 손을 들었습니다. 두 사람은 서로 가겠다고 다투었습니다.

심충겸(沈忠謙)이 나서서, 이항복은 병조판서인 만큼 국방문제에 전념해야 하므로, 이덕형을 보내야 한다고 중재하였습니다.

이리하여 명 나라에 갈 사신으로 이덕형이 선정되었습니다.

이덕형은, 명 나라 교섭을 반드시 성공시킬 것을 다짐하고, 선조왕에게 아뢰어 약간의 보물과 비밀문서, 명 나라 황제에게 올릴 상주문 등을 준비하여 종자 두 명과 같이 그 길로 말을 달려 명 나라를 향해 출발하였습니다.

선조왕의 평양 출발

  선조왕은, 어제 미진했던 부분을 다시 협의하자고 제안했습니다.
  선조왕의 평양 탈출 그 자체는 어제 이미 결정된 바 있었습니다. 그러나 어디로 갈 것인가에 대하여는 의견이 분분하여 어제 결론을 내리지 못했던 것입니다.
  이 날도 여전히 함흥으로 가야 한다는 의견과 의주 또는 강계로 가야 한다는 의견이 대립되었습니다.
  윤두수, 유성룡, 이항복 등 일부는 의주를 주장하였고, 심충겸, 이일 등 대다수는 함흥을 주장하였습니다.
  시간이 자꾸만 흘러가는데도 함흥(咸興)파는 주장을 꺾지 않고 있었습니다.
  이항복은 왕에게 페인트 모션으로 함흥파 주장을 돌파하자고 은밀히 진언하였습니다. 이항복의 의견에 따라, 선조왕은 논의를 종결시키고 중전, 빈궁, 왕자들을 함흥으로 보낸다고 선언하였습니다.
  물론 중전 일행이 6월 10일 출발하려 할 때, 선조왕은 중전 박씨를 은밀하게 불렀습니다.
  '함경도로 들어가지 말고 덕천 고개에서 내 연락을 기다리시오. 다른 사람들에게는 미리 누설하지 말고 말이요.'
  그리고는 선조왕은 행선지를 말하지 아니하고 그 다음 날 평양을 떠났습니다. 함흥파 중신들은 선조왕이 당연히 함흥으로 가려고 하는 것으로 알았습니다. 이렇게 하여 함흥파 중신들의 반대는 무사히 넘겼습니다.

그러나, 다음 난관은 평양 백성들이었습니다.

왕이 피난간다는 소식을 들은 백성들은 몽둥이와 도끼를 들고 길을 가로막았습니다. 왕을 수행하던 홍여순(洪汝諄)이 몽둥이로 얻어맞고 말에서 떨어졌습니다. 군사들이 백성 세 명을 베고서야 간신히 출발할 수 있었습니다.」

사천신이 업화신의 설명을 제지하고는 질문을 하였다.

「만약 그때 선조왕이 함흥으로 피난갔더라면 어떻게 되었을까요?」

업화신이 말하였다.

「함경도로 진격한 일본군은 가등청정의 제2군이었습니다.

그는 공을 세우는 데 혈안이 된 골수파 무장이었으므로, 선조왕이 그리로 도망갔다면 그는 악착같이 추격하였을 겁니다.

실제, 함경도로 피난간 선조왕의 장남 임해군과 3남 순화군은 일본군의 포로가 됩니다.

국경인(鞠景仁)이라는 매국노의 파렴치한 행동 때문입니다만, 그 자리에 선조왕이 있었더라도 사정은 별로 달라졌을 것 같지 않습니다. 따라서 함경도가 아닌 평안도로 피난간 것은 조선으로서는 참으로 다행스런 결정이었다고 봅니다.

일본군의 대동강 도하(渡河) 준비

업화신의 보고가 계속되었다.

「계속해서 일본측 동향을 보고드리겠습니다.

한편 소서행장은 류천조신 등으로부터 이덕형과의 회담결과를 듣고 무척 실망하였습니다.

이렇게 3만 명이라는 대군을 이끌고 무력시위를 하였는데도 조선측이 항복을 하지 않고, 도리어 일본군 철수 등을 요구하였다니, 믿어지지 않았습니다.

소서행장은 흑전장정과 참모들을 불러 의견을 교환하였는데, 대부분이 더 이상 협상을 추진하여도 의미가 없을 것 같으니, 공격을 하여 성을 점령하자는 것이었습니다. 소서행장도 마침내 공격하기로 마음먹었습니다.

그는 제1군의 부장 유마청신을 불러 2천 명을 거느리고 대동강 상류로 올라가 도강(渡江)할 곳을 물색하라고 지시하고, 제3군의 부장 대우길통을 불러 2천 명을 거느리고 대동강 하류로 내려가 역시 도강할 곳을 물색하라고 지시하였습니다.

종의지에게는 5천 명을 거느리고 대동강 부근의 원암, 토성, 미림 주변의 마을에서 민가를 헐어 뗏목을 엮으라고 지시하였습니다.

일본군은 도강준비에 분주한 3일을 보내고 있었습니다.

조선군의 대동강 방어 노력

선조왕은 피난을 떠나기 전에 평양성 방위군을 편성하였습니다.

그간 자주국방을 소리높여 외쳤던 윤두수를 방위사령관으로 삼고 유성룡, 김명원, 이원익, 송언신, 이윤덕 등도 남아서 싸우도록 하였습니다.

윤두수 등은 군사회의를 개최하여 일단은 송언신(宋言愼), 이윤덕(李潤德), 윤유후(尹裕後) 등을 대동문, 정양문, 대동강변에 포진시켰습니다.

그리고 강 상류에는 김억추(金億秋), 박석명(朴錫命), 허숙(許淑)
으로 하여금 나가서 지키게 하고, 강 하류에는 이일(李鎰), 오응정
(吳應鼎)이 나가서 지키게 하였습니다.

전투력이 없는 노인들인 윤두수, 유성룡, 김명원, 이원익 등은
대동강이 잘 내려다보이는 연광정(鍊光亭)에 모여 강 건너편의 일
본진을 바라보았습니다.

김명원을 제외한 나머지는 이번이 일본군을 처음 보는 순간이
었습니다. 일본군은 10개 진지를 구축하여 새까맣게 모여 있어 언
제라도 도강할 태세를 보이고 있었습니다.

칼을 뽑고 다니는지 가끔 햇살에 번쩍이는 섬광이 비쳐와, 보는
사람들로 하여금 몸서리를 치게 하였습니다.

유성룡은, 저 정도의 군사라면 숫자가 얼마가 되겠느냐고 말을
꺼냈습니다. 윤두수는 5~6만이라 하고, 김명원은 2~3만이라 하
고, 이원익은 8만 정도로 보인다고 하였습니다.

윤두수가, 현재 우리측 병력이 4천 명 정도인 만큼 흰옷을 강변
소나무 밭에 걸어놓아 군사의 수가 많은 양 허장성세를 보이자는
묘안을 내었으므로, 즉시 그것을 시행하였습니다.

유성룡은, 대동강의 수심이 많이 얕아졌으니 가시철(마름쇠)을
구하여 얕은 곳에 뿌려 적이 걸어 건너오지 못하게 하자는 의견을
내놓았습니다. 모두들 좋다고 하여 사람들을 순안, 안주로 보내어
그것을 가져오게 했습니다.

그러자 이원익은 지금은 여름인데도 최근 비가 거의 오지 않았

으니, 단군묘와 기자묘 그리고 고구려 동명왕묘에 기우제(祈雨祭)
를 지낼 것을 제안하여, 그것도 즉시 시행하였습니다.

그러나 비가 내릴 징조는 보이지 않았습니다.

이제 할 일이 없어진 노인들은 김명원에게, 일본군은 전투를 어
떻게 하는지 물었습니다.

김명원은 이일에게 들은 이야기를 대충 해주었습니다. 모두들
공포심과 조바심만 더해 갔습니다. 그들 중에서도 평양성을 지킬
수 있다고 믿는 사람은 아무도 없었습니다.

연광정에서 윤두수 등이 하릴없이 가슴조이며 앉아 있는 모습
을 본 평안병사 이윤덕은 화를 내며,

"저게 연광정(鍊光亭)이냐, 노인정(老人亭)이냐? 괜히 사람만 오
라 가라 하여 일거리만 더 만든다."
고 불만을 늘어놓았습니다.

그러나 그 다음 날은 일거리가 생겼습니다.

명 나라 무관 임세록(林世祿)의 평양전선 조사

당시 명 나라 조정에서는 상반되는 두 정보로 큰 혼란을 겪고
있었습니다.

그 하나는 조선과 일본이 한 편이 되어 백만 대군으로 요동을
거쳐 명 나라로 침입한다는 것이었는데, 이것은 중국 남부의 복건
성(福建省) 총독과 류구왕 상녕(尙寧)의 공식보고, 또는 일본에 있
던 명 나라 첩자들의 한결같은 첩보였습니다.

즉, 조선이 이미 일본에 항복하였고, 일본군이 현재 조선땅에 있

는데, 조선군과 연합하여 곧 압록강을 건널 것이라는 정보였습니다. 물론 이것은 틀린 정보였으나, 대부분의 명 나라 중신들은 이 정보를 사실로 믿고 있었습니다.

이 정보는 풍신수길이 만든 작품이었습니다. 그 엉터리 정보가 만들어진 경위는 이러했습니다.

류구(琉球), 즉 지금의 오키나와 왕 상녕(尙寧)은 임진왜란이 발생하기 3년 전인 1589년 일본에 건너가 풍신수길에게 항복한 적이 있었습니다.

그것은 물론 풍신수길의 침공을 피하기 위한 형식적인 항복이었으며, 류구국은 항복 이후에도 실제로는 일본보다는 명 나라와의 관계를 더 중시하고 있었습니다.

그러나 류구왕의 항복에 신바람이 난 풍신수길은 상녕을 그대로 류구왕으로 봉하였고, 많은 선물도 하사한 적이 있었습니다.

풍신수길은 1592년 3월 조선에 침공군을 보내면서, 바로 상녕(尙寧)에게도 편지를 보냈습니다.

"조선은 이미 항복하였다. 나는 곧 백만 대군으로 압록강을 넘어 명 나라로 쳐들어갈 것이다. 명 나라 점령은 시간문제로 되었으니, 상녕 그대도 바다를 건너 복건성에 상륙하여 제2전선을 펴 큰 공을 세우도록 하라."

놀란 상녕은 이 편지를 바로 복건성 총독에게 보고하였고, 복건성에서는 바로 명 나라 병부(兵部)에 이를 보고하였던 것입니다.

한편, 이것과 전혀 내용이 다른 정보는 최근 조선으로부터 들어

오기 시작한 통보였습니다.

조선은 명 나라에게, '일본이 조선을 치고 명 나라를 치려고 한다'고 통보하였습니다. 그러나 명 나라 중신들은 조선측 통보를 믿으려고 하지 않았습니다.

대부분의 중신들은 조선이 이미 일본에 항복하였다고 생각하고 있었습니다. 그럼에도 불구하고 조선측이 이런 통보를 해오는 것은 명 나라 군사를 조선 땅으로 유인하여 기습하려는 조선과 일본측의 술책이라고 생각하였습니다.

당시의 명 나라 병부상서는 석성(石星)이었는데, 그는 참으로 명석하고 판단력이 놀라운 사람이었습니다.

그는 어떻게 하든 조선을 다시 명 나라 편으로 만들고, 일본군을 조선에서 저지하여, 명 나라를 전화(戰禍)에서 구해야겠다고 생각하고 있었습니다.

그는 다른 중신들을 설득하였습니다.

그러나 황제와 다른 중신들은, '이미 조선이 일본에게 항복한 이상, 군사를 조선에까지 파견하는 것은 위험이 너무 크다, 따라서 일본군을 요동에서 저지해야 한다'고 주장하여, 석성의 주장이 잘 먹혀 들지 않고 있었습니다.

그리고 5월 19일, 요동 총독으로부터 '약 2주 전에 서울이 일본군에게 함락되었고, 일본군은 계속 북진하고 있다'는 놀라운 소식이 명 나라 조정에 보고되었습니다. 일은 급하게 되었습니다.

이에 명 나라 정부는,

일본이 명 나라를 침범하려는 것이 분명하냐?

'일본군의 세력은 어느 정도냐?

그런데 조선은 도대체 어느 편이냐?

침략을 당한 것인가, 일본군을 끌어들인 것인가?'

하는 문제로 옥신각신하고 있었습니다.

답답해진 병부상서 석성은 요동 총독 학걸(郝杰)에게,

"조속히 사람을 조선에 보내어 사정을 알아보도록 하라! 단순히 조선측의 이야기만을 들어서는 낭패를 당할 수 있다."

고 지시하였습니다.

이리하여 학걸은 아장 임세록(林世祿) 일행을 조선에 급파하였는데, 그 일행이 막 평양에 도착했던 것입니다.

임세록은 대동강 강변에도 나가 보고 연광정에 올라 적진을 시찰도 하였고, 의문사항은 조선측에 묻기도 하였습니다.

이일, 김명원 등이 부산, 동래, 상주, 충주, 한강 등지에서의 싸움 과정을 자세히 설명해 주었고, 유성룡도 30만 일본군의 실태를 설명하였습니다.

납득을 한 임세록은 고개를 끄덕이면서, 그간 명 나라 조정에서는 조선측 보고를 반신반의하고 있었다고 털어놓았습니다. 그리고는 자신이 명 나라로 돌아가 응원군을 파견하도록 하겠노라고 약속하고 바로 평양을 떠나갔습니다.

혜안의 김응남(金應南)

임세록의 이러한 활동을 지켜본 윤두수는 다시 군사회의를 소집하였습니다. 모두들 용기를 얻어 며칠만 더 버티면 곧 명 나라

대군이 달려올 것이라고 기뻐하였습니다.

그런데, 최근 명 나라에 사신으로 다녀온 적이 있는 김응남(金應南)만은 여전히 표정이 어두웠습니다.

군사회의가 끝난 뒤 김응남은 윤두수, 유성룡, 김명원에게 따로 긴히 드릴 이야기가 있다고 말했습니다. 모두들 의아해하면서 김응남의 이야기에 귀를 기울였는데, 김응남은,

"오늘 임세록이 이곳을 다녀갔으나, 명 나라 원군은 1년 안에는 절대로 오지 않을 것입니다."

하고 장담을 하는 것이었습니다.

깜짝 놀라는 중신들에게 김응남은 계속 말했습니다.

자신이 최근 명 나라를 가보니, 명 나라 황제가 너무 자주 전쟁을 일으켜 조정에는 전쟁을 싫어하는 분위기가 팽배해 있었고, 더구나 지난 2월에는 명 나라 서북지방인 영하(寧夏)에서 큰 반란이 일어났는데도 토벌군을 보내지 못하고 있었다는 것이었습니다.

자기 나라 영토 안에서 일어난 반란도 토벌할 군사를 모으지 못하고 있는데, 어찌 외국에 대군을 보낼 여력이 있겠는가, 하는 것이었습니다.

김응남의 이야기를 들은 중신들은 모두 얼굴색이 창백해졌습니다.

윤두수는 고심하는 중신들에게 이 이야기는 당분간 비밀로 해두고 묘안을 찾아보자고 말하였습니다.

그날 밤 윤두수, 유성룡, 김명원 세 사람이 따로 모였습니다.

서인(西人)의 거두 윤두수와 동인(東人)의 거두 유성룡이 이렇게 밀담을 나누게 된 것은 획기적인 일이었습니다.

윤두수가 말을 꺼냈습니다.

"오늘 낮에 김응남이 한 지적은 참으로 적절한 것이라고 생각하오. 그의 말을 듣고 보니, 그의 말이 맞소. 명 나라가 군사를 빨리 보내줄 것이라는 보장이 어디 있나 이 말이요.

요동 도독이 명 나라 조정에 '일본이 침략했다'고 보고했다고 합시다. 그렇더라도 북경에서 바로 군사를 내어 주기가 싶지 않을 것이오.

나는 명 나라 조정이 빨리 대군을 조선에 보내도록 우리가 뭔가를 해야겠다는 생각이 든다, 이 말이요. 뭔가를 말이요."

머리를 끄덕이는 유성룡, 김명원을 보면서 윤두수가 계속 말했습니다.

"두 분 정승께서도 이 문제를 충분히 숙고하셨으리라 믿소이다. 나는 두 분 정승의 생각을 알고 싶소. 두 분 정승께서는 우리의 방어선이 어디가 되어야 하는지에 대해 자신의 고견(高見)을 글로 써 주시기 바라오.

이 문제는 너무나 중요한 만큼 말로 논의하기 전에 글로 써서 서로의 생각을 비교해 보아야겠소. 나도 글로 쓰겠소."

두 사람이 머리를 끄덕이자 준비된 종이와 벼루, 먹물 그리고 붓을 내 놓았습니다.

"두 분 정승께서는 잠시 밖에 나가 계시오. 내가 먼저 쓰겠소이다."

하고는 두 사람을 내 보내고 윤두수는 종이에 뭔가를 쓴 다음, 종이를 접어서 밖으로 들고 나왔습니다.

"이거 잘못하다간 먹이 번지겠소이다, 그려. 그럼 한 분이 들어가시죠."

그래서 유성룡이 들어갔다가 잠시 후에 종이의 양끝을 살짝 접어서 조심스럽게 잡고 밖으로 나왔습니다. 다음에는 김명원이 들어갔습니다. 끝났다는 소리를 듣고 윤두수와 유성룡이 방으로 들어갔습니다.

세 사람은 동시에 종이를 펼쳤습니다.

윤두수의 종이에는 '염난수(鹽難水)'라 쓰여 있었고, 유성룡의 종이에는 '마자수(馬紫水)'라 쓰여 있었으며, 김명원의 종이에는 '압록강(鴨綠江)'이라 쓰여 있었습니다.

세 사람은 '허허허. 이렇게 생각이 같을 수가…….' 하면서 웃음을 터뜨렸습니다.

당시에는 압록강을 '염난수'라 부르기도 하고 '마자수'라 부르기도 하였습니다.

세 사람의 생각은, '일이 이렇게 된 이상 일본군을 요동으로 침공하게 하는 수밖에 없다'는 것이었습니다. 일본군을 명 나라 땅으로 침공하게 해야 명 나라 대군이 출동할 것이라고 생각했던 것입니다.

그때 김명원이 품 속에서 편지를 하나 끄집어내며 말했습니다.

"그러나 왜군을 명 나라에 침공하도록 하는 것이 쉽지 않다는 데 문제가 있소이다.

이 편지를 보시오. 이 편지는 지난 5월 16일 임진강에서 대치 중일 때 소서행장이 나에게 보낸 편지요. 두 분께서는 이 부분을 잘 보시오.

'우리 일본군은 명 나라에까지 들어가고 싶지는 않다' 라고 되

어 있질 않소? 왜놈들은 우리 조선만 삼키고 명 나라를 침공할 의
사는 없는 것이오."

그러자 유성룡이 말했습니다.
"나도 바로 그 점이 문제라고 생각합니다.
며칠 전 대동강에서 이덕형이 왜놈 현소를 만났을 때, 저들은
우리가 명 나라에 연락하여 평수길에게 명 나라 정승벼슬을 내리
도록 해 달라고 했습니다.
저들은 명 나라에 직접 들어갈 생각이 없어요, 우리에게 명 나
라에 전해 달라는 것이지요. 그것을 봐도 왜군은 요동에는 침공하
지 아니할 생각인 것 같습니다."
윤두수가 말했습니다.
"두 분 정승께서 좋은 말씀을 하셨소. 나도 최근 저들의 공격이
왠지 느슨해졌다고 생각하고 있었소.
부산에서 서울까지의 천리길을 단 20일 만에 돌파했던 놈들이
오. 그런데 서울에서 평양까지의 6백 리를 40일이 넘도록 시간을
끄는 것은 저들이 명 나라를 침공할 의사가 없다는 증거임이 틀림
없는 것이오.
그래서 아까 내가 '명 나라가 빨리 대군을 조선에 보내도록 우
리가 뭔가를 해야겠다는 생각이 든다'고 했던 것이오.
우리가 왜군을 명 나라 땅으로 침공하게 하려면, 다시 말해서
왜군으로 하여금 압록강을 넘게 하려면, 우리가 무엇을 어떻게 해
야 하겠소?"

유성룡이 잠시 뜸을 들이더니 말했습니다.

"방법은 하나뿐입니다.

일본군이 진격해 오면 우리는 무조건 성(城)을 비워주는 겁니다. 일본군이 진격해 오지 않으면 우리가 기습이라도 해서, 일본군을 자극하여 따라 올라오게 하는 방법밖에 없습니다.

일본군이 우리를 따라 북상하다 보면 저절로 명 나라 땅에 들어 가지 않겠습니까?"

윤두수가 말했습니다.

"나도 동감이오. 따라서 이 평양성도 저놈들에게 내어 줍시다.

다만 그냥 내어주면 저놈들이 이곳에 눌러앉아 버릴지도 모르 니, 내어주기 전에 한바탕 기습을 해서 저놈들이 보복심을 갖도록 해야겠소."

그리하여 세 사람은 조속히 일본군을 기습한 다음 바로 평양성 을 포기하기로 결정하였습니다. 물론 이런 이야기는 누구에게도 비밀로 하기로 굳게 약속하였습니다.

대동강을 건넌 조선군의 기습공격

그 회의가 끝나자 유성룡은 바로 평양을 떠났습니다.

순안(順安)에 있던 이양원에게도 오늘 회의결과를 전하고 의견 을 조율하기 위해서였습니다.」

그때 유화여신이 이상하다는 듯이 물었다.

「순안이라 하면 평양의 북방 아닙니까? 이양원은 왜 평양의 북 쪽에 주둔하고 있었습니까?」

서기장 업화신이 말했다.

「예. 당시 일본군 제2군, 즉 가등청정의 군이 함경도에 진출하고 있었습니다만, 그 가등청정이 원산 부근의 두루산을 넘어 평양으로 진격한다는 첩보가 들어왔기 때문에, 이양원이 별동대를 인솔하고 순안에 주둔하게 되었던 것입니다.」

유화여신이 알았다는 신호를 하자, 업화신은 원래의 보고로 되돌아갔다.

「그날 밤, 윤두수와 김명원은 영원군수 고언백(高彦伯)을 불렀습니다. 밤 자정을 기하여 대동강을 건너가 왜장의 목을 베어 오라는 지시였습니다.

조무래기는 건드리지 말고 소서행장의 목만 베어오라는 지시였습니다. 군사는 가능한 한 적게 대동하고 가라고 했습니다.

고언백은 당초 용사 50명을 선발하여 출발할 작정으로 준비를 하였는데, 벽단첨사 류경령(柳璟令)이 군사를 400명으로 늘리자고 주장하여 그렇게 하기로 함에 따라 일정이 늦어졌습니다.

고언백 등 특공대가 대동강 건너편에 닿으니 벌써 6월 14일 새벽이 되어버렸습니다. 고언백이 도착한 곳은 종의지 군의 진지였습니다.

모기에 잠을 설친 일본군 병사 몇 명이 새벽에 일어났다가 고언백 일행을 보았습니다. 고언백 등은 바로 공격에 들어갔습니다. 잠을 자던 종의지 군 500명을 죽였습니다.

그런데 전투소리에 잠이 깬 이웃 흑전장정 군이 달려오고 곧 소서행장 군도 달려왔습니다.

고언백은 적장 살해가 실패하였다고 생각하고 퇴각을 명령했습니다. 고언백 일행은 타고 온 배에 도로 타려고 강가에 닿았으나, 배에 오를 수가 없었습니다.

사공들은 전투가 벌어지는 것을 보자 이미 강 가운데로 달아나 빙빙 돌 뿐 배를 강가에 대려고 하지 않는 것이었습니다.

고언백 일행 중 일부가 상류 쪽으로 이삼백 미터를 뛰어올라가 더니 바로 강 속으로 뛰어들고 있었습니다. 추격해 오던 일본군은 '이제 저놈들이 모조리 물에 빠져 죽겠구나' 하고 생각하면서 추격해 갔었습니다.

그런데 놀라운 일이 벌어졌습니다.

조선병 모두가 물이 무릎까지 찰랑대는 깊이에서 그대로 대동 강을 건너가는 것이었습니다. 일본측은 그 모습을 보고는 회심의 미소를 지었습니다. 이제 평양성은 우리 손에 들어왔다는 표정이 었습니다. 그곳은 왕성탄(王城灘)이라 불리는 얕은 여울이었던 것 입니다.

조선측은 이날 기습에서 임욱경, 민여호 등 이백여 명이 전사하 였습니다.

일본군의 평양성 진입

윤두수, 김명원 등은 연광정에서 대동강 건너편에서 벌어지던 전투상황을 자세히 지켜보았습니다. 그리고 오후 늦게까지 연광정 에 계속 남아 일본군의 동향을 지켜보았습니다.

일본군이 왕성탄 주변으로 모여들어 도강(渡江)을 준비하고 있 음을 알 수 있었습니다. 일본군을 유인하려는 조선측의 작전은 성

공했던 것입니다.

윤두수 등은 시각을 지체하면 이곳에서 전멸당할 수도 있다는 생각이 들어, 백성들에게 피난명령을 내리고, 자신들도 북문(칠성문)을 나가 순안으로 바로 퇴각하기 시작했습니다.

그날 저녁 무렵, 일본군은 조총을 일제히 발사하면서 조심조심 왕성탄을 걸어 건너왔습니다. 치밀한 소서행장은 어둠을 틈타 도강함으로써 병력손실을 줄이고자 했던 것입니다.

더구나 그는 바로 성으로 입성하지도 않고 성밖을 돌아 모란봉으로 올라가서 성내를 정찰한 다음, 성내에 사람이 없는 것을 확인하고서도 다시 하루를 더 보내고, 그 다음 날에야 평양성에 입성하였습니다.

소서행장으로서는 기습공격에까지 나선 조선군이 그냥 성을 비우리라고는 도저히 상상할 수가 없었습니다.

'적은 투지에 불타 있다. 성에서 옥쇄(玉碎)할 각오로 있다'고 믿어 의심하지 않았습니다.

'적이 보이지 않는 것은 성곽에 엎드려 매복해 있음이 틀림없다'고 생각했습니다.

그런데 정찰을 거듭해도 사람이라곤 보이지 않고, 특공대를 성안에 보내 샅샅이 찾아보았으나 조선군은 그림자도 없었습니다.

'허허허……. 이런 작전도 있었던가?' 하고 웃음을 터뜨리며 그는 평양성으로 들어갔습니다. 소서행장은 영리하고 빈틈없는 사람이었으나, 그는 나라를 끌고 갈 정도의 경륜을 가진 거물(巨物)은 아니었습니다.

그는 실무형의 유능한 관리에 불과했습니다. 그는 윤두수의 깊은 뜻을 몰랐던 것입니다.」

그때 솔라신이 조용히 입을 열었다.

「성을 버리기는 버리되, 일본군이 계속 추격을 해 오도록 하기 위하여 조선측이 먼저 기습공격을 감행했다는 말씀이군요…….
그런데 말이죠, 이승세계에서는 전혀 다르게 이해하고 있습니다.

물론 윤두수가 기습공격을 하게 하였다는 부분은 같습니다.

그런데 다른 부분은, 윤두수는 왕성탄이 일본군에게 발각되자 급한 나머지 각종 무기, 장비, 화약을 풍월루(風月樓) 연못에 빠뜨리고 바로 도망갔다, 너무 급한 나머지 식량창고에 불도 지르지 않아 군량미 10만 석을 고스란히 적의 수중에 넣어주었다고 되어 있습니다.

업화신의 말씀대로, 정말 윤두수가 사전에 퇴각을 생각하고 기습공격을 시켰다면, 그는 군수물자의 후방 반출을 먼저 고려하지 않았을까요?

이 점에 대하여는 조사를 해 보셨는지요?」

업화신이 대답하였다.

「윤두수가 군수물자의 후방 반출에 대하여는 미리 생각하지도 않고 일본군을 기습하는 데만 일을 서둘러, 결과적으로 군량미를 적에게 넘겨 준 잘못이 있다는 것은 사실입니다.

그러나 그 당시 평양에는, 장수들은 전부 전선(前線)에 나가고 문신(文臣)들은 대부분 왕을 따라가거나 도망가버려, 관료들이 거의 없었습니다.

그런 문제를 실무적으로 맡아서 처리할 만한 사람이 없었던 거죠.

윤두수 등이 연광정에서 일본군의 도하준비를 확인하고 오후 늦게 성 안으로 돌아오니, 군부(軍夫)들도 얼마 남아 있지를 않아, 군수물자의 후방반출은 이미 도저히 불가능한 상태였습니다. 그래서 군량미를 그대로 남겨두고 퇴각하게 된 것입니다.」

흔들리는 선조왕, 위기의 조선

엄화신이 보고를 계속하였다.

「한편 평양이 함락되기 4일 전인 6월 11일, 평양을 탈출한 선조왕 일행은 그날 밤은 순안에서 자고, 12일은 안주, 13일과 14일에는 영변에서 잤습니다.

가는 곳마다 관리와 백성들이 다 도망가고 없어서 식사까지 거르고, 왕의 옷은 진흙투성이가 되었으나 갈아입을 옷조차 없었습니다.

수행하는 사람들도 이항복, 이산보, 이정국, 이국, 박동양, 정철 등 10명으로 줄어 있었습니다. 중신들이 낙오하였거나 식량을 구하러 다른 곳으로 갔기 때문입니다.

이 무렵 선조왕은 완전히 지쳐 있었습니다. 그는 피난살이에 깊은 좌절감과 절망감을 느끼고 있었습니다.

6월 15일 아침에 영변을 떠나 낮에 박천에 도착하였는데, '평양을 지킬 수 없게 되었다'는 한응인의 장계가 도착하였습니다.

그 소식을 들은 선조왕은 털석 땅에 쓰러졌습니다.

그는 완전한 절망의 나락으로 빠졌습니다. 그날 밤 선조왕은 가족과 중신들을 모아놓고 눈물을 흘리며 다음과 같이 선언하였습니다.

"나는 몸은 살았으나 마음은 이미 죽었노라.

나는 이제 이 땅을 버리고 명 나라로 건너가 이역(異域)의 혼이 되고자 마음먹었노라.

세자는 들으라. 우리 부자(父子)는 이제 헤어져야 하겠노라.

세자는 이곳에 남아서 나라를 다시 일으켜 조종의 영혼을 위로하고, 아래로는 백성의 어버이 역할을 다하도록 하라."

선조왕의 이 선언을 듣고 정철, 이항복 등 중신들도 울고 왕세자, 왕자들도 모두 울었습니다. 피난길에 지친 선조왕은, 마침내 국가 수호의 의지를 잃어버리고 명 나라로 망명하기로 결심하였던 것입니다.

다음 날 중신들의 통곡 속에서 선조왕은 조정을 둘로 나누어, 자신을 수반으로 하는 본조(本朝)는 중국에 망명하고, 왕세자를 수반으로 하는 분조(分朝)는 조선에 머물도록 한다고 결정하였습니다.

또한 선조왕은 망명할 자신을 수행할 신하를 최소한으로 압축하여 최단거리로 중국으로 가자고 하였고, 대부분의 신하들은 왕세자를 수행하여 함경도 오지(奧地) 개마고원으로 가도록 명령하였습니다.

왕비 일행과 함께 명 나라로 들어가기 위하여 덕천에 대기시켜 놓았던 왕비를 데려 오라고 사람을 보냈습니다.

선조왕 일행은 왕비 박씨 일행이 합류하기를 기다리면서 6월 16일 정주, 18일 곽산, 20일 용천으로 옮겨갔습니다.

압록강이 눈앞에 있었습니다. 이제 조선이라는 나라가 패망하는 순간이 점차 다가오고 있었습니다.

4번 타자 윤두수

그 무렵 윤두수는 평양에서 철수하여 순안에 머무르고 있었는데, 왕이 요동으로 망명하려 한다는 소식을 들었습니다.

유성룡, 김명원, 이양원 등 모든 중신들은 망연자실하였습니다.

특히 이양원은 가슴을 치며 통분하더니, 그 자리에서 피를 토하고 죽었습니다.

'전하께서 명 나라로 망명하시다니……. 아, 그날이 왔구나. 몽고(蒙古)의 간섭에서 벗어난 지 250년 만에, 이제는 조선민족의 나라는 완전히 망하는구나!'

모두들 넋을 잃고 하늘을 쳐다보며 눈물만 줄줄 흘리고 있었습니다.

그런데 갑자기,

"에잇, 그게 사실이라면 그놈은 사내자식도 아니야. 필부(匹夫)의 경솔함도 정도가 있지."

하고 엄청난 소리를 내뱉는 사람이 있었습니다.

왕이 절대적인 권한을 행사하던 시대였습니다. 왕의 말이 생사(生死)의 모든 것이었던 시대였습니다. 그럼에도 방금 그 말은 분명히 선조왕을 겨냥해서 한 말이었습니다.

모두들 귀를 의심하며 목소리의 주인공을 쳐다보았습니다. 그 주인공은 윤두수였습니다.

그는 치밀어 오르는 분을 억제할 수 없다는 듯, 수염은 옆으로 곤두서고 눈은 부라리다 못해 밖으로 터져나올 듯했습니다.

"무엇들 하는 짓이요, 아녀자들처럼 울음이나 터뜨리고… 내가 전하를 뵙고 올 터이니, 여러분은 이곳에서 왜적이나 잘 막으시오."

놀라 말문이 막혀 멍해 있는 사람들을 뒤로 하고 윤두수는 바로 북으로 달려갔습니다.

윤두수는 용천에서 선조왕의 일행과 만날 수 있었습니다.

이미 세자를 따라 대부분의 중신들이 떠나버리고, 왕의 측근에는 이항복, 이국, 홍진 등 여섯 사람과 중전 등이 남아 있었습니다.

놀란 눈으로 영문을 묻는 이항복을 쳐다보지도 않고 윤두수는 선조왕에게 바로 다가갔습니다. 그는 절도 하지 않고 바로 입을 열었습니다.

"전하!

전하께서는 명 나라로 망명하기로 하셨다고 하던데, 그것이 사실이오이까?"

왕은 물끄러미 윤두수를 바라보다가 그의 열화같은 눈빛을 보고는 차마 입으로 대답할 수 없어 고개를 천천히 끄덕였습니다.

윤두수가 말했습니다.

"전하!

전하께서 요동으로 들어가시면, 전하는 이제부터 독립된 영토와 백성을 가진 번왕(藩王)이 아니오라, 명 나라 황제의 친왕(親王)으로 격하되는 것입니다. 명 나라에는 현재 친왕이 30명도 더 있사옵고, 사소한 잘못을 해도 바로 목이 떨어지는 게 친왕입니다.

전하!

더구나 전하께서 요동으로 들어가시면 조선이라는 나라는 없어지는 것이옵니다. 명 나라 군사가 와서 왜적을 물리쳐도 이제 이 땅은 명 나라 땅이 되는 것입니다.

전하께서는 세자 전하에게 왕위를 물려주시면 된다고 생각하십니까?

아니옵니다, 아니올시다! 절대로 그렇지 않습니다.

명 나라가 군사를 파견하면 그 댓가를 받으려고 할 것입니다. 세자 전하의 왕위계승을 승인해 주면서 우리 땅을 나누어 달라고 할 것입니다.

전하!

명 나라에 구실과 틈을 주어서는 아니되옵니다!

전하!

우리에게는 명분이 있나이다.

왜적은 우리 조선이 아니라 명 나라를 침공하려는 것입니다. 우리 조선이 싸워줌으로써 우리가 명 나라를 지켜주는 것이옵니다. 우리 조선과 명 나라가 똑같은 조건으로 힘을 합쳐 왜적을 막는 것입니다.

우리가 명 나라의 도움을 받는 것이 아닙니다. 어쩌면 우리가 명 나라를 도와주는 것이옵니다.

그럼에도 전하께서는 스스로 명 나라에 들어가 구차한 생을 누리려 하시옵니까? 전하께서 명 나라에 들어가버리시면, 명 나라는 우리 조선에게 '땅을 내라, 여자를 바쳐라, 서하(西夏)를 쳐라'는 등 온갖 요구를 다 할 것입니다.

전하의 요동 망명은 절대로 불가하옵니다. 전하께서는 마지막 순간까지도 조선 땅 안에서 도망가셔야 합니다."

대하(大河)와 같이 도도히 흐르는 윤두수의 말은 계속되었습니다.
"전하!
전하께서는 피난하시느라 배가 고픈 것이 두렵사옵니까? 중전 마마께서 거동이 불편하여 고생하시고, 어린 왕자들의 발이 부르튼 것이 가슴 아프오이까?
전하!
말을 못 타고 걷지를 못하는 사람은 그 분이 중전마마이든 왕자님이든 모두 죽이십시오. 그 누구든 모두."
중전을 죽이라니……, 윤두수의 말에 너무나 놀란 선조왕과 이항복 등은 자신들의 귀를 의심하였습니다. 그러나 미동도 하지 않고 윤두수는 말을 계속하였습니다.

"그냥 죽여 땅에 묻어서도 아니되옵니다.
죽인 다음 화장을 하거나, 적이 쫓아오므로 시간이 없다면 목을 베고 시신을 찢어서라도 적이 알아보지 못하게 버려야 합니다.
적(敵)이 왕자와 비빈의 시체를 얻어 국가이익을 챙긴 사례는 고금에 너무나 많습니다.
옛날 송나라 고종황제는 그의 아버지 휘종황제의 시신을 금나라로부터 돌려받고자, 자신이 유리할 때 금나라를 공격하지 못함으로써 도리어 금나라의 공격을 받아 마침내 나라를 망쳤나이다.

전하께서는 내일부터라도 찐쌀과 미숫가루로 식사를 하시고, 하루에 네 시간 이상 매일 말타기와 산악 오르기를 연습하십시오.

비빈마마와 왕자마마들도 마찬가지옵니다

전하께서는 산과 들로 다니시면서 어떤 풀과 열매가 먹을 수 있는 것인지, 어떤 것이 못 먹는 것인지를 배워야 합니다.

비빈마마들께서는 직접 밥도 짓고 빨래도 하셔야 합니다.

모두 조선에서 혼자서라도 살아남는 법을 배워야 합니다.

전하께서는 마지막 순간까지도 이 조선 땅을 벗어날 수가 없사옵니다. 절대로 아니되옵니다.”

이제 가슴 뭉클하게 뭔가를 느끼기 시작한 선조왕과 이항복에게 윤두수는 말을 계속하였습니다.

“옛날 한 나라 고조 유방(劉邦)은 백등(白登)에서 흉노의 묵특왕(冒頓王)이 이끄는 40만 대군에 포위되었으나, 불과 수천 명의 군사만으로 1개월을 버텨 마침내 탈출하는 데 성공하였습니다.

고구려 영양왕은 수나라 양제의 1백14만 대군의 침입을 받았으나 1년을 버티어 그 침략을 물리쳤습니다.

여진족이 세운 나라인 금나라의 왕 올출(兀朮)은 5천 명의 군사만을 거느리고 남송(南宋)의 장군 악비(岳飛)의 20만 대군에게 쫓기면서도 끝까지 버티고 버티어 오히려 악비를 죽였나이다.

전하!

왜적이 부산에 상륙한 지 겨우 두 달이옵니다. 앞으로 1년, 2년만 버티시면 반드시 변화는 찾아옵니다.

전하! 힘을 내시옵소서.

모질고 독한 마음을 가지셔야 하옵니다.

옛날 태조께서는 나라를 세우시려고 위화도에서 군사를 돌리셨

습니다. 그런데 전하께서는 나라를 버리시려 지금 위화도로 가시
고 계십니다.”

　선조왕과 이항복 등은 눈물을 줄줄 흘렸습니다.
　선조왕이 말했습니다.
　“우의정께서는 어리석은 나를 깨우쳐 주셨습니다. 나의 절을 받
으십시오.”
　중신들이 나서서 간신히 선조왕을 말렸습니다. 선조왕의 명 나
라 망명은 이로써 중단되었습니다.

　윤두수는 이항복에게, 세자가 이끄는 분조(分朝)에서는 명 나라
와의 협상에 절대로 나서지 못하도록 하라고 못을 박았습니다.
　분조는 어디까지나 국내에서 의병을 모집하고 지휘하는 일에
한정하도록 하였습니다.
　또한 윤두수는 이항복에게, 명 나라 군사가 오더라도 ‘지원을
받았다’ 는 용어는 절대로 사용하지 말고, ‘공동으로 적을 막는다’
는 개념으로 임할 것을 신신당부하였습니다.
　일을 끝내고 윤두수는 다시 순안으로 돌아가고, 왕은 천천히 의
주를 향해 올라갔습니다.
　선조왕 일행이 의주에 도착한 것은 6월 22일이었습니다.」
　길고 긴 업화신의 보고가 끝났다.
　염라대왕은 한숨을 쉬면서 코멘트를 하였다.
　「윤두수는, 4번 타자는 4번 타자였던 것 같소.
　미염공(美髥公)이라더니, 참으로 수염도 멋있고 기개가 있는 사
람이었소. 선조왕의 마음을 단 한 번에 돌려놓다니…….

　그리고 '말을 못 타고 걷지를 못하는 사람은 비빈이든 왕자이든 모두 죽이라니.' 참으로 그의 비장한 각오가 느껴지는 것 같소.
　그래, 실제로 선조왕이 비빈이나 왕자들 중에서 잘 걷지 못한다고 해서 누구를 죽인 일이 있었소?」

　엄화신이 말했다.
「실제로는 6월 18일부터 바로 명 나라 군사 1천 명이 도착하여 선조왕을 호위하였기 때문에, 그후 왕은 도망가야 하는 일도 없었고, 그래서 선조왕이 누구를 죽인 일도 없었습니다.
　그러나 선조왕은 윤두수의 말을 명심하여 충실히 유격훈련을 실천하였고, 그 결과 그는 이후 16년을 더 살았습니다.
　조선왕으로서는 장수한 편입니다.
　한편, 윤두수는 여기서 잠시 홈런을 쳤으나, 그 뒤에는 또 다시 병살타만을 치기 시작하여, 5년 뒤에는 이순신의 사형을 주장하는가 하면, 원균을 천거하는 등 터무니 없는 일을 저지르고 맙니다.
　그래서 이승에서는 그를 임진왜란을 그르친 간신으로 보는 학자들도 많습니다.」

　염라대왕은 잠시 옆에 앉은 세 신들을 쳐다보았다. 그들이 질문이 없다는 손짓을 하자, 방청석을 둘러보았다.
「혹시 기자 분이나 방청석 가운데 질문이 있는지요?」
「예, 저승 타임즈 기자입니다.
　계월향과 연심청이 일본말을 잘 했다고 하셨는데, 그 여자들은 어디서 일본말을 배웠습니까?」
　엄화신이 말했다.

「당시의 예조 장악(掌樂)은 신분이 낮은 여성들에게는 선망의 대상이었습니다. 그곳에 입교하면 한문도 배우고, 사역원에서 나와 중국어, 일본어 등도 가르쳐 주었습니다.

매일 오전 10시부터 오후 3시까지 4시간 이상 수업을 하였기 때문에, 2~3년이 지나면 상당한 수준의 외국어를 구사하는 기생들이 많았습니다.

지금 식으로 말하자면, 여자대학을 졸업하는 것과 같아 인텔리 여성이 배출되었던 것이지요. 따라서 양가집 처녀보다 훨씬 교양이 높아 황진이와 같이 유명한 여성이 많았던 것입니다.」

「기자 분이나 방청석 가운데 더 질문하실 분은 없는지요?」

염라대왕이 다시 물었다.

「저승 연예신문 기자입니다.

5월 19일 임진강을 건너 적진에 뛰어들어 일본군 400명을 죽인 유극량은 그 어머니가 노비출신이었다고 하던데, 사실입니까?」

업화신이 말했다.

「그렇습니다.

유극량의 어머니는 처녀시절 홍판서라는 사람의 노비였는데, 어느 날 홍판서가 아끼던 옥배(玉杯)를 닦다가 그만 깨뜨리게 되자 벌을 받을까 두려워서 도주하게 됩니다.

그후 그 어머니는 유극량의 아버지를 만나 유극량을 낳았는데, 유극량은 과거에 합격한 뒤 그 이야기를 어머니로부터 듣고 홍판서를 찾아가 어머니의 이야기를 말하고, 자신이 대신 노비를 하겠다고 청하였습니다.

유극량의 정직성과 대담함에 놀란 홍판서는 유극량의 신분을 풀어 주었습니다.

물론 당시의 노비제도는 터무니없는 것이었습니다만, 성실하고 부끄럼 없이 살겠다는 그의 인품을 잘 알 수 있는 대목입니다.

뒷날 조선 조정에서는 유극량과 동래부사 송상현 그리고 6월 5일 강원도 회양에서 전사한 회양부사 김연광(金鍊光) 등 세 사람을 개성 숭례사(崇禮祠)에다 모시고 그 충혼(忠魂)을 기리게 되었습니다.」

「기자 분이나 방청석 가운데 더 질문하실 분이 있는지요?」

염라대왕이 주위를 돌아보며 다시 물었다.

「저승일보 기자입니다.

6월 14일 명령을 받자 대동강을 건너 적진에 뛰어든 고언백도 군인정신의 귀감이라 생각됩니다만, 그는 어떤 사람이었습니까?」

업화신이 말했다.

「고언백은 무관 출신으로 그후에도 평양성 탈환, 서울 탈환 등에서 큰 공을 세우고, 정유재란 때에는 경기도 방어사를 맡는 등 용감무쌍한 타입의 군인이었습니다.

그는 총탄이 비오듯 쏟아지는 전장터에서는 큰 공을 세우면서도 목숨을 건졌으나, 전쟁이 끝나고 광해군이 즉위하면서 광해군의 형 임해군을 뒤에서 지원하였다고 해서 역모 혐의를 받고 참수됩니다.

인조반정 이후 명예가 회복되었습니다만, 참 아까운 사람이었습니다.」

「기자 분이나 방청석 가운데 더 질문하실 분은 계시는지요?」

잠시 법정에 눈길을 준후 염라대왕은 말을 계속하였다.

「그러면 더는 질문이 없는 것으로 하고, 오늘까지 심리한 것에 대해 형을 선고하도록 하겠소.

자, 그러면 먼저 검사장 아수신께서 관련 피고인들에 대해 구형해 주시기 바라오.」

전쟁 피고인에 대한 구형과 판결

아수신이 삼엄한 표정으로 말문을 열었다.

「동래성 싸움에서 참전하지 아니하고 꽁무니를 뺀 경상좌병사 이각은 1급 비겁죄를 적용하여 똥물탕 감금 44년을 구형합니다.

방위의 중책을 지고 있던 경상감사 김수(金睟)는 당시 진주에서 군사회의를 개최하던 중에 일본군 상륙 소식을 듣고 처음에는 동래성으로 향하여 출동하였습니다. 그러나 그는 4월 18일 김해에 상륙하여 북진하는 일본군 제3군 흑전장정(黑田長政: 쿠로다 나가마사) 군을 저지할 생각은 하지 않고 곧 후퇴와 잠복만을 거듭하였으므로, 2급 비겁죄를 적용하여 똥물탕 감금 24년을 구형합니다.

경상좌수사 박홍(朴泓)은 처음부터 꽁무니를 뺀 1급 비겁죄 이외에도, 부산 좌수영의 전선(戰船)과 무기를 버리고 산 속으로 도망친 후, 전쟁이 끝날 때까지 숨어 지낸 파렴치하기 그지없는 자이므로, 파렴치죄도 적용하여 교수형 1회와 똥물탕 감금 44년을 구형합니다.

경상우수사 원균(元均)도 요란한 보고서만 띄우고는 전선(戰船)

과 무기를 모두 버리고 원거리에서 맴돌 뿐 싸움은 시늉도 하지
아니하였으므로, 3급 비겁죄를 적용하여 똥물탕 감금 14년을 구
형합니다.

신립(申砬)의 교만과 무능력은, 눈 뜨고는 차마 볼 수 없을 지경
이었다고 할 것입니다. 그에게 독선죄를 적용하여 그의 잘난 코를
자르고 목의 힘줄을 자르는 문비경근형(刎鼻頸筋刑) 1회를 구형합
니다.
이일(李鎰)은 일본군의 접근을 알려 주었던 선량한 백성을 참수
하였습니다. 물론 민심을 통제해야 할 절박한 필요에 대하여는 본
신도 인정하는 바이나, 이일의 과도한 처사로 그 이후 이승세계에
서는 고발정신이 실종되어, 잘못을 보아도 못 본 척, 들어도 안들
은 척 하는 좋지 못한 풍속이 만들어지고 말았습니다. 이러한 시
민의식의 실종에는 이일의 과잉조치가 원인이 되었으므로 그에게
악습발생죄(惡習發生罪)를 적용하여 사회봉사 30년을 구형합니다.

당시 서울은 목조문화(木造文化)의 금자탑으로 불릴 만큼 아름
다운 도시였는데, 그 해 4월 말과 5월 초에 노비 막동과 노비 금
달은 사소한 개인적인 불만으로 아무 관련도 없는 대소 전각 16개
에 방화하였으므로, 1급 문화재 파괴죄를 적용하여 교수형 1회를
구형합니다.
도원수 김명원(金命元)은, 뒤에는 오해를 풀었으나, 처음에 신각
을 오해하여 조정에 중상하였고, 그 결과 간접적이기는 하나 신각
의 처형에 관련되는 만큼, 3급 참언죄를 적용하여 입 째기 1회를
구형합니다.

유도대장 이양원(李陽元)은, 장계를 새로 쓰면 될 것을, 잠시 힘
든다고 하여, 사람의 목숨이 달린 문제를 아무렇게나 처리함으로
써 신각이 처형당하게 한 만큼, 2급 무신경죄를 적용하여 눈알 빼
기 1회를 구형합니다.

왕에게 과잉 충성으로 정여립(鄭汝立) 사건을 일으켜 200여 명
을 죽이고, 또한 임진강 전선에서 성급하게 날뛰어 국면을 그르친
한응인(韓應寅)은, 국민 단합을 저해하고 서로를 불신하게 하는 사
회악이므로 파렴치죄를 적용하여 교수형 1회를 구형합니다.

정세를 오판하고 입으로만 싸우자고 주장한 황해도 감사 권징
(權徵)도 임진강 패전에 중대한 책임이 있으므로, 얼음방 감금 44
년을 구형합니다.

다음은 일본측 장수들에 대해서 구형을 하도록 하겠습니다.

소서행장은 종교인으로서의 양심도 잊어버리고 양민 살육을 조
장 및 방관하였으므로, 2급 민간인 살육죄 및 자기양심 기만죄를
적용하여 참수형 1회 및 교수형 1회를 구형합니다.

본래 해적 출신으로 평소 인명을 경시하여 무고한 민간인을 살
해해 왔을 뿐 아니라 특히 동래성 싸움에서 살육의 광란극을 연출
한 부장 유마청신(有馬晴信: 아리마 하루노부)과 오도순현(五島純玄:
고토오 스미하루)에게는 1급 민간인 살육죄를 적용하여 참수형 2회
를 구형합니다.

또한 마찬가지로 양민살해에 적극적으로 가담한 부장 종의지,
송포진신(松浦鎭信: 마츠라 시게노부), 대촌희전(大村喜前: 오오무라
요시사키)에 대하여도 2급 민간인 살육죄를 적용하여 참수형 1회
를 구형합니다.

　그리고 경주에서 양민을 살해하고 불국사를 불질러버렸을 뿐 아니라 국제법에 위반하여 경응순이 전시 교섭관임을 알고도 참살한 2군 대장 가등청정(加藤淸正: 카토 키요마사)과 부장 상량장매(相良長每: 사가라 나가츠네)에 대하여는, 국제중요 문화재 파손죄 및 3급 민간인 살육죄를 적용하여 참수형 2회 및 불가마 감금 14년을 구형합니다.

　군 기율을 감독하는 임무를 띄고 감독관으로 원정군에 동행한 석전삼성(石田三成: 이시다 미츠나리), 증전장성(增田長盛: 마시타 나가모리), 대곡길계(大谷吉繼: 오오타니 요시츠구) 등은 참혹한 장면을 빤히 보고도 같이 희죽거리며 방관만 하고 있었으므로, 1급 무신경죄를 적용하여 눈알 빼기 2회를 각각 구형합니다.

　그리고 상기 형벌과 별도로, 1군 대장 소서행장과 부장 종의지, 송포진신, 유마청신과 대촌희전 그리고 2군 대장 가등청정과 부장 과도직무는, 평소 부처님과 천주님을 믿는다고 떠들면서도, 점령지에서는 민간인의 재물과 사원의 종, 부처, 불경, 불화 등 수많은 물건을 마구잡이로 약탈해 갔고, 뗏목을 만든다고 남의 집을 멋대로 파괴하였으므로, 날강도죄 및 주택파괴죄를 적용하여 혀 빼기 2회를 구형합니다.

　또한 총사령관 우희다수가는 아무런 이유 없이 타국의 열성조를 모시는 종묘에 방화하였으므로, 3급 방화죄를 적용하여 화염방 감금 24년을 구형합니다.

　아울러 이민족(異民族)과의 전쟁은 참혹하게 되지 않을 수 없음을 헤아리지도 아니하고 무모하게 군을 출동시킨 풍신수길이야말로 어떠한 형벌을 가하여도 부족하다 할 것인바, '인도(人道)에 관한 죄'를 우선 적용하여 교수형 2회를 구형합니다.」

염라대왕이 잠시 찡그리며 좌우에 앉아 있는 세 배석판사, 즉 유화여신, 사천신과 솔라신에게 의견을 물었다.
사천신이 대답하였다.
「경상좌병사 이각에 대한 구형은 조금 가혹하다는 느낌입니다.
이각은 동래성 싸움에서 참전하지 아니하고 꽁무니를 뺀 죄는 적지 아니합니다만, 뒤에 임진강에서 도원수 김명원에게 체포되어 목이 달아났으므로, 그때 그의 죄업은 어느 정도 갚았다고 보아야 할 것입니다.」

솔라신도 의견을 말했다.
「사천신의 말씀에 일리가 있습니다.
그리고 소서행장의 경우도, 그는 동래성 싸움에서 민간인 살상자가 너무 많았던 것을 깊이 반성하여 그 이후의 전투에서는 가능한 한 살육을 줄이고 전쟁을 조기에 종결시키려고 최선을 다하고 있습니다. 전쟁 광신자 풍신수길을 만난 것 자체가 큰 불행이어서, 전쟁이 끝났을 때 일본까지는 무사히 도망가지만, 그는 불과 2년 뒤인 1600년 결국 이 전쟁이 불씨가 되어 목이 날아가게 됩니다. 참수형 1회는 면해 주는 것이 좋을 것으로 봅니다.」

염라대왕은 고개를 끄덕이며 혼자말처럼 중얼거렸다.
「그래. 사실 임진왜란에 참전한 일본 장수들은, 일부는 조선에서 전사(戰死)하거나 병사(病死)하였고, 일부는 무사히 귀국하기는 하였으나 곧 내란에 휘말려 대부분 목이 날아갔었지. 천수를

다한 자는 가등청정 등 일부뿐인 것 같은데, 그도 그때 내가 객사
(客死)시켰던 것 같애…….」

　유화여신이 물었다.
「남의 물건을 강탈해 갔는데, 왜 혀를 빼는 형을 구형하는지요?
이해하기 어렵군요.」
　이수신이 설명하였다.
「일본 사람들은 물건에 욕심이 생기면 ‘손이 목구멍에서 나온
다’고 생각하는 민족입니다. 따라서 죄(罪)는 목구멍 속에 있는
손, 즉 혀이므로 그 혀를 빼야 하는 것입니다.」

　염라대왕께서는 잠시 다른 신들과 귓속말로 협의한 뒤 대왕봉
을 집어들었다.
「피고인들은 들으라. 판결을 내리겠다.
　피고인 전원에 대하여 검찰의 구형대로 형을 선고한다.
　다만 경상좌병사 이각(李珏)에 대하여는 똥물탕 감금 14년을
선고하며, 일본육군 1군 대장 소서행장에 대하여는 참수형 1회를
면제한다.
　서기장 업화신께서는 이러한 형을 집행할 수 있도록 피고인별
로 해당 신경과 감각기관을 부활시켜서 처형의 고통을 뼈저리게
느낄 수 있도록 조처하시기 바라오.

　그리고 본 특별법정은 죄를 지은 죄인만을 벌하는 자리가 아니
라 억울하게 죽은 사람에게는 그 한(恨)을 풀어 눈이라도 편히 감
게 하도록 하는 자리임은 여러분도 알고 있을 것이오.

그러므로 그 해 4월 자신의 직분을 다하고 전사한 동래부사 송상현, 부산진성 첨사 정발, 조방장 홍윤관, 양산군수 조영규, 장수 송봉수, 장수 노개방 등에 대하여는 그들의 천수만큼의 생명을 되돌려 주고자 하오.

마찬가지로, 상주 싸움에서 전사한 판관 권정길, 조령 수비장 변기 등과 또한 5월 19일 임진강 싸움과 6월 14일 대동강 싸움에서 전사한 유극량, 홍봉상, 임욱경, 민여호 등에 대하여도 그들의 천수만큼의 생명을 되돌려 주고자 하오.

다음은 충주 싸움에서 전사한 종사관 김여물, 충주목사 이종장, 장수 이운룡은 들으라. 너희들은 신립의 배수진 작전이 터무니없음을 잘 알고도 단지 죽음이 두려워 이를 적극 말리지 아니한 죄는 작지 아니하노라. 다만 너희들이 영웅적으로 싸워 나라를 위하여 순국하였기에 이 죄는 불문에 붙이고, 너희들에게도 천수만큼의 생명을 되돌려 주고자 하노라.

또한 자신의 직분을 다하고 전투에도 이겼으나 도리어 우군(友軍)의 손에 목숨을 잃은 신각(申恪)에 대하여도 그의 천수만큼의 생명을 되돌려 주고자 하오. 신각은 당시 조정으로부터 아무런 복권 조치도 받지 못하여 더욱 가슴이 아프므로, 짐의 이름으로 '충혼(忠魂) 대상'을 수여하도록 하겠소.

업화신께서는 그들이 못다한 천수만큼 이 저승나라에서 신(神)으로서 희로애락을 누릴 수 있도록 해 주시고, 그들의 가족들의 영혼도 함께 깨워주도록 하시오.

그리고 윤두수(尹斗壽)에 대하여는 절망의 늪에 빠져 명 나라에 망명하기로 결심한 선조왕의 마음을 돌리고 다시 국가수호의 결심

을 불러일으키는 데 큰 공을 세웠으므로, 짐의 이름으로 '기백(氣
魄) 대상'을 수여하기로 하겠소.

이상으로 오늘 재판은 종결하도록 하겠소. 다음 재판은 이미 공
고한 일정대로 속개할 것이오.」

3타(打)의 대왕봉 징소리가 웅장하게 울려 퍼지는 가운데 제6
일의 재판은 막을 내렸다.